CIUDAD EN LLAMAS

También de Don Winslow

El cártel

Los reyes de lo cool

La hora de los caballeros

Satori

Salvajes

Corrupción policial

El invierno de Frankie Machine

El poder del perro

Muerte y vida de Bobby Z

En lo más profundo de la meseta

Tras la pista del espejo de Buda

Un soplo de aire fresco

La frontera

Rotos

CIUDAD EN LLAMAS

Don Winslow

HarperCollins *Español*

CIUDAD EN LLAMAS. Copyright © 2022 de Don Winslow. Todos los derechos reservados. Impreso en los Estados Unidos de América. Ninguna sección de este libro podrá ser utilizada ni reproducida bajo ningún concepto sin autorización previa y por escrito, salvo citas breves para artículos y reseñas en revistas. Para más información, póngase en contacto con HarperCollins Publishers, 195 Broadway, New York, NY 10007.

Los libros de HarperCollins Español pueden ser adquiridos para propósitos educativos, empresariales o promocionales. Para más información, envíe un correo electrónico a SPsales@harpercollins.com.

Publicado en inglés por HarperCollins Publishers en 2022

PRIMERA EDICIÓN DE HARPERCOLLINS ESPAÑOL

Copyright de la traducción de HarperCollins Publishers

Traducción de Victoria Horrillo

Diseñado por Kyle O'Brien

Arte por Michelle / Adobe Stock, yuplex / Adobe Stock, Vinoverde / Adobe Stock, Beppe Castro / Shutterstock, Inc.

Este libro ha sido debidamente catalogado en la Biblioteca del Congreso de los Estados Unidos.

ISBN 978-0-06-293842-8

22 23 24 25 26   LSC   10 9 8 7 6 5 4 3 2 1

A los fallecidos por la pandemia
Requiescat in pace

Y vi al fin toda Ilión,
envuelta entera la ciudad en llamas.

Virgilio,
Eneida,
Libro II

CIUDAD EN LLAMAS

PRIMERA PARTE

Barbacoa de Pasco Ferri

Goshen Beach, Rhode Island
Agosto de 1986

Ahora, coman. Hemos de prepararnos para la batalla.

Homero
Ilíada
Canto II

UNO

DANNY RYAN VE SALIR A la mujer del agua como una visión surgida del mar de sus sueños.

Salvo que es real y va a traer problemas.

Las mujeres así de bellas suelen traerlos.

Danny lo sabe; lo que no sabe es hasta qué punto va a trastornarlo todo. Si lo supiera, si supiera lo que va a suceder, se metería en el agua y le hundiría la cabeza hasta que dejara de patalear.

Pero no lo sabe.

Por eso se queda sentado en la arena, con el sol radiante dándole en la cara, delante de la casa de Pasco en la playa, y la mira a hurtadillas desde detrás de las gafas de sol. Pelo rubio, ojos de un azul profundo y un cuerpo que el bikini negro, más que ocultar, realza. Tiene el vientre terso y plano; las piernas, esbeltas y musculosas. No la ves dentro de quince años con las caderas anchas y el culo gordo de tanto comer patatas y carne en salsa de tomate.

Al salir del agua, su piel reluce de salitre y sol.

Terri Ryan da un codazo en el costado a su marido.

—¿Qué? —pregunta Danny haciéndose el inocente.

—La estás mirando, te veo —dice ella.

La están mirando todos: él, Pat y Jimmy, y también las mujeres: Sheila, Angie y Terri.

—Aunque no me extraña. Vaya par de melones —añade Terri.

—Muy bonito, decir eso.

—Ya, ¿y tú qué estás pensando?

—Yo, nada.

—Conque nada, ¿eh? Ya me conozco yo ese nada. —Terri mueve la mano derecha arriba y abajo. Luego se incorpora en la toalla para ver mejor a la mujer—. Si yo tuviera esas tetas, también me pondría bikini.

Terri lleva un bañador negro. Danny opina que le sienta bien.

—A mí me gustan tus tetas —dice.

—Respuesta acertada.

Danny observa a la hermosa mujer, que ha recogido su toalla del suelo y se está secando. Debe de pasar muchas horas en el gimnasio, piensa. Se nota que se cuida. Seguro que trabaja en ventas. Vendiendo algo caro: coches de lujo, o puede que casas, o productos financieros. ¿Quién es el guapo que va a decirle que no, a regatear con ella para que le haga una rebaja, a quedar como un cutre delante de una mujer así? No, ni hablar.

Danny la mira alejarse.

Como un sueño del que te despiertas y es tan dulce que no quieres despertarte.

Aunque él anoche casi no pegó ojo, y está cansado. Dieron un palo a un camión de trajes de Armani, él, Pat y Jimmy MacNeese, en un sitio a tomar por culo, al oeste de Massachusetts. Pan comido, un soplo que les dio Peter Moretti. El conductor estaba avisado, todo el mundo hizo su parte y nadie salió herido, pero aun así el viaje fue largo y cuando volvieron a la costa ya estaba saliendo el sol.

—No pasa nada —dice Terri al volver a tumbarse en la toalla—. Déjala que te ponga cachondo para mí.

Terri sabe que su marido la quiere y, además, Danny Ryan es fiel como un perro. No va a ponerle los cuernos: no lo lleva en la sangre. A ella no le importa que mire a otras con tal de que se lleve a casa, con ella, ese deseo. Muchos tíos casados necesitan a una extraña de vez en cuando, pero Danny no.

Y aunque la necesitara, le vencería la culpa.

Hasta han bromeado con eso.

—Se lo confesarías al cura —le ha dicho Terri alguna vez—, me lo confesarías a mí y hasta pondrías un anuncio en el periódico para confesarlo.

Tiene razón, piensa Danny mientras acerca la mano y le acaricia el muslo con el dorso del dedo índice, lo que significa que Terri también tiene razón en otra cosa, y es que está excitado y es hora de volver al bungaló. Terri le aparta la mano pero con poca convicción. También ella está cachonda: siente el sol, la arena tibia en la piel y la energía sexual que ha traído consigo la desconocida.

Está en el aire, los dos lo notan.

Pero también hay otra cosa en el aire.

¿Inquietud? ¿Descontento?, se pregunta Danny.

Como si, de pronto, tras salir del mar esa mujer voluptuosa, ya no estuvieran satisfechos con su vida.

Yo no lo estoy, piensa Danny.

En agosto, todos los años, bajan de Dogtown a Goshen Beach porque es lo que hacían sus padres y no saben hacer otra cosa. Danny y Terri, Jimmy y Angie Mac, Pat y Sheila Murphy, Liam Murphy y su novia de turno. Alquilan pequeños bungalós en la playa, nada más cruzar la carretera, tan pegados unos con otros que se oye roncar al vecino y puedes asomarte por la ventana y pedirle lo que te haga falta en la cocina. Pero eso es lo divertido, la cercanía.

Ninguno de ellos sabría qué hacer con la soledad. Se criaron en el mismo barrio de Providence que sus padres, fueron allí al colegio y allí siguen, viéndose casi a diario y veraneando juntos en Goshen.

«Dogtown junto al mar», lo llaman.

Danny siempre piensa que el océano tendría que estar al este, aunque sabe que la playa mira al sur y describe un arco suave hacia el oeste, más o menos a kilómetro y medio de Mashanuck Point, donde algunas casonas se mantienen en precario equilibrio sobre un promontorio, por encima de las rocas. Al sur, a veintidós kilómetros de la costa, se alza Block Island, visible los días despejados. Durante la temporada de verano, salen ferris a lo largo de todo el día y parte de la noche desde los muelles de Gilead, el pueblo pesquero del otro lado del canal.

Danny antes iba a menudo a Block Island, aunque no en el ferri. Eso fue mucho antes de casarse, cuando salía a faenar en los barcos de pesca. A veces, si Dick Sousa estaba de buenas, atracaban en New Harbor y tomaban una cerveza antes de volver a casa.

Fueron buenos tiempos, cuando salía a la captura del pez espada en el barco de Dick, y Danny los echa de menos. Echa de menos la casita que tenía alquilada detrás del chiringuito Aunt Bettie, aunque en invierno era fría de cojones y estaba atravesada de corrientes. Echa de menos darse un paseo hasta el bar del Harbor Inn, tomarse una copa con los pescadores y escuchar sus anécdotas, aprender de su sabiduría. Echa de menos el trabajo físico que le hacía sentirse fuerte y limpio. Tenía entonces diecinueve años y era fuerte y limpio, y ahora no es ni una cosa ni otra, le ha salido una capa de grasa alrededor de la cintura y ya no sabe si podría lanzar el arpón o izar una red.

Ahora, a sus casi treinta años y con un metro ochenta y dos de estatura, parece más bajo porque tiene los hombros muy anchos, y el pelo abundante y castaño, tirando a rojo, le estrecha la frente y hace que parezca también menos listo de lo que es en realidad.

Sentado en la arena, mira el mar con añoranza. Ahora, como mucho, se mete en el agua a darse un chapuzón o a surfear a cuerpo cuando hay olas, lo que es raro en agosto a no ser que se esté formando un huracán.

Danny añora el mar cuando no está aquí.

Se te mete en la sangre, como si te corriera agua salada por las venas. Los pescadores que conoce aman el mar y al mismo tiempo lo odian; dicen que es como una mujer cruel que te hace daño una y otra vez y con la que aun así sigues volviendo.

A veces piensa que quizá debería volver a faenar. Pero eso no da dinero.

Ya no, por lo menos, con tanta normativa estatal y los buques factoría japoneses y rusos que fondean a veinte kilómetros de la costa y arramblan con todo el bacalao, el atún y el lenguado, y el Gobierno no mueve un dedo para impedirlo; al contrario, se ensaña con los pescadores locales.

Porque puede.

Así que ahora Danny solo baja de Providence en agosto con el resto de la pandilla.

Por las mañanas se levantan tarde, desayunan cada cual en su bungaló y luego cruzan la carretera y pasan el día juntos en la playa, delante de la casa de Pasco, una de las doce casas de madera de chilla levantadas sobre pilotes de cemento que hay cerca del espigón, en el extremo este de Goshen Beach.

Sacan tumbonas o se echan en las toallas, y las mujeres beben vino con refrescos y leen revistas y charlan mientras los hombres toman cerveza o prueban a lanzar el sedal. Siempre se junta una buena panda: están Pasco y su mujer, y sus chicos y nietos, y todo el clan de los Moretti: Peter y Paul Moretti, Sal Antonucci, Tony Romano, Chris Palumbo y sus respectivas mujeres e hijos.

Siempre hay un montón de gente que se pasa por allí, que viene y va y se lo pasa bien.

Los días de lluvia se quedan en casa y hacen puzles o juegan a las cartas, se echan la siesta, pegan la hebra y escuchan a los comentaristas de los Sox, que hablan por los codos mientras esperan a que empiece el partido si la lluvia lo permite. O puede que vayan al pueblo, a tres kilómetros tierra adentro, a ver una película, a tomar un helado o hacer la compra.

Por las noches hacen barbacoas en las franjas de césped entre los bungalós, casi siempre juntando lo que cada uno tiene, hamburguesas y perritos calientes que hacen a la parrilla. O, si por la mañana alguno de los chicos se ha acercado al puerto a ver qué pescado había, esa noche hacen atún o anjova a la brasa, o cuecen unas langostas.

Otras noches se acercan dando un paseo al Dave's Dock y se sientan en una mesa de la gran terraza con vistas a Gilead, al otro lado de la estrecha bahía. Como Dave no tiene licencia para vender alcohol, se llevan unas botellas de vino y cerveza, y a Danny le encanta sentarse allí a mirar los barcos de pesca y los langosteros, y a ver llegar el transbordador de Block Island mientras comen caldereta, fritura con patatas y buñuelos de almejas bien grasientos. Es precioso aquello, y muy tranquilo, además, cuando cae el sol y refulge el agua al atardecer.

Algunas noches vuelven a casa andando después de cenar y se reúnen en alguno de los bungalós a jugar a las cartas y charlar, y otras se acercan en coche a Mashanuck Point, donde hay un bar, el Spindrift. Se sientan a tomar unas copas y a escuchar a alguna banda de la zona, y a lo mejor bailan un rato o a lo mejor no, pero normalmente toda la pandilla acaba allí y se ríen de lo lindo hasta que llega la hora de cerrar.

Cuando se sienten con más ímpetu, se meten en los coches y van a Gilead —cincuenta metros por mar, veinte kilómetros por carretera—, donde hay algunos bares más grandes que casi pueden pasar por clubes nocturnos y donde los Moretti nunca esperan que les cobren la cuenta ni, en efecto, se la cobran. Luego vuelven a casa y

Danny y Terri se quedan dormidos de inmediato, o retozan un rato y luego se duermen, y se despiertan tarde y vuelven a retozar.

—Necesito más crema —dice ella ahora, y le pasa el bote.

Danny se incorpora, se echa un pegote de crema bronceadora en la mano y lo extiende por los hombros pecosos de su mujer. Terri se quema fácilmente, con esa piel irlandesa que tiene. Pelo negro, ojos violetas y el cutis como una tacita de porcelana.

Los Ryan son más morenos, y el padre de Danny, Marty, dice que es porque tienen sangre española. «De cuando esa Armada se hundió allí. Algunos marineros españoles llegaron a la costa y la liaron».

El caso es que son todos morenos, gente del norte, como la mayoría de los irlandeses que recalaron en Providence. Hombres curtidos por el suelo pedregoso y la perpetua derrota de Donegal. Aunque a los Murphy ahora les va de fábula, se dice Danny, y luego se siente culpable por haberlo pensado, porque Pat Murphy es amigo suyo desde que llevaban pañales. Y encima son cuñados.

Sheila Murphy levanta los brazos, bosteza y dice:

—Me voy a casa a ducharme, a hacerme las uñas y esas cosas de chicas. —Se levanta de la esterilla y se sacude la arena de las piernas.

Angie también se levanta. Igual que Pat es quien manda entre los hombres, Sheila es la jefa entre las mujeres, que hacen lo que ella hace.

Mira a Pat y pregunta:

—¿Te vienes?

Danny le lanza una mirada a Pat y los dos sonríen: van a volver todos a casa a echar un polvo y nadie se molesta siquiera en disimularlo. Esta tarde va a haber marcha en los bungalós.

A Danny le entristece que el verano se esté acabando. Siempre le pasa. El final del verano significa el fin de los largos días de pereza, de los atardeceres interminables, de los bungalós alquilados, de las cervezas, el pasarlo bien, las risas y las mariscadas en la playa.

Significa volver a Providence, a los muelles, al trabajo.

A su apartamentito de la ciudad, en la última planta de un edificio de tres pisos, uno de los millares de bloques de vecinos que se construyeron por toda Nueva Inglaterra en la época de apogeo de los talleres y las fábricas, cuando hubo que procurar viviendas asequibles a los obreros italianos, judíos e irlandeses. Ahora ya casi no quedan talleres ni fábricas, pero los bloques de tres plantas han sobrevivido y aún conservan ese tufillo a clase obrera.

El piso de Danny y Terri tiene una salita de estar, una cocina, un cuarto de baño, un dormitorio con un pequeño porche en la parte de atrás y ventanas por todos lados, lo que es una suerte. No es que sea gran cosa —Danny confía en poder comprarse una casa de verdad algún día—, pero por ahora les basta y no está mal del todo. La señora Costigan, la del piso de abajo, es una abuela que no da ningún ruido, y el propietario, el señor Riley, vive en el bajo y lo tiene todo limpio y aseado.

Aun así, Danny piensa a veces en salir de allí, incluso en marcharse de Providence.

—A lo mejor podríamos mudarnos a un sitio donde siempre sea verano —le dijo a Terri justo anoche.

—¿Adónde, por ejemplo?

—A California, quizá.

Ella se rio.

—¿A California? No tenemos familia en California.

—Yo tengo un primo segundo o algo así en San Diego.

—Eso no es familia ni es nada —contestó Terri.

Sí, pero quizá eso sea lo bueno, piensa Danny ahora. Quizá estaría bien irse a algún sitio donde no tuvieran tantos compromisos: las fiestas de cumpleaños, las comuniones, las inevitables cenas de los domingos... Sabe, de todos modos, que eso es imposible: Terri está demasiado apegada a su familia, y a él su padre lo necesita.

De Dogtown no se marcha nadie nunca.

O, si se marchan, regresan.

Incluso él regresó.

Ahora quiere volver al bungaló.

Tiene ganas de follar y de dormir luego la siesta.

Le vendrá bien echar una cabezadita, para estar fresco cuando llegue la hora de la barbacoa de Pasco Ferri en la playa.

DOS

TERRI NO ESTÁ PARA PRELIMINARES.

Entra en el pequeño dormitorio, echa las cortinas y retira la colcha. Luego se quita el bañador y lo tira al suelo. Normalmente se ducha cuando vuelve de la playa para que la cama no se manche de arena y sal. Normalmente hace ducharse también a Danny, pero hoy eso no le preocupa.

Engancha los pulgares en la cinturilla del bañador de su marido, sonríe y dice:

—Sí, esa putita de la playa te ha puesto a tono.

—Igual que a ti.

—A lo mejor soy bi —bromea ella—. Mmm, parece que te gusta que lo diga, mira cómo te has puesto.

—¿Y tú qué?

—Yo quiero que me la metas.

Terri se corre enseguida, como casi siempre. Antes le daba vergüenza; pensaba que eso la convertía en una puta, pero luego habló con Sheila y Angie y ellas le dijeron que tenía mucha suerte.

Ahora mueve las caderas, se emplea a fondo para que Danny se corra y dice:

—No pienses en ella.

—No. No pienso en ella.

—Avísame cuando vayas a correrte.

Es un ritual: cada vez, desde la primera vez que follaron, Terri quiere saber cuándo va a correrse, y ahora, cuando siente que está a punto, él se lo dice y ella pregunta, como siempre:

—¿Te gusta? ¿Te gusta?

—Me encanta.

Ella lo abraza con fuerza hasta que cesa de empujar, luego deja las manos posadas en su espalda y Danny nota el instante en que su cuerpo se relaja, soñoliento, y entonces se aparta. Duerme solo unos minutos y después, al despertar, se queda tendido a su lado.

La quiere a morir.

Y no, como piensan algunos, porque sea la hija de John Murphy.

John Murphy es un rey entre los irlandeses, igual que los O'Neill eran los reyes de Irlanda. Preside su corte desde el salón de atrás del pub Glocca Morra como si fuese la colina de Tara. Es él quien manda en Dogtown desde que Marty, el padre de Danny, se dio a la bebida y los Murphy ocuparon el lugar de los Ryan.

Sí, piensa Danny, yo podría haber sido Pat o Liam, pero no lo soy.

En vez de un príncipe, es una especie de duque de segunda fila, nada más. Le escogen siempre para trabajar a jornal sin tener que untar a los encargados del muelle, y Pat procura que de vez en cuando le lleguen también trabajos de otro tipo.

Los estibadores piden prestado a los Murphy para sobornar a los encargados y luego no pueden devolver el dinero, o se gastan la paga apostando a un partido de baloncesto que al final no sale como esperaban. Entonces Danny, que es «un chicarrón», en palabras de John Murphy, les hace una visita. Procura que sea mientras están en el bar o en la calle, para no avergonzarlos delante de su familia, para que la parienta no se lleve un disgusto y los niños no se asusten, pero hay veces que tiene que ir a casa de los morosos y eso lo detesta.

Por lo general basta con darles un aviso para que se comprometan a ir pagando a plazos, pero algunos son unos vagos y unos borrachines que se beben el sueldo y el dinero del alquiler, y entonces Danny tiene que darles un escarmiento. Pero él no es un rompepiernas, que conste. Y de todos modos esas cosas no pasan casi nunca, porque si tienes una pierna rota no puedes currar y, si no puedes currar, no puedes pagar de ninguna manera, ni los intereses ni mucho menos el capital. Así que Danny los zurra un poco, pero sin pasarse.

Así se saca un dinerillo extra, y luego están las mercancías que ayuda a sacar del puerto a escondidas, y los camiones que Pat, Jimmy Mac y él atracan a veces en la carretera entre Boston y Providence, siempre de noche.

Esos trabajitos los hacen con los hermanos Moretti, que les dan el soplo y luz verde; luego, ellos atracan el camión de turno, el tabaco libre de impuestos acaba en las máquinas expendedoras de los Moretti y el alcohol va a parar a los locales que están bajo su protección o al Gloc y a otros bares de Dogtown. Los trajes como los que se llevaron ayer los venden en Dogtown, en la calle, directamente sacados del maletero del coche, y luego les dan su parte a los Moretti. Todo el mundo sale ganando, menos las aseguradoras, y a esas que las jodan, que de todos modos te cobran un huevo y encima, si tienes un accidente, te suben la cuota.

Total, que Danny se gana bien la vida, pero no como los Murphy, que cobran de los encargados del muelle por puestos de trabajo en el puerto que solo ocupan nominalmente, por los préstamos, las apuestas, las mordidas y comisiones del distrito 10, que incluye el barrio de Dogtown. A Danny le caen algunas migajas de todo eso, pero no se sienta a la gran mesa de la sala del fondo, con los Murphy.

Es humillante.

Hasta Peter Moretti le ha hecho algún comentario.

El otro día iban dando un paseo por la playa cuando le dijo:

—No te ofendas, Danny, te lo digo como amigo, pero la verdad es que me sorprende.

—¿Qué es lo que te sorprende, Peter?

—Que no te hayan dado un empujoncito, tú ya me entiendes. Es lo que pensábamos todos. Como estás casado con la hija y eso...

Danny sintió que se le encendía la cara. Se imaginó a los Moretti sentados en su oficina de la empresa de máquinas expendedoras, en Federal Hill, jugando a las cartas, bebiendo café y hablando de esto y aquello, y no le hizo ni pizca de gracia que su nombre hubiera salido a relucir, y menos aún por ese tema.

No supo qué decir. La verdad es que él también creía que iban a darle un empujoncito, pero no, no ha sido así. Esperaba que su suegro lo llevara a la sala de atrás del Gloc para «charlar un rato», que le pasara el brazo por los hombros y le asignara una zona del barrio, una partida de cartas, un sitio a la mesa, algo.

—No me gusta presionar —dijo por fin.

Peter asintió con la cabeza y miró más allá de Danny, hacia el horizonte, donde Block Island parecía flotar como una nube baja.

—No me malinterpretes, quiero a Pat como a un hermano, pero... No sé, a veces creo que los Murphy... Bueno, ya sabes, como antes eran los Ryan los que mandaban, ¿no? A lo mejor les da miedo ascenderte, por si se te pasa por la cabeza restaurar la antigua dinastía. Y si Terri y tú tienen un chaval... ¿Un Murphy y, además, un Ryan? ¡Venga ya!

—Yo solo quiero ganarme la vida.

—Como todos. —Peter se rio y lo dejó correr.

Danny sabía que estaba metiendo cizaña. Le caía bien Peter, lo consideraba un amigo, pero tenía esas cosas. Y además Danny debía reconocer que había parte de razón en lo que decía. Él también lo había pensado alguna vez: que Murphy padre le estaba dando de lado porque temía el apellido Ryan.

Lo de Pat no le molesta tanto, porque es un buen tipo y muy trabajador que lleva los muelles como la seda y no trata a nadie con prepotencia. Pat es un líder nato, mientras que él... Él, para qué va a engañarse a sí mismo, es un segundón nato. No ambiciona ser el mandamás de la familia ni ocupar el puesto de su padre. Quiere a Pat y lo seguiría hasta el mismísimo infierno sin más armas que una pistola de agua para defenderse del fuego eterno.

Se criaron en Dogtown, llevan toda la vida juntos, Pat, Jimmy y él. Fueron juntos al colegio St. Brendan y luego al instituto. Cuando jugaban al hockey, los chavales francocanadienses del Mount St. Charles les daban una paliza; cuando jugaban al baloncesto, los negros de Southie los masacraban. Pero a ellos les daba igual: jugaban con todas sus ganas y no se achantaban ante nadie. Cenaban juntos casi todas las noches, algunos días en casa de Jimmy, casi siempre en la de Pat.

Catherine, la madre de Pat, los llamaba a la mesa como si fueran uno solo: «¡Patdannyjimyyyy!» se la oía gritar calle abajo, entre los jardincitos traseros de las casas. «¡Patdannyjimmyyyy! ¡A cenaaaar!». Cuando no había comida en casa porque Marty estaba tan borracho que no podía ni tenerse en pie, Danny se sentaba a la gran mesa de los Murphy y cenaba estofado de ternera con patatas cocidas, espaguetis con albóndigas y, los viernes, sin falta, pescado rebozado con patatas fritas, incluso después de que el papa diera permiso para comer carne ese día.

Como apenas tenía familia —porque Danny era eso tan raro: un irlandés hijo único—, le encantaba el bullicio que había siempre en casa de los Murphy. Estaban Pat y Liam, Cassie, y, cómo no, Terri, que lo acogían como si fuera de la familia.

No era huérfano, exactamente, pero como si lo fuese. Su madre se había largado cuando él era un bebé y su padre procuraba ignorarle porque le recordaba demasiado a ella.

A medida que Marty Ryan se hundía en la amargura y la botella y se desentendía de él, Danny encontró refugio cada vez con más frecuencia en las calles, con Pat y Jimmy, y en casa de los Murphy, donde siempre había risas y buen humor y rara vez se oían gritos, salvo cuando las hermanas se peleaban por el cuarto de baño.

Catherine Murphy pensaba siempre que Danny era un niño solitario. Un niño solitario y triste, pero ¿a quién podía extrañarle? Así que, si iba por casa un poco más de lo normal, a ella no le costaba ningún trabajo dedicarle una sonrisa y darle un abrazo de madre, unas galletas o un sándwich de mantequilla de cacahuete. Y cuando creció y su interés por Terri se hizo evidente… Bueno, Danny Ryan era un buen chico, era del barrio, y Terri podía haber elegido a alguien mucho peor.

John Murphy no estaba tan convencido.

—Tiene esa sangre.

—¿Qué sangre? —preguntó su mujer, aunque lo sabía de sobra.

—La de los Ryan. Está maldita.

—No digas tonterías —dijo Catherine—. Cuando Marty estaba bien…

No acabó la frase porque, cuando Marty estaba bien, era él y no John quien mandaba en Dogtown, y a su marido no le agradaba pensar que debía su ascenso a la caída de Martin Ryan.

Por eso John no se disgustó mucho cuando Danny, al acabar el instituto, se mudó a South County para dedicarse a la pesca, nada menos, valiente idiotez. Pero si eso era lo que quería el chico, no había más que hablar, aunque él no entendiera lo difícil que era que te dieran trabajo en la flota pesquera, ni supiera que solo consiguió un hueco en el espadero porque el patrón calculó que los Celtics no podían perder en casa contra los Lakers y se equivocó. Y, si quería conservar su barco, tendría que llevar a bordo a aquel chaval.

Claro que eso no tenía por qué saberlo Danny. ¿Para qué quitarle la ilusión al chico?

Pat tampoco entendió que Danny quisiera marcharse.

—¿Por qué lo haces? —le preguntó.

—No sé —contestó Danny—. Quiero probar algo distinto. Trabajar al aire libre.

—¿Los muelles no están al aire libre?

Sí que lo estaban, pensó Danny, pero no eran el mar y, además, lo decía en serio: quería algo distinto a Dogtown. Sabía muy bien la vida que le esperaba allí: afiliarse al sindicato, trabajar en el puerto y ganar algo de calderilla trabajando de matón para los Murphy. Los viernes por la noche, partido de hockey de los P-Bruins; la noche del sábado, el Gloc; y los domingos, cena en casa de John. Él quería algo más o, al menos, algo distinto. Quería abrirse camino en el mundo por sus propios medios. Hacer un trabajo honrado, ganarse el sueldo con el sudor de su frente, tener una casa propia y no deberle nada a nadie. Echaría de menos a Pat y Jimmy, claro, pero Gilead estaba a media hora o tres cuartos en coche y, además, siempre iban allí en agosto de vacaciones.

Así que consiguió trabajo en el espadero.

Al principio era torpe de cojones, no tenía ni idea de lo que hacía y Dick se quedaba ronco de tanto gritarle lo que tenía que hacer y lo que no, a ver si así aprendía. Durante un año entero le llamó de todo. «Hay que joderse», decía cada vez que se dirigía a él, y Danny casi llegó a convencerse de que ese era su nombre de pila.

Pero aprendió.

Llegó a ser un pescador decente y se ganó el respeto de sus compañeros más veteranos, que pensaban que nadie que no viniera de al menos tres generaciones de pescadores podía dedicarse a faenar. Danny estaba encantado, además. Tenía aquella casita atravesada de corrientes, había aprendido a cocinar —al menos, huevos con panceta, sopa de almejas y chili—, se ganaba el sueldo y bebía con sus compañeros.

En verano se dedicaba a la captura del pez espada y en invierno se enrolaba en los barcos que salían a pescar al volantín: bacalao, eglefino, lenguado, cualquier pez de fondo que enmallaran, lo que el Gobierno les permitiera pescar y lo que los rusos o los japoneses no se hubieran llevado ya.

Los veranos eran una gozada; los inviernos, un asco.

El cielo gris, el océano negro, y Gilead... Gilead en invierno era un sitio lúgubre, no había otra forma de describirlo. El viento se paseaba por el bungaló como si estuviera en su casa, y por las noches Danny tenía que meterse en la cama con una sudadera gruesa y la capucha puesta. Los días de invierno que podía salirse a faenar, el mar hacía todo lo posible por acabar contigo y, cuando no se podía salir, era el tedio lo que te mataba. No había nada que hacer, como no fuera beber y ver cómo te engordaba la panza y te adelgazaba la cartera. Mirar la niebla por la ventana, como si vivieras dentro de un frasco de aspirinas. Ver un poco la tele, quizá, y volverte a la cama o ponerte el gorro, meter las manos en los bolsillos de la trenca y bajar al puerto a mirar tu barco atracado junto al muelle, tan triste como tú. Ir al bar y sentarte a renegar con los demás, y el domingo, por si no estabas ya bastante deprimido, tocaba partido de los Patriots.

Además, los días que se podía salir a faenar hacía un frío de la hostia, un frío que cortaba el cutis, y eso que te ponías tantas capas de ropa encima que parecías el puto muñeco de Michelin. Calzoncillos largos, camiseta de manga larga, calcetines de lana gordos, jersey de lana, sudadera, un plumas y guantes gruesos, y aun así te helabas. En el muelle, a las cuatro de la mañana, Danny tenía que ponerse a picar el hielo de los cabos y las pastecas mientras Dick, Chip Whaley o Ben Browning, o el patrón para el que estuviera trabajando, intentaba arrancar el motor.

Luego cruzaban el canal y el puerto de abrigo, con su escollera salpicada de olas de espuma blanca, y salían a mar abierto por la bocana este o por la oeste, dependiendo de dónde hubiera pesca. A veces pasaban fuera tres o cuatro días seguidos y a veces una semana, si había suerte, y Danny, como todos los demás, dormía tres o cuatro horas entre guardia y guardia, o entre que largaban las redes y las recogían y echaban las capturas a la bodega. Bajaba al comedor a por una taza de café amargo bien caliente que sujetaba entre las manos temblorosas, o a engullir a toda prisa un plato de chili o de caldereta. Por la mañana había siempre huevos con panceta y tostadas, y podías comer hasta hartarte porque los patrones nunca racaneaban con la comida: un hombre que trabaja tan duro tiene que comer.

Era una sensación maravillosa cuando en una salida tenían la suerte de completar su cuota de capturas y el patrón les decía que volvían a puerto: saber que habías cumplido, que ibas a recibir tu recompensa y que habría un buen cheque esperándote por tu parte del total de las capturas. Esas veces, los hombres volvían con su novia o su esposa orgullosos de poder llevar comida a la mesa y salir a cenar y a ver una película.

Otras veces, en cambio, cuando venían mal dadas, recogían las redes vacías o casi y daba la impresión de que no había ni un solo pez en toda la oscura inmensidad del Atlántico, y el barco arribaba sigiloso a puerto y un sentimiento de bochorno invadía a todos los tripulantes, como si hubiesen hecho algo malo, como si no dieran la talla, y las novias y esposas sabían que en esas ocasiones debían andarse con pies de plomo porque sus hombres se enfurecían y se avergonzaban y sentían mermada su hombría, y la hipoteca y el alquiler a lo mejor no se pagaban, y las reparaciones que necesitaba el coche tendrían que dejarse para más adelante.

Y eso sucedía cada vez con más frecuencia.

Los veranos, en cambio...

Los veranos eran maravillosos.

Los veranos, Danny salía en el espadero, ligero y veloz, entre el azul del mar, abajo, y el azul del cielo, arriba, a la captura del pez espada, y su puesto estaba en el botalón de proa porque era un buen arponero. Dick avistaba los peces como si fuera uno de ellos, el tío era toda una leyenda en aquel puerto. A veces también hacían salidas de pesca deportiva con clientes, gente con mucha pasta que podía permitirse alquilar un barco con su tripulación. Pescaban pez espada y atún al curricán, y esas veces el trabajo de Danny consistía más que nada en cortar la carnada y asegurarse de que los clientes tuvieran siempre cerveza fría. Habían llevado en el barco a gente bastante famosa, pero Danny nunca olvidaría la vez en que Ted Williams —Ted Williams, el jugador de béisbol, nada menos— fue a pescar con ellos y, además de portarse como un señor, le dio un billete de cien de propina cuando acabaron.

Otras veces salían a la captura del pez espada para venderlo en la lonja y entonces era todo faena y nada más. Danny se colocaba en el botalón y, cuando encontraban un banco, lanzaba el arpón, que iba atado a una boya muy pesada que lastraba al animal hasta dejarlo exhausto, y a veces amarraban cinco o seis peces antes de volver atrás para izarlos a bordo con mucho esfuerzo, y esos eran días maravillosos porque llegaban a puerto al anochecer y lo celebraban bebiendo y yéndose de juerga, y Danny caía de bruces en la cama cuando volvía a casa, agotado pero feliz, y al día siguiente se levantaba para volver a empezar.

Eran buenos tiempos.

Uno de esos veranos, uno de esos meses de agosto, Danny se juntó en la playa con la pandilla de Dogtown para beber algo y comer perritos calientes y hamburguesas, y se dio cuenta de que Terri ya no era solo la hermana pequeña de Pat, sino otra cosa.

Tenía el pelo negro como el mar en invierno y unos ojos que no eran azules, sino violeta, o eso juraba Danny, y su cuerpecillo se había afinado en algunos sitios y se había redondeado en otros. Como en aquel entonces no tenía dinero para perfume y de todos modos su madre no le dejaba usarlo, se ponía esencia de vainilla detrás de las orejas, y ahora Danny dice en broma que todavía se empalma con solo oler una galleta.

Recuerda bien la primera vez que se tocaron, abrazándose con ansia detrás de unas dunas de arena. Besos ardientes y húmedos; la lengua de ella, una sorpresa danzarina que entraba y salía de su boca, y qué feliz fue cuando dejó que le desabrochara dos botones de la camisa blanca y, deslizando la mano dentro, pudo birlar una caricia.

Un par de semanas después, una de aquellas noches tórridas y bochornosas de agosto, dentro del coche aparcado en la playa Danny le desabrochó los vaqueros y ella volvió a sorprenderlo levantando las caderas para que metiera la mano más adentro. La tocó por debajo de las sencillas bragas de algodón blanco y la lengua de ella se aceleró al juguetear con la suya, lo abrazó más fuerte y dijo: «Sigue así, sigue así». Otra noche, mientras la tocaba, se puso tensa y gimió y él se dio cuenta de que se había corrido. Estaba tan excitado que le dolía, y entonces notó que la manita de Terri le bajaba la cremallera y hurgaba dentro, indecisa y torpe. Luego, le agarró con firmeza y comenzó a acariciarlo y él se corrió dentro de los calzoncillos y tuvo que dejarse la camisa suelta encima de los vaqueros para esconder la mancha oscura cuando volvieron con los demás, que estaban sentados al fresco delante del bungaló.

Danny estaba enamorado.

Pero Terri no quería ser la novia ni la esposa de un pescador.

—No puedo vivir aquí, tan lejos —le dijo.

—Solo está a media hora.

—A cuarenta y cinco minutos.

Estaba demasiado apegada a su familia, a sus amigos, a su peluquería, a su iglesia, su bloque y su barrio. Era una chica de Dogtown y siempre lo sería, y Goshen estaba bien para pasar unas semanas de veraneo, pero ella no podía vivir allí, ni pensarlo, y menos aún si Danny estaba fuera varias noches seguidas, con la angustia, además, de no saber si volvería o no. Y era cierto, Danny lo sabía, que había veces que los novios y maridos morían en el mar: se escurrían de cubierta y caían al agua helada, o acababan con la cabeza reventada de un golpe cuando un aguilón de grúa giraba sin control empujado por el viento. O bebían hasta matarse cuando escaseaba la pesca.

Además, aquel oficio no daba dinero.

Por lo menos, para un marinero de cubierta.

Si eras dueño de un barco, podías hilar un par de temporadas buenas, pero hasta los que tenían un barco en propiedad las pasaban canutas, tal y como estaba el sector.

Terri, que se había criado entre algodones en casa de los Murphy, no se veía siendo una pobre «pescadora», como ella decía.

—Mi padre puede conseguirte el carné del sindicato —le dijo— para que trabajes en el puerto.

En el puerto de Providence, claro, no en el de Gilead.

En los muelles, manejando el gancho de estibador.

Un buen sueldo, un empleo sindicado y luego ¿quién sabe? Un ascenso gracias a los Murphy. Un puesto de oficina como empleado del sindicato, o algo por el estilo, y un bocado de los otros negocios de los Murphy. Lo que habría tenido de todos modos, si su padre no lo hubiera echado todo a rodar por culpa de la bebida, si no se hubiera emborrachado tan a menudo que se convirtió en un estorbo y los chicos fueron poco a poco apartándolo de la jefatura y, al final, lo pusieron de patitas en la calle. Ahora, por respeto a lo que había sido, le pasaban lo justo para vivir y nada más.

Hubo una época, sin embargo, cuando Danny era solo un crío, en que el nombre de Marty Ryan inspiraba temor. Ahora solo daba pena.

A Danny, de todas formas, aquello no le interesaba, no quería tener nada que ver con los chanchullos, la usura, el juego, los robos y el sindicato. El problema era que quería a Terri, porque era lista y divertida y lo escuchaba sin dejarse engañar por sus gilipolleces, pero no pensaba entregarse a él hasta que estuvieran, por lo menos, comprometidos, y el sueldo que ganaba Danny faenando no daba para comprar un diamante, y mucho menos para casarse.

Así que Danny aceptó el carné y volvió a Dogtown.

Pat fue la primera persona a la que le dijo que iba a pedirle a Terri que se casara con él.

—¿Vas a regalarle un anillo? —preguntó Pat.

—Cuando tenga dinero para comprarle uno decente.

—Ve a ver a Solly Weiss.

Weiss tenía una joyería en el centro de Providence.

—Tenía pensado ir a Zales —contestó Danny.

—¿Para que te cobren un ojo de la cara, a precio de mercado? —dijo Pat—. Ve a ver a Solly, dile que eres de los nuestros, para quién es el anillo, y te hará un buen precio.

Por algo el lema oficioso del estado era «conozco a un tío que...».

—No quiero regalarle a Terri un diamante afanado en un camión —dijo Danny.

Pat se echó a reír.

—No son robados. Pero, hombre, ¿qué clase de hermano crees que soy? Nosotros cuidamos de Solly. ¿Has oído que le hayan robado alguna vez?

—No.

—¿Y por qué crees que es? —preguntó Pat—. Mira, si te da vergüenza, voy contigo.

Así que fueron a ver a Solly, y Solly le vendió un diamante de un quilate cortado en talla princesa, a precio de coste, pagadero en cómodos plazos y sin intereses.

—¿Qué te decía? —preguntó Pat cuando salieron de la tienda.

—Conque es así como funciona, ¿eh?

—Así es como funciona. Pero ahora tienes que ir a ver al viejo, y yo no pienso entrar contigo.

Danny encontró a John Murphy en el Gloc —¿dónde si no?— y le preguntó si podía atenderle un momento. John lo llevó a la parte de atrás, se sentó en su sitio de siempre y, como no pensaba facilitarle las cosas, se limitó a mirarlo fijamente.

—He venido a pedirle la mano de su hija —dijo Danny, sintiéndose como un idiota y cagado de miedo, además.

A John le apetecía tanto tener a Danny Ryan de yerno como que le salieran unas buenas almorranas, pero Catherine ya le había advertido de que era probable que aquello ocurriera y de que, si quería preservar la paz doméstica, lo mejor sería que diera su consentimiento.

—Yo le buscaré otro novio —le había dicho John.

—No quiere otro novio —contestó Catherine—. Y cuanto antes se casen, mejor, o tendrá que pasar por la vicaría vestida con un saco.

—¿No la habrá dejado preñada?

—Todavía no. Ni siquiera se acuestan, por lo que dice Terri, pero...

Así que John le siguió la corriente a Danny.

—¿Cómo piensas mantener a mi hija? —preguntó.

¿Cómo coño crees tú?, pensó él. Gracias a ti tengo el carné del sindicato, un empleo en el puerto y otras cosillas bajo cuerda.

—No me da miedo el trabajo —dijo—. Y quiero a su hija.

John le contestó que con eso no bastaba y le soltó la charla habitual, pero al final dio su permiso y esa noche Danny llevó a Terri a cenar al George's y ella se hizo la sorprendida cuando se puso de rodillas y le hizo la pregunta, a pesar de que era ella quien le había dicho a su hermano que procurara que Danny se enterara de dónde podía comprar un buen anillo sin endeudarse.

La boda fue aparatosa, como correspondía a una hija de John Murphy.

No tan aparatosa como una boda italiana —no llegaron a esos extremos—, aunque asistieron todos los italianos, llevando su sobre correspondiente: Pasco Ferri y su mujer, los hermanos Moretti, Sal Antonucci y su esposa, y Chris Palumbo. También estuvieron presentes todos los irlandeses que pintaban algo en Dogtown. Hasta Marty estuvo en la misa en la iglesia de St. Mary y en el banquete de bodas, en el Biltmore. John lo costeó todo menos la luna de miel, así que los novios se conformaron con cruzar el puente Blackstone para pasar en Newport un fin de semana largo.

Pat fue quien más se alegró cuando se casaron.

—Siempre hemos sido como hermanos —dijo en la cena de ensayo, la víspera del banquete—. Ahora ya es oficial.

Sí, y, como ya era oficial, Terri cedió por fin.

Con entusiasmo y energía, de eso Danny no tenía queja. Y ahora sigue siendo igual. Llevan cinco años casados y siguen follando como el primer día. Lo malo es que aún no se ha quedado embarazada y a todo el mundo le parece normal preguntarle constantemente por ese tema, y Danny sabe que a ella le duele.

Él no tiene prisa por tener hijos, ni siquiera sabe si quiere tenerlos.

—Eso es porque a ti te criaron los lobos —le dijo Terri una vez.

Pero no es verdad, piensa Danny.

Los lobos se quedan.

Ahora mira el pequeño despertador que hay encima de la cómoda desvencijada y ve que es hora de reunirse con los demás en el Spindrift, antes de la fiesta de Pasco.

Todos los años, el sábado del puente del Día del Trabajo, Pasco Ferri organiza una barbacoa de marisco a la que invita a todo el mundo. Te cruzas con él en la playa, delante de su casa, y te quedas mirando el hoyo que está abriendo en la arena, y te invita, no le importa. Se pasa el día entero cavando el hoyo y echando el carbón, y luego se va a recoger las almejas y las chochas para que estén recién salidas del agua.

Danny a veces va con él, se mete hasta los tobillos en el barro tibio de las lagunas que forma la marea y lo remueve con el rastrillo de mariscar. Es una tarea pesada: levantar el rastrillo del fondo, hurgar con los dedos en el barro atascado entre sus dientes para sacar los moluscos y echarlos al cubo, que flota sobre una cámara de neumático inflada que Pasco se ata al cinto con un trozo de cuerda de tender viejo y deshilachado. Pasco trabaja a ritmo constante, como una máquina: desnudo de cintura para arriba, con la piel mediterránea tostada por el sol, a sus sesenta y tantos años sigue teniendo los músculos duros y fibrosos, aunque los pectorales estén empezando a colgarle un poco. Manda en todo el sur de Nueva Inglaterra, pero se lo pasa en grande al sol, metido en el barro, afanándose como un viejo paisano.

Sí, pero ¿a cuántos tíos ha mandado liquidar este paisano?, se pregunta Danny a veces mientras lo ve trabajar, tan apacible y satisfecho. ¿Y a cuántos se ha cargado él mismo? Cuentan por ahí que él en persona mató a Joey Bonham, a Remy LaChance y a los hermanos McMahon de Boston. Y Peter y Paul le han contado en voz baja, alguna noche que se han quedado bebiendo whisky hasta las tantas, que a Pasco no le van las pistolas, que prefiere el alambre o la navaja, las distancias cortas, poder oler el sudor de sus víctimas.

Algunos días, Pasco y Danny iban a Almacs a comprar muslos de pollos y luego se acercaban en coche al río Narrow, donde Pasco ataba los muslos con un cordel largo, los lanzaba al agua y los iba recogiendo muy despacio. Ocurría entonces que una jaiba enganchaba la carne con sus pinzas y no la soltaba hasta que Pasco la metía en la red que sujetaba Danny.

—Aplícate el cuento —le dijo Pasco una vez mientras observaba cómo una jaiba forcejaba en el cubo, intentando escapar. Luego ató otro muslo de pollo y repitió la operación hasta que tuvieron el cubo lleno de jaibas que cocer esa noche.

Y el cuento era este: no te aferres a nada que te lleve a una trampa. Si vas a soltarte, suéltate cuanto antes.

O, mejor aún, no muerdas la carnada.

TRES

DANNY Y LIAM SUBEN AL Camry de Pat para ir a Mashanuck Point, a cinco minutos en coche.

—Entonces, ¿para qué vamos a reunirnos? —le pregunta Pat a su hermano.

—Los Moretti le están cobrando impuestos al Spindrift —le recuerda Liam.

—Está en su territorio —contesta Pat.

—El Drift, no. Está exento.

Es cierto, piensa Danny mientras mira por la ventanilla. El resto de los locales de la costa son territorio de los italianos, pero el Spindrift es de los irlandeses desde tiempos de su padre. Conoce bien el sitio, solía emborracharse allí cuando trabajaba en la flota pesquera, y a veces, en verano, va a escuchar a las bandas de blues de la zona que tocan allí los fines de semana.

El dueño, Tim Carroll, es amigo suyo.

El coche avanza entre maizales, y a Danny siempre le sorprende que estos terrenos sigan sin urbanizar. Son propiedad de la misma familia desde hace trescientos años, y son gente muy terca estos labradores yanquis. Prefieren plantar maíz dulce a vender sus tierras y jubilarse con los bolsillos bien llenos, pero Danny se alegra de que así sea. Es tan bonito todo esto, con los sembrados hasta el borde mismo del mar...

—Bueno, ¿y qué? —le pregunta Pat a Liam—. ¿Tim ha acudido a ti?

Es un incumplimiento del protocolo. Si Tim tiene alguna queja, debe acudir a John, o a Pat, en todo caso. No a Liam, que es el hermano pequeño.

Liam se pone un poco a la defensiva.

—No es que haya acudido a mí. Fui a tomar una cerveza y nos pusimos a hablar.

Hay tantos cabos y marismas a lo largo del litoral, se dice Danny, que para llegar a cualquier sitio tienes que ir primero tierra adentro, seguir luego en paralelo a la costa y volver después hacia el mar. Se tardaría mucho menos si drenaran las marismas y construyeran carreteras, pero eso es lo que harían en Connecticut, no en Rhode Island.

En Rhode Island a la gente le gusta complicar las cosas, que sean difíciles de encontrar.

Es otro lema oficioso del estado: «Si tuvieras que saberlo, lo sabrías».

Así que se tarda unos minutos en llegar en coche al Spindrift. Podrían haber ido andando por la playa, pero van por carretera, dejando atrás los maizales y luego el pequeño supermercado, el puesto de perritos calientes, la lavandería y la heladería. Al doblar la curva que vuelve a la costa, hay un camping de caravanas a la izquierda y luego está el bar.

Aparcan delante.

Nada más cruzar la puerta, ya intuye uno que el bar no es lo que se dice una mina de oro. Es una vieja barraca de madera de chilla vapuleada por el salitre y los vientos invernales desde hace más de sesenta años. A saber cómo sigue en pie. Un ventarrón la echaría abajo, piensa Danny, y la temporada de huracanes está al caer.

Tim Carroll está detrás de la barra, poniéndole una cerveza a un turista.

Tim Carroll el flaco, piensa Danny. No engorda ni aunque lo ceben como a un pavo. Tiene, ¿cuántos? ¿Treinta y tres años? Y ya parece avejentado por la responsabilidad de llevar el bar desde que murió su padre. Se limpia las manos en el delantal y sale de detrás de la barra.

—Peter y Paul ya han llegado. —Señala la terraza con el mentón—. Chris Palumbo está con ellos.

—Bueno, ¿qué problema hay, Tim? —pregunta Pat.

—Que vienen aquí dándose aires. Se presentan todas las tardes, piden jarras de cerveza que no pagan, y bocadillos y hamburguesas… ¿Tú sabes lo que cuesta la carne últimamente? ¿Y el pan?

—Sí, vale.

—¿Y ahora, encima, quieren un sobre? —añade Tim—. Tengo diez semanas, once como mucho, para sacarle a esto algún beneficio en verano. El resto del año me muero de asco. Solo viene alguna gente del pueblo, y pescadores que se tiran dos horas con una cerveza. No te ofendas, Danny.

Danny sacude la cabeza: «Tranquilo, no me ofendo».

Cruzan la puerta corredera abierta y salen a la terraza, sostenida precariamente sobre unas rocas que puso el Gobierno del estado para que el chiringuito entero no se deslizara en el mar. Desde allí, Danny alcanza a ver toda la costa sur, desde el faro de Gilead hasta Watch Hill.

Es precioso.

Los hermanos Moretti están sentados a una mesa blanca de plástico junto a la barandilla, en la que Chris Palumbo tiene apoyados los pies.

Peter Moretti parece el típico mafioso: el pelo negro y espeso repeinado hacia atrás, la camisa negra arremangada para que se le vea el Rolex, vaqueros de marca y mocasines de charol.

Paulie Moretti es un macarrilla de metro setenta, como mucho, con la piel de color caramelo y el pelo castaño claro, teñido con mechas y muy rizado. Permanentado, piensa Danny con desdén. Es lo que está de moda, pero aun así no lo soporta. Paulie siempre ha tenido un poco pinta de puertorriqueño, se dice Danny, pero se lo calla, claro.

Chris Palumbo es otra cosa. Tiene el pelo rojo, como si fuera del mismo Galway, pero aparte de eso es tan italiano como la salsa boloñesa.

Danny recuerda lo que le dijo de él el carcamal de Bernie Hughes:

—Nunca te fíes de un espagueti pelirrojo. Son lo peor de su casta.

Peter es listo, sí, pero, por listo que sea, Chris es más listo que él. Peter no mueve un dedo sin consultarle antes y, si Peter da el gran paso y asciende a la jefatura, no hay duda de que Chris será su consigliere.

Los irlandeses arriman unas sillas cuando una camarera trae dos jarras grandes de cerveza y las deja en la mesa. Los hombres se sirven. Luego, Peter se vuelve hacia Tim.

—¿Has ido corriendo a los Murphy?

—No he ido «corriendo» a ningún sitio —contesta—. Solo le he dicho a Liam…

—Aquí todos somos amigos —dice Pat, que no quiere que se metan a discutir quién le ha ido con el cuento a quién.

—Somos todos amigos, pero el negocio es el negocio —replica Peter.

—Este sitio no paga impuestos —tercia Liam—. Nunca los ha pagado ni los pagará. El padre de Tim y mi padre…

—Su padre ha muerto —le corta Peter, y mira a Tim—. Descanse en paz, no te ofendas. Pero al morir él se acabó el acuerdo.

—Está exento —dice Pat.

—¿Y va a estar exento siempre porque hace treinta años algún destripaterrones irlandés coció aquí una patata? —pregunta Peter.

—Venga ya, Pete —contesta Pat.

Entonces interviene Chris:

—¿Quién crees que consiguió que Obras Públicas pusiera estas rocas para que este tugurio no acabara como la puta balsa de Huckleberry Finn? Son treinta o cuarenta mil pavos en material, eso por no hablar de la mano de obra.

Pat se ríe.

—¿Qué pasa? ¿Es que lo pagaron ustedes?

—Lo organizamos nosotros —contesta Chris—. Y no oí que Tim se quejara entonces.

—Ya le compro la comida a su proveedor —dice Tim—. Y me cobra un dineral por la carne. Me saldría mucho más barata en otro sitio.

Es cierto, piensa Danny. Los Moretti ya le sacan algo al Spindrift, entre las máquinas expendedoras y la comisión que cobran a los proveedores. Además de las consumiciones gratis.

—Ya, y la próxima vez que un inspector de sanidad inspeccione de verdad tu cocina será la primera —replica Chris.

—Joder, entonces, no se coman mi comida, ¿vale?

Peter se inclina sobre la mesa, hacia Pat.

—Lo único que decimos es que últimamente este sitio nos ha dado algunos gastos y creemos que Tim tendría que contribuir un poco. Yo creo que es bastante razonable, ¿no?

—No puedo darles lo que no tengo —se queja Tim—. No tengo dinero, Peter.

Peter se encoge de hombros.

—Seguro que algo se nos ocurre.

Ah, conque es eso, piensa Danny. La exigencia del impuesto era solo un truco. Los Moretti saben que Tim no tiene dinero. Era solo una estratagema para plantear lo que de verdad les interesa.

—¿Tienen algo en mente? —pregunta Pat.

—La semana pasada, uno de nuestros chicos —dice Peter— entró en el aseo a hacer una pequeña transacción y Tim se puso borde con él.

—Estaba vendiendo cocaína —dice Tim.

—Le pusiste las manos encima —replica Paulie—. Le echaste a la calle.

—Sí, y volvería a hacerlo, Paulie. Si mi viejo supiera que esas cosas pasan aquí...

Danny se acuerda de pronto de una discusión que tuvieron Pat y Liam sobre los viajes de Liam a Miami. Liam va allí de vez en cuando, «de fornicaciones», como él dice. Danny tiene sus sospechas sobre esas escapadas.

Igual que Pat.

Danny estaba presente cuando Pat arrinconó a su hermano y le dijo:

—Te juro por Dios, Liam, que si te traes de Florida algo que no sea un herpes...

Liam se rio.

—¿Como por ejemplo qué? ¿Coca?

—Sí, eso, coca.

—La coca da mucha pasta, hermano.

—Y también da un montón de años de cárcel —replicó Pat—. Y no queremos que los federales y la policía local vengan a husmear por aquí.

—Sí, padrino —dijo Liam, y añadió imitando a Brando—: Perderemos a nuestros jueces, a nuestros políticos...

—No estoy de broma, hermanito.

—Pues no te pongas histérico. Que no estoy moviendo coca, hombre.

—Más te vale.

—Joder, venga ya.

Ahora, al acordarse de esa conversación, Danny se pregunta de qué coño se está hablando de verdad aquí.

—Mira —interviene Peter—, quizá podamos darle a Tim un poco de cuartel con los pagos si hace la vista gorda con ese tema.

—¿Por qué aquí? —pregunta Pat—. En invierno solo vienen pescadores.

—¿Y es que a los pescadores no les gusta la coca? —pregunta Paulie—. No te hagas ilusiones. Cuanto peor es la pesca, más la necesitan. Y, cuanto mejor es la pesca, más coca quieren.

A Danny no le agrada el comentario. Es muy duro ganarse la vida faenando y mantener a la familia. Esos hombres buscan consuelo en lo que pueden. Antes era el alcohol, ahora es la coca. O, mejor dicho, el alcohol y la farla, las dos cosas.

—Solo digo que hay otros sitios donde podrían dedicarles a eso —insiste Pat.

Tiene razón, se dice Danny. Conoce por lo menos cinco garitos de la costa donde se trapichea con coca.

—En esos sitios no puede uno ni mear en el váter sin salpicar a un poli —contesta Peter—. Pensaba que éramos amigos. ¿Un amigo le niega un favor a otro?

—Es que es mucho pedir —dice Tim—. Podría perder la licencia para vender alcohol. Joder, hasta podrían cerrarme el bar.

Pat le manda callar con un ademán. Danny reconoce el gesto. Se lo ha visto hacer cien veces a Murphy padre. Debe de ser genético.

—¿A quién tienen vendiendo aquí? —pregunta Pat.

—¿Conoces a Rocco Giannetti?

Danny lo conoce: un macarra de veintipocos años que conduce un puto BMW. Ahora ya se explica cómo paga las cuotas y el seguro.

—A Rocco le gusta lucirse —comenta Pat—. Dar la nota. Llama mucho la atención.

—¿Qué pasa? ¿Es que ahora trabajas en personal? —dice Paulie.

—¿Preferirías a otro? —pregunta Peter.

—Preferiría a alguien más maduro —responde Pat.

—Eso puede arreglarse —dice Peter—. ¿Qué tal si se encarga Chris?

Ahí está, se dice Danny. De eso se trataba desde el principio, de conseguir que Chris Palumbo venda coca aquí. Y no ha sido idea de los Moretti, sino de Chris. Seguro que ese espagueti de pelo rojo les ha estado calentando la cabeza con el tema del impuesto y luego les ha propuesto lo de la coca como compensación. Ganará lo suyo con la cocaína y les dará su parte a Peter y Paul.

Pat expone sus condiciones.

—Dos veces por semana, solo en temporada baja. En verano, nada. Chris puede quedar con el cliente dentro, pero para mover la mercancía que salga al coche. Nunca más de treinta gramos.

—¿No podemos vender en verano? —se queja Paulie—. Pero ¿esto qué es?

—No tenemos por qué darles nada —dice Liam.

—Y unos cojones…

—Ya está bien —dice Peter cortando a su hermano pequeño.

—Tim, ¿a ti te parece bien así? —pregunta Pat.

—Supongo que sí.

Acepta a regañadientes y Danny lo comprende. Pero ¿qué se le va a hacer? Así son las cosas. En su mundo, por lo menos. Además, Pat no ha cedido nada de lo que los Moretti no pudieran apoderarse de todos modos. Si no puedes evitar algo, lo más prudente es mostrarte magnánimo.

Además, Pat está pensando en el futuro. Pasco lleva un tiempo hablando de retirarse: Mashanuck en verano, Florida en invierno. Alguien tendrá que sustituirlo en la jefatura y ese alguien podría ser Peter Moretti. Es joven, pero ya es capitán y gana un montón de pasta. Además, si Moretti padre no estuviera cumpliendo veinte años en la ACI —o sea, en la cárcel del estado—, el capo sería él, así que Peter cree que está en su derecho de ocupar el puesto. Pat Murphy sabe que más adelante tendrá que hacer negocios con Peter y quiere que se lleven bien.

—¿Lo hablas tú con Pasco? —le pregunta.

—No, ¿para qué vamos a molestarlo con esta pequeñez? —contesta Peter.

Se hace un segundo de silencio y luego todos rompen a reír. ¡Qué coño! Están de buen humor, sienten su fuerza y su juventud, y saben que van a dominar el mundo. Pueden hacer cosas sin que los mayores lo sepan ni les den el visto bueno. Y no es que no sea un asunto serio lo de trapichear con drogas como quien dice en el patio trasero de Pasco y a sus espaldas, pero es que ha tenido gracia cómo lo ha dicho Peter, y durante unos segundos vuelven a ser todos amigos, un grupo de chavales de cachondeo, echándose unas risas.

—Y Peter… A ver si dejas un poco las hamburguesas, ¿eh? —dice Pat.

—¿Es que te preocupa que eche barriga?

—Paga alguna, no seas rácano.

Vuelven a reírse otra vez.

Qué maravilla, piensa Danny, ser joven en los dulces días de verano.

Pero en el trayecto de vuelta no puede sacudirse la impresión de que Liam acaba de llegar a un acuerdo con los hermanos Moretti para traficar con cocaína.

CUATRO

EN CUANTO DANNY LLEGA A CASA, Terri vuelve a mandarle salir.

—Llévale la compra a tu padre —le dice.

Ha ido por la mañana al súper a hacer la compra para ellos y para su suegro. Para Marty ha comprado panceta, huevos, café, leche, pan, tabaco —Lucky Strike, el que fuma siempre—, whisky Bushmill, cerveza Sam Adams, picadillo de carne Hormel y unos boletos de lotería. Ha dejado la compra fuera, en dos bolsas de plástico, para que Danny se la lleve a su padre.

Es justo, se dice él: ella ha ido al súper y ha hecho cola en la caja mientras estaba todo el mundo comprando para las barbacoas y los pícnics del puente del Día del Trabajo.

Danny recoge las bolsas y se va a casa de Marty, un poco más arriba, en la calle pavimentada de gravilla, una casita baja que el viejo se empeña en tener alquilada todo el año.

Llama a la puerta mosquitera, pero la abre con el pie sin esperar respuesta.

—¡Soy yo!

Marty está sentado en su sillón de siempre, fumándose un Lucky y tomando una cerveza mientras escucha en la radio el partido de los Sox.

Ned Egan está sentado en el sofá, junto a la ventana. Ned nunca anda muy lejos de Marty.

—¿Me has traído el picadillo? —pregunta Marty.

—¿Cuándo se olvida Terri de tu picadillo? —Danny deja las bolsas en la encimera de la cocina—. Hola, Ned.

—Danny.

—Creía que a lo mejor habías hecho tú la compra —comenta Marty.

Ned se levanta y empieza a sacar la compra y a guardarla en los estantes y la nevera. Tiene cuarenta y tantos años y el cuerpo como una bomba de incendios. Todavía levanta pesas un día sí y otro no. Cuando se estira para guardar las latas, se le ve la pistolera del 38 que lleva al hombro.

Si uno quiere llegar hasta Marty, primero tiene que pasar por Ned, y nadie pasa por Ned. Marty Ryan ya importa tan poco que nadie quiere matarlo, pero aun así Ned está siempre alerta. El caso es que Danny se alegra de que su viejo tenga compañía, alguien que le caliente el picadillo de carne y con el que quejarse de lo mal que van los Sox.

—¿Me has traído la lotería? —pregunta Marty.

Su padre juega a la lotería como si tuviera línea directa con san Judas Tadeo. Normalmente solo gana un poco de calderilla, pero una vez le tocaron cien dólares y desde entonces no ha parado de jugar. Está convencido de que algún día le tocará el gordo, aunque Danny no tiene ni idea de qué haría su padre con esos millones, si de verdad le tocara.

El viejo, flaco y amargado, está sentado en su sillón de siempre, con la camisa de cuadros roja que Terri le regaló por Navidad hace ¿cuánto? ¿Tres años? La lleva abrochada hasta el cuello y solo se le ve una franja de la camiseta blanca que lleva debajo. Lleva también unos pantalones de pinzas anchos y sucios que Terri consigue que se quite una vez al mes, como mucho, para lavarlos. Y unas sandalias con calcetines blancos.

Marty Ryan.

Martin Ryan.

Una leyenda de la hostia.

Cuando Big Bill Donovan vino de Nueva York y les dijo a los chicos de Providence que tenían que unirse a la rama neoyorquina del ILA, fue Marty Ryan, que por entonces era todavía un chaval, quien lo mandó a su casa.

Marty y John Murphy, los dos juntos en aquella época. Le plantaron cara a Nueva York y Nueva York se achantó, y por eso ahora tenemos nuestro propio sindicato y nuestros muelles, se dice Danny.

Un par de años después vino Albert Anastasia en persona con la misma cantinela y Marty le soltó: «Aquí tenemos nuestros propios macarroni».

Fue así, tal cual: Pasquale Ferri, que entonces era joven, estaba presente, allí mismo, a su lado. Lo arreglaron entre ellos, Marty, John y los italianos. Los irlandeses se quedaron con los muelles; los italianos, con los camiones, y los dos sindicatos se dirigían desde Providence. Marty y John les decían a los forasteros que allí lo local era local y nada más. Que no iban a dejar que Irlanda siguiera siendo una colonia de nadie. Así que durante años no entraba nada en Providence que no pasara por Marty Ryan, John Murphy o Pasco Ferri. En barco o en camión, lo mismo daba. Tenían una broma sobre la mordida que se llevaban; la Paul Revere[*], la llamaban: «Una si por tierra, dos si por mar».

---

[*] En abril de 1775, Paul Revere protagonizó la llamada Cabalgada de Medianoche entre Boston y Concord para alertar a las milicias independentistas de una inminente ofensiva británica. Antes de emprender el viaje, estableció una señal de aviso para conocer qué ruta seguirían las tropas enemigas: una linterna encendida si los británicos llegaban por tierra; dos si venían por mar. (N. de la T.)

El género que salía de aquellos barcos y camiones sirvió para alimentar a Dogtown durante décadas. Y no solo a los trabajadores de los muelles y los camioneros. Los hombres que trabajaban en las fábricas haciendo bisutería o herramientas y ganaban lo justo para pagar el alquiler sabían que siempre podían comprarles a sus hijos un par de zapatillas nuevas en la puerta trasera del Glocca Morra. Podían conseguir conservas, alcohol y tabaco sin tener que pagarlos a precio de tienda ni hacer más ricos a los yanquis. Más adelante, cuando las fábricas se trasladaron al sur y se estrechó el Cinturón de Óxido, a la gente ya no le alcanzaba el dinero para pagar el alquiler, y aquellas transacciones de puerta trasera se convirtieron en cuestión de supervivencia. Los hombres que preferían pegarse un tiro a aceptar vales de comida iban a ver a Marty para averiguar qué había salido esa semana de los barcos y los camiones. A las latas de sopa, de atún y de carne estofada les salían patas y emigraban de los muelles a hurtadillas para ir a parar a la mesa de alguna familia.

Así era Marty cuando tenía cuello de toro de tanto manejar los puños y el gancho de estibador. Cuando aún tenía orgullo.

—Vas a ir a la barbacoa, ¿no? —le pregunta ahora Danny.

—No lo sé.

—Deberías venir. Te sentará bien salir.

Los viernes por la noche, Terri suele arreglárselas para llevar a Marty donde Dave a comer pescado frito con patatas. Es lo que come Marty todos los viernes por la noche desde que Danny tiene uso de razón: un paréntesis en su dieta constante de huevos con panceta, picadillo de carne y alcohol.

—No lo sé —repite ahora.

Ned no dice nada. Ned casi nunca dice nada.

Es duro como el pedernal, Ned Egan. De pequeño, faltó poco para que los curas y las monjas del St. Michael lo mataran a palos intentando enmendarlo. La monja de turno le hacía extender la mano sobre la mesa y le pegaba en los dedos con el filo de la regla, y él se limitaba a mirarla y a sonreír. Cuando llegaba a casa, su padre le veía el verdugón en la mano y pensaba que Ned tenía que haber hecho algo para cabrear a la monja, así que le hacía tumbarse en la cama y le zurraba en las piernas con un suavizador de navajas hasta que Ned se echaba a llorar.

El problema era que Ned se resistía a llorar y su padre no se daba por vencido. En aquellos tiempos, nadie había oído hablar del Servicio de Protección de Menores, ni siquiera existía como concepto, y Ned se llevaba unas palizas feroces. A la mañana siguiente llegaba al colegio con las perneras de los pantalones tan manchadas de sangre que se le pegaban al asiento cada vez que se levantaba de la silla. Los maestros aprendieron a no sacar al chico a la pizarra esos días para no avergonzarlo delante de la clase.

Un día, cuando Ned tenía catorce años, su padre agarró el suavizador y le dijo que se tendiera, pero Ned se revolvió, lo tiró al suelo y luego huyó y trató de enrolarse en la marina mercante, pero se rieron de él y le dijeron que volviera pasados cuatro años. Así que Ned estuvo un tiempo malviviendo en la calle, hasta que Marty Ryan mandó que pusieran un camastro en el almacén del Gloc y que le dejaran barrer el local a cambio de un plato de estofado de cordero, un trozo de empanada o lo que sobrara cada noche.

Una tarde, su padre entró en el pub con un bate de béisbol en la mano, diciendo que iba a darle al vago de su hijo una lección que no olvidaría nunca. Marty, sentado en su sitio de siempre, contestó tranquilamente:

—Billy Egan, a no ser que vayas a enseñarle a lanzar una bola curva, te aconsejo que des media vuelta y te vayas por donde has venido. Ahora mismo ando algo escaso de dinero y no me viene bien pagarte una misa.

El padre de Ned se puso blanco como la leche y salió por la puerta.

Sabía muy bien lo que Ryan estaba dando a entender, y no volvió a pisar el Gloc.

El día que cumplió dieciséis años, Ned dejó el colegio y se fue a los muelles, donde el señor Ryan le consiguió el carné del sindicato. Empezó a manejar el gancho y a ganar un sueldo decente que le daba para pagar un pisito en la calle Smith y hacer la compra. Cuando su padre lo veía por el barrio, se cambiaba de acera. Su madre le escribió una carta cuando murió el viejo.

Ned no contestó. Por lo que a él respectaba, su padre era Marty Ryan.

Ahora Danny le dice a su padre:

—Yo te acerco en coche.

—Puede llevarme Ned.

—Yo te acerco —repite Danny.

Marty tiene sesenta y cinco años, pero se comporta como si tuviera ochenta. Es el efecto que tienen el tabaco, la bebida y la amargura, supone Danny.

O el que han tenido sobre Marty, al menos.

Danny recuerda que, cuando se enfurecía, su padre solía gritarle:

—¡Eres igual que tu madre! ¡Tienes la sangre de esa zorra!

Y, antes de perder el conocimiento, mascullaba con apacible lucidez:

—Ni siquiera sabía que existías. Fui a Las Vegas, me lie con una tía que conocí en un bar y un año después se presenta con un crío. Contigo. Y me dice: «Ten, aquí tienes a tu hijo. Yo no estoy hecha para ser madre». La única verdad que salió de esa boca embustera.

También era verdad que Marty la quería. Tenía su foto guardada debajo de la cama. Danny la encontró una vez, cuando estaba buscando unos Playboy: una bailarina alta y escultural, con el pelo rojo, los ojos verdes, piernas largas y tetas grandes. Solo mucho después, durante una de las invectivas de borracho de Marty —esa vez, acompañada de material gráfico—, se dio cuenta de que era su madre.

Aun así, costaba creer que su padre se hubiera liado con una mujer como aquella. Marty Ryan no parecía un ligón, pero el bueno de Pasco sacó a Danny de su error en ese aspecto. Un día que estaban recogiendo almejas le dijo:

—Tu padre, en sus tiempos, era un chaval muy guapo. Cuando Marty iba a una fiesta, más te valía esconder a tu novia.

Danny sabe que su padre todavía tiene la foto.

CINCO

CUANDO LLEGAN A CASA DE PASCO, ya hay mucho jaleo.

Hay gente por todas partes, las mujeres se mueven por la cocina con la coordinación de un equipo de animadoras, con Mary Ferri a la cabeza. Danny deja a su padre instalado en un sillón y se va a buscar a Terri, que está echando una mano en la cocina.

—¿Dónde has ido esta tarde? —pregunta—. Me he despertado y no estabas.

—Un asunto de negocios.

—Y se habrán tomado unas cervezas, de paso.

—Un par de jarras, nada más.

Ella mira a su hermano.

—¿Cuántas se ha tomado Liam?

—Liam está bien.

—Demasiado bien, diría yo —contesta Terri—. Cuídamelo, ¿vale?

Danny dice que sí, aunque le molesta un poco que se lo pida. Siempre le toca a alguien cuidar de Liam. Pat lleva haciéndolo toda la vida. Hasta cuando jugaban al hockey sobre hielo, todo el mundo sabía que, si le hacías una entrada a Liam, Pat se quitaba los guantes y los tiraba al suelo.

Danny sospecha que esto se remonta a antes de que naciera Liam. Una noche de borrachera, Pat le contó que el embarazo de Liam fue difícil, que hasta se temió por la vida de Catherine si seguía adelante, y John, a pesar de ser un católico devoto, quiso que ella abortara. Pero Catherine se negó y el bebé, Liam, nació prematuro, un par de meses antes de lo previsto. No pesó ni kilo y medio. Había pocas esperanzas de que sobreviviera y lo dieron por muerto dos veces.

Así que mimar a Liam, velar por Liam, sacar a Liam de los marrones en los que se metía él solito, era costumbre en la familia Murphy.

Danny echa una mirada a su cuñado, que está dorándole la píldora a Mary Ferri, y ve que tiene las mejillas muy coloradas y una sonrisa engreída en la cara, como si todo le hiciera mucha gracia.

—¿Han llegado Jimmy y Angie? —pregunta.

—Están fuera —contesta Terri.

—¿Quieres algo de beber?

—Me tomaría una cerveza.

Danny se acerca a un gran barreño metálico lleno de hielo que hay en el suelo y saca dos cervezas frías. Entonces ve a Cassandra. Alta, con el pelo rojo y ondulado y esos llamativos ojos marrones oscuros. Le sonríe y él se azora, con las dos cervezas todavía en la mano.

—Hola, Danny.

—Hola, Cassie. No sabía que habías vuelto del…

—¿Del tratamiento? Puedes decirlo, Danny.

Ha sido la segunda o puede que la tercera vez que ha estado ingresada en una clínica de desintoxicación, o en un psiquiátrico. Cassie es, sorprendentemente, la oveja negra de la familia Murphy, y John ya casi no se molesta en disimular la vergüenza que le produce. Antes era el ángel de la familia, la niña de sus ojos. Terri le reconoció una vez que estaba celosa de aquella hermana mayor que cantaba tan bien las viejas baladas folclóricas y ganaba premios de baile en las *céilís*. Luego, Cassie empezó a beber, y más tarde a fumar marihuana y a meterse toda clase de cosas. Estuvo viviendo en la calle un tiempo después de que los Murphy optaran por la mano dura y la echaran de casa, y más tarde Danny se enteró de que había accedido a ingresar en una clínica de Connecticut.

En Danbury o en un sitio así.

Ahora tiene buen aspecto.

Los ojos despejados, la piel luminosa.

—¿Una de esas cervezas no será para mí, Danny? —pregunta.

—Venga, Cassie, no bromees con eso.

Cassie y él siempre estuvieron muy unidos, quizá porque los dos eran en cierto modo ajenos a la familia; aliados naturales, por lo tanto.

—Bromear sí puedo. Lo que no puedo es beber.

—Pues mejor así, ¿no?

—Eso dicen en las reuniones, por lo menos —contesta ella.

—Entonces, ¿vas a las reuniones?

—Noventa en noventa.

Cualquiera que viva en un barrio irlandés sabe lo que significa esa frase: noventa reuniones de Alcohólicos Anónimos en otros tantos días.

—Me alegro, Cassie.

—Sí, bien por mí —contesta ella.

Siempre le ha caído bien Danny. Había algo tierno en él, una especie de herida. Pero ¿a quién podía extrañarle, siendo hijo de Marty?

—Será mejor que vuelvas con Terri o se le va a calentar la cerveza.

—Sí, ya.

Danny le lleva la cerveza a Terri y dice:

—Cassie está aquí.

—¿Sí?

—Lo digo porque… ¿tendría que estar? ¿Con tanta bebida y eso?

—Alguna vez tendrá que aprender a desenvolverse en la vida real. —Terri se le lleva la cerveza—. Además, aquí nadie va a dejar que beba.

Mary Ferri está bromeando con Liam, metiéndose con él porque no haya traído una chica a la fiesta.

—Es la primera vez —dice—. Normalmente siempre es una modelo de Nueva York, o una actriz, siempre una chica guapísima…

—Esta noche me apetecía probar suerte por aquí —contesta Liam.

—Pues no tienes mucho donde escoger —dice Terri.

Casi todo el mundo se ha casado ya y ha fundado una familia. Las barbacoas de Pasco han adquirido un sabor decididamente doméstico, incluso entre la generación más joven. Un poco aburrido para Liam.

—Haré lo que pueda, entonces —dice Liam.

—Lo que tendrías que hacer es casarte —le dice Mary—. Olvídate de todas esas modelos y esas actrices. ¿Quieres que te busque una buena chica italiana?

—¿Serías capaz de hacerle eso a una buena chica italiana? —pregunta Terri.

—Gracias, hermanita —dice Liam.

—Liam es un sol —dice Mary—. Solo necesita encontrar a la chica perfecta.

—Ya la tenía —responde Terri— y la dejó escapar.

Danny sabe que se refiere a Karen, la exnovia de Liam. Era enfermera de traumatología en el hospital Rhode Island y lo tenía todo: era guapa, inteligente y buena. A todos les caía bien. Y quería de verdad a Liam, pero él tuvo que echarlo todo a perder tirándose a unas y a otras.

Liam es guapo como un Kennedy —pelo negro y rizado, hermosos ojos marrones—, y ha hecho estragos por todo Rhode Island, lo que no es fácil en un estado mayoritariamente católico en el que casi todas las chicas tienen hermanos mayores.

—¿La chica perfecta? —pregunta—. Pero si tú ya estás comprometida, Mary.

La gente dice en broma que Liam no besó la Piedra de la Elocuencia del castillo de Blarney, sino que la piedra lo besó a él.

¿Besarlo?, piensa Danny. Qué va, le hizo una mamada.

—Qué cosas dices —contesta Mary, encantada. Luego mira a Terri y añade—: Tina Bacco, quizá.

—Quizá. —Terri mira a Danny.

Los dos saben que Liam llevó a Tina a Atlantic City a pasar un fin de semana y se la folló dieciocho veces, en todas las posturas posibles. Por lo menos, eso le contó Tina a Terri. Liam era un hacha en la cama, estaba bien para echarse unas risas, pero ¿como marido? Ni hablar.

—Tú eres la mujer más guapa que hay aquí —le dice Liam a Mary—. Deberías dejar a Pasco y fugarte conmigo.

—Anda, haz algo de provecho y pregúntale a mi marido si ya está lista la comida —contesta ella.

—Voy contigo —dice Danny.

Salen a la playa, donde Pat está ayudando a Pasco a sacar el marisco de las brasas mientras Peter, Paulie y su gente observan la operación.

Sal Antonucci también está allí.

Danny no le traga.

Sal tiene ahora su propia gente y hace algunos trabajos importantes para los Moretti. A su lado, uno de sus ayudantes, Tony Romano, sonríe a Danny como un simio. Sal y Tony estuvieron juntos en la trena y son como hermanos. Estuvieron años, literalmente, pasándose las pesas y están cuadrados.

Pero Sal, además, es un asesino a sueldo.

Ha ascendido con los Moretti porque se encarga de hacerles los trabajos más sucios. Alto, musculoso, con la cara ancha como una losa de mármol y los ojos azules fríos como una mañana de enero, sonríe a Danny y pregunta:

—¿Qué tal va eso?

—De puta madre, Sally —contesta él porque sabe que a Antonucci no le gusta que lo llamen «Sally» y, por la razón que sea, a Danny le gusta meterse con él, o puede que necesite dejar claro que no le tiene miedo.

Mira a Romano.

—Tony.

El otro lo saluda con una inclinación de cabeza. Mucho más no puede hacer, porque es más simple que el asa de un cubo. Lo único que lo salva es su amistad con Sal, sus músculos y su físico: una buena mata de pelo rizado y negro, la cara como esculpida, el cuerpo fibroso y ligero. Podría ser uno de esos modelos que anuncian colonia o calzoncillos de Calvin Klein, o cualquier otra cosa de las que salen en las revistas.

—Yo me lo tiraría —le dijo Cassie una vez a Danny—. Con tal de que me diera fuerte y no abriera la boca.

La bocazas de Cassie habla mucho, piensa Danny, pero que él sepa nunca ha estado con nadie.

Le devuelve a Tony el saludo con otra inclinación de cabeza —con Romano, la conversación se limita a eso— y se va a saludar a Jimmy y Angie, pero luego se detiene.

Porque viniendo por la playa ve...

... a esa mujer.

A la diosa que salió del mar.

SEIS

VA CON PAULIE MORETTI.

—Les presento a mi amiga Pam —dice Paulie.

Figúrate, piensa Danny.

¿Quién iba a pensar que Paulie podía ligarse a una chica así? La mujer blanca con la que sueña todo espagueti. Joder, si hasta se llama Pam. No Sheila ni Mary ni Theresa: Pam.

—Encantada de conocerlos.

Es amable, aunque parece un poco cortada. Pero ¿quién no se corta, piensa Danny, cuando le presentan a esta peña? Y no parece nada estirada, como pensó cuando la vio salir del agua, pero tiene una voz que es puro sexo, grave y un poco áspera. Todos lo notan, hasta las mujeres, y un ligero temblor recorre al grupo.

—¿De qué conocen a Paul? —pregunta por hablar de algo.

Es lista, piensa Danny; los incluye a todos en la pregunta y al mismo tiempo convierte a Paulie en el tema de conversación, como si dijera: «No voy a por sus hombres, no soy ningún peligro, soy de los suyos, en realidad». Ser muy bella también puede ser una carga, comprende Danny. Los celos de las otras mujeres es una de sus desventajas.

—Nuestras familias se conocen desde el arca de Noé —contesta con cierta timidez.

Ella viste camisa blanca de hombre y vaqueros. Danny se pregunta si la camisa será de Paulie y si se la habrá puesto después de hacer el amor porque la tenía a mano y es cómoda, o porque ha pensado que le sentaba bien, lo que es cierto.

Paulie le pasa el brazo por los hombros.

«Esta es mía. Mía».

—¿Y tú? ¿Cómo conociste a Paulie? —pregunta Liam con el tono de quien casi no da crédito a lo que ve.

—En un bar —dice ella con una sonrisa humilde. Pronuncia la erre final de bar en vez de alargar la «a» como la gente de por aquí, y hasta eso suena sexi—. Salí a tomar algo con unos compañeros de trabajo y allí estaba Paul.

«Paul», piensa Danny. No «Paulie», sino «Paul». No ha oído llamar «Paul» a Paulie desde… Bueno, nunca.

—¿De dónde eres? —le pregunta Terri.

Ya empieza el tercer grado, piensa Danny. Las mujeres se le van a echar encima como a carne fresca. Es tan raro que un tío que no sea Liam traiga a una chica nueva, que querrán que les cuente toda su vida. Ellas se conocen desde hace siglos y nunca han salido con nadie que no fuera de su instituto. Se saben la vida de las otras de pe a pa y, además, siempre es la misma historia.

—De Connecticut —dice Pam—. Trabajo en una inmobiliaria, y en Rhode Island parece que hay más oportunidades.

Eso también es una novedad, piensa Danny: que alguien diga «oportunidades» y «Rhode Island» en la misma frase.

—Pasco —dice, acordándose del recado que le han dado—, Mary pregunta por la comida.

—Dile que ya puede empezar a servir la pasta —contesta él sin levantar la mirada de lo que hace.

—Encantado de conocerte, Pam —dice Liam.

Mientras vuelven a la casa, Danny le dice:

—No.

—¿No qué? —pregunta Liam, aunque lo sabe perfectamente.

—No, y ya está.

—Es la primera mujer con la que sale Paulie que no tiene bigote.

—No seas tocapelotas —le dice Pat a su hermano.

—¿Desde cuándo soy yo un tocapelotas?

—Desde siempre —contesta Pat.

Es verdad, piensa Danny. A Liam le gusta cachondearse de los demás y siempre se va de rositas. Le gusta, sobre todo, meterse con Paulie, quizá porque es muy fácil hacerlo.

Y Danny vuelve a sentir lo que intuyó al ver a Pam salir del agua.

Que va a traer problemas.

Las mujeres así de bellas suelen traerlos.

SIETE

QUÉ BÁRBARO. CUÁNTA COMIDA. PIENSA DANNY.

Almejas, chochas, cangrejos. Enormes cazuelas de espaguetis con carne y tomate, pimientos rellenos y salchichas italianas.

Suelen decir en broma que allí los irlandeses tienen prohibido cocinar, pero una vez Martin envolvió una patata en papel de aluminio y le pidió a Danny que la enterrara a escondidas entre las brasas, y cuando Pasco sacó las almejas y encontró la patata gritó:

—¡Marty, irlandés de los cojones!

¡Dios, lo que comen! Hay comida para parar un tren. Después del marisco y la pasta, de las salchichas y los pimientos, las mujeres sacan grandes cajas de galletitas italianas, de la pastelería Cantanella de Knighstville. Las galletas solo pueden ser las de Cantanella. Siempre hay alguien a quien le encargan parar en Cranston al venir de la ciudad para recogerlas.

La primera vez que le tocó a Danny ir a por ellas, las cajas de galletas estaban ya preparadas en el mostrador de la pastelería, pero, cuando echó mano de la cartera para pagarlas, la chica lo miró como si fuera a sacar una pistola y Lou Cantanella salió del obrador y se puso a hacer aspavientos como un árbitro de fútbol americano señalando un pase incompleto.

Danny se sintió un poco mal mientras metía las cajas en el maletero del coche, pero sabía también que Lou no tenía que preocuparse de que le robaran, ni de que los suministros no llegaran a tiempo, o los inspectores de sanidad le multaran por alguna infracción absurda, o el ayuntamiento decidiera de pronto poner parquímetros en la calle, delante de su tienda. Y cada vez que se casaba uno de los italianos, Lou Cantanella se encargaba de hacer la tarta, y el padre de la novia la pagaba a precio normal, porque era la boda de su hija y pagarla era cuestión de pundonor.

¡Qué dulces están esas galletas en contraste con el café amargo y fuerte, y qué bien sienta el café caliente cuando cae la niebla y empieza a refrescar! Mary siempre tiene jerséis de sobra en casa, sudaderas anchas y gruesas, descoloridas por el uso y el sol, y Danny entra a buscar una para Terri y, de paso, decide hacer un pis.

Abre la puerta del baño y se encuentra a Paulie, Pam y al puñetero Liam inclinados sobre la encimera del lavabo, esnifando unas rayas. Lo miran como críos pillados en falta.

—Uy —dice Liam.

—Se nos ha olvidado echar el pestillo —explica Paulie innecesariamente.

Y Danny piensa pero ¿cómo se les ocurre meterse coca en casa de Pasco Ferri? ¿Están locos o qué? Por lo visto sí, porque Liam acaba de esnifar una raya y le ofrece el billete enrollado a Danny.

—No, gracias —dice él—. Y, por lo que más quieran, límpiense la nariz antes de salir.

Se olvida de mear, busca una sudadera para Terri, vuelve a salir y la ayuda a ponérsela.

—Gracias, cariño —dice ella, y se apoya contra él.

Alguien ha sacado una mandolina y se ha puesto a tocar acompañando a Pasco, que canta una balada dulce y triste en italiano. Su voz sale de la niebla como si hubiera cruzado el Atlántico desde Nápoles: una vieja canción de un viejo país, arribando a la costa de este Nuevo Mundo como madera de deriva.

Vide'o mare quant'è bello!
Spira tanto sentimento.
Comme tu a chi tiene mente,
ca scetato 'o faje sunnà.

Guard, guà chistu ciardino;
siente, siè sti sciure arance.
Nu prufumo accussì fino
dinto 'o core se ne va...

Cuando Pasco acaba de cantar, todo queda en silencio.

—Te toca, Marty —dice.

—Naa —dice Marty.

Es un ritual. Marty se hace de rogar, Pasco insiste, luego Marty se deja convencer y empieza a cantar. Mientras esto sucede, vuelven los tres del cuarto de baño; Pam, envuelta en una sudadera, igual de deseable que antes. Paulie y ella se sientan juntos. Liam rodea la hoguera y se deja caer al lado de Danny y Terri.

Entonces, Marty empieza a cantar The Parting Glass con su voz temblorosa.

Of all the money e'ver I had,
I spent it in good company.
And all the harm I've ever done,
Alas! It was to none but me.

And all I've done for want of wit
To mem'ry now I can't recall.
So fill to me the parting glass.
*Good night and joy be with you all.**

¡Cuánto han peleado entre sí estas dos tribus de inmigrantes por tener un sitio donde plantar los pies! Los irlandeses en Dogtown, los italianos en Federal Hill, con sus puntos de apoyo excavados en el inflexible granito de Nueva Inglaterra. Los yanquis de pura cepa odiaban a la pringosa canalla irlandesa y a los italianos grasientos, a los comepatatas y los macarroni que venían a arruinar su impoluta ciudad protestante con sus santos católicos y sus cirios, sus efigies ensangrentadas, sus curas y sus sahumerios, su comida apestosa, sus cuerpos aún más apestosos y su progenie incontenible.

Primero fueron los irlandeses, en tiempos de la guerra civil, quienes llenaron las casas de vecinos en torno a los mataderos, por cuyos alrededores rondaban, al acecho de despojos, manadas de perros que dieron su nombre al barrio, Dogtown. Los hombres trabajaban en los mataderos, en las canteras y las fábricas de herramientas, ganando fortunas para las viejas familias yanquis; luego marcharon a morir en la guerra y, los que volvieron, lo hicieron decididos a apoderarse de un pedazo de la ciudad. Salieron de Dogtown y se adueñaron de los cuarteles de bomberos y las comisarías de policía, y luego organizaron los distritos electorales y, a fuerza de votarse entre sí, se hicieron con

---

* Todo el dinero que he tenido / lo he gastado en buena compañía. / Y todo el daño que he hecho / ¡ay!, a nadie más que a mí se lo hacía. / De lo que he hecho por falta de luces / no me acuerdo de memoria. / Llénenme pues la copa de despedida. / Buenas noches tengan y queden con alegría. (N. de la T.)

el poder político, aunque no con el económico, conformándose con gobernar la ciudad aunque no fueran sus dueños.

Al empezar el nuevo siglo llegaron los italianos, de Nápoles y otras zonas del Mezzogiorno, y entraron en conflicto con los irlandeses. Dos grupos de esclavos luchando entre sí por las migajas del plato del señor, hasta que por fin comprendieron que tenían fuerzas suficientes para apoderarse del banquete. Trincharon la ciudad como un asado y se repartieron los pedazos, dejando, eso sí, suficientes tajadas a los yanquis para mantenerlos orondos y felices.

Oh, all the comrades e'er I had,
they're sorry for my going away,
and all the sweethearts e'er I had,
they'd wish me one more day to stay,

but since it falls unto my lot,
that I should rise and you should not,
I gently rise and softly call,
good night and joy be with you all.*

Una noche, en la barbacoa, Danny vio que Pasco Ferri estiraba el brazo y le tocaba la mano a Mary, y que los dos se echaban a reír. Allí sentados, ahítos de comida y vino, y envueltos en el calor de la familia y los amigos, de sus hijos y nietos, se rieron sin más. Y

---

* Oh, todos los camaradas que he tenido / ahora lamentan mi marcha, / y todas mis enamoradas / querrían que un día más me quedara, / mas como ha querido la suerte / que yo me levante y ustedes no, / me levanto sin revuelo y con voz queda les digo / buenas noches tengan y queden con alegría. (N. de la T.)

Danny se preguntó por las cosas que habían visto, por las cosas que habían hecho para acabar compartiendo aquel festín de marisco en la playa.

Pasco pareció ver esa duda en sus ojos y dijo de pronto, sin venir a cuento:

—No vencimos a los yanquis de pura cepa por la fuerza bruta. —Hizo una pausa para asegurarse de que los niños estaban en la cama y las mujeres dentro de casa, y añadió—: Los vencimos a base de amor, llevándonos a nuestras mujeres a la cama y haciéndoles hijos.

Era cierto: lo que los hacía pobres —las casas minúsculas abarrotadas de bocas hambrientas—, los había hecho ricos. Lo que aparentemente los debilitaba, los hacía poderosos.

Ahora, al mirar a Pasco, Danny se entristece. Liam lo saca de su ensimismamiento.

—¿Qué hará con ese enano?

Danny no necesita preguntarle a qué se refiere. Está mirando al otro lado de la hoguera, a Pam, que está apoyada contra Paulie. Incluso con el pelo tapado por la capucha de la sudadera, está guapísima a la luz del fuego.

—Tú olvídate de ese tema.

—Vale, me olvido —contesta Liam.

Marty acaba su canción.

If I had money enough to spend,
and leisure time to sit awhile,
there is a fair maid in this town
that sorely has my heart beguiled.

Her rosy cheeks and ruby lips,
I own she has my heart in thrall.

Then fill to me the parting glass,
*good night and joy be with you all.**

Luego se hace el silencio. Mary y algunas mujeres empiezan a recoger y a entrar las cosas en casa, y los demás se quedan sentados mirando el fuego o empiezan a marcharse.

Danny zarandea un poco a Terri.

—Vamos a dar un paseo por la playa.

Se levanta algo azorado, intentando no llamar la atención, y Terri y él se escabullen playa abajo, hasta que la niebla los oculta. Él la tumba en la arena y le desabrocha los vaqueros.

—¿Dos veces en un día? —pregunta ella—. Vamos a batir un récord.

—Los bebés no se hacen solos.

No aguanta mucho, y entre que han pasado todo el día al sol, y el sexo y la bebida, se duermen los dos.

CASSIE TENÍA CATORCE AÑOS.

Había huido de la fiesta que sus padres estaban celebrando en la planta de abajo y estaba en la cama, leyendo un libro, cuando «el tío Pasco» abrió la puerta y se coló en su cuarto.

—He subido al baño y he visto tu luz encendida —dijo.

—Estaba harta de la fiesta.

—No me extraña. Son una panda de vejestorios, ¿cómo van a

---

* Si tuviera dinero bastante para gastarlo / y tiempo libre para sentarme un rato, / hay una bella moza en este pueblo / que el corazón me ha hechizado. / De sus mejillas sonrosadas y sus labios de rubí, / sé que es mi corazón esclavo. / Llénenme pues la copa de despedida. / Buenas noches tengan y queden con alegría. (N. de la T.)

interesarle a una chica guapa como tú? Porque eres una chica muy guapa, lo sabes, ¿no?

A ella se le revolvió de pronto el estómago.

—No sé —contestó.

—Sí que lo sabes. Sabes que eres preciosa y sabes cómo usar tus encantos. Te he visto —dijo Pasco, y cerró la puerta a su espalda.

Cassie todavía puede olerlo. Quince años después, sentada en la playa junto a las brasas del fuego, abrazándose el cuerpo, nota aún el olor de la colonia de Pasco, el tufo a humo de puro de su ropa y cómo le apestaba el aliento a vino tinto cuando se acercó a ella, se inclinó, la agarró de la barbilla y, levantándole la cara, la besó. Siente aún cómo movía la lengua dentro de su boca y cómo se le metían sus babas en la boca.

—No —dijo—. Por favor.

Él respondió metiéndole la mano debajo de la blusa.

—Qué rico —dijo.

—No. No quiero.

—Claro que quieres, solo que no lo sabes.

—Por favor, tío Pasco.

Él le metió la mano dentro de los vaqueros.

—Lo contaré —dijo ella.

—Nadie te creerá. Y, si te creen, ¿qué van a hacer? ¿Sabes quién soy? ¿Sabes lo que les pasaría a tu padre, a tus hermanos, si vinieran por mí? Sí que lo sabes, sabes lo que pasaría porque eres una chica muy lista.

Cassie lo sabía.

A sus catorce años, sabía perfectamente cómo funcionaba su mundo. Sabía quién era su padre, quién era Pasco Ferri y lo que ocurriría. Así que, cuando él le bajó los pantalones y se le echó encima, se quedó callada.

Y callada sigue.

Poco después de aquello, empezó a beber a escondidas de las botellas que sus padres guardaban en el bar. O buscaba a tíos que la invitasen. Luego vino la marihuana y, por último, la heroína, que le permitía distanciarse de aquella noche y hacía que todo aquello pareciera solamente un mal sueño.

Cuando su madre le preguntaba por qué y su padre le gritaba y la llamaba yonqui y desgraciada, ella se mordía la lengua y no se lo contaba, porque le daba miedo que no la creyeran y más miedo aún que la creyeran.

No quería que volviera a tocarla un hombre, nunca.

Y ninguno la había tocado.

DANNY ESTÁ DORMIDO como un tronco cuando oye gritos playa abajo.

Es la voz de Pam, no tan grave como antes pero igual de ronca.

—¡Me ha tocado!

Levanta la vista y la ve, borracha, andando a trompicones por la arena profunda, viniendo hacia él, de vuelta a la hoguera ya casi apagada. Se sube la cremallera, se levanta y, amodorrado todavía, pregunta:

—¿Qué ocurre? ¿Qué ha pasado?

Es como una pesadilla extraña.

—¡Me ha tocado! ¡Ese cabrón me ha tocado la teta!

Danny ve a Liam andando tras ella, con esa sonrisa estulta en la cara y las manos tendidas con un gesto de fingida inocencia.

—Ha sido sin querer. Un malentendido.

—¡Joder, Liam! —Terri también se ha levantado. Abraza a Pam y ella se echa a llorar—. Tranquila. Tranquila.

Mira a Danny como diciendo: «¿No vas a hacer nada?». Él oye entonces que viene gente corriendo, y Paulie, Peter, Pat, Sal Antonucci y Tony salen de pronto de entre la niebla.

Danny agarra a Liam por el codo.

—Venga, vámonos de aquí.

Liam se aparta de un tirón.

—No es para tanto. Solo le he rozado la teta, nada más. Ha sido un malentendido.

—Hay que irse de aquí.

—¿Dónde estabas? —le pregunta Paulie a Pam—. ¡Te he buscado por todas partes!

—He ido a dar un paseo —contesta ella—. Para despejarme. ¡Ese cabrón debe de haberme seguido! —Señala a Liam.

—¿Te ha hecho algo? —pregunta Paulie.

—Me ha tocado el pecho.

—¡Liam, joder! —grita Peter.

Sal empieza a acercarse. Es lo suyo, piensa Danny: a fin de cuentas, es el matón de los Moretti. Pat se interpone entre ellos.

—Tranquilo.

—Ha sido un error —dice Liam con una sonrisa burlona—. Iba a tientas con esta niebla, he alargado el brazo y... ¡uy! Una teta.

—Cállate la puta boca —le advierte Pat.

Danny agarra a Liam, lo sujeta con fuerza esta vez y tira de él para apartarlo, porque Paulie se está poniendo como hecho una fiera.

—¡Te voy a partir la cara, cabrón! —grita—. ¡Yo te mato, hijo de puta!

—¡Inténtalo, gilipollas! —le espeta Liam.

Danny le da un cachete en la cabeza.

—Cállate.

Liam se zafa y se aleja corriendo por la playa. Danny hace intento de correr tras él, pero Jimmy Mac, que acaba de llegar, lo agarra del brazo y le dice:

—Deja que se vaya.

Jimmy es tan irlandés como la carne en conserva, y se le nota. Pelo rizado y rojo, piel blanca y pecosa, la cara abierta como un libro.

Es bajo y fornido, tirando a rechoncho, y Danny sabe que a veces esa blandura hace que la gente piense erróneamente que es un pusilánime.

Grave error.

Jimmy es un as del volante, el mejor conductor de Nueva Inglaterra, seguramente. Lo que él no haga con un coche es que no puede hacerse. Te lleva a cualquier sitio y de cualquier sitio te saca. Pero no es solo eso: en una pelea, te conviene tenerlo de tu parte. Usa las manos, la navaja o la pistola, lo que haga falta. Angie lo maneja como a un perrillo, pero eso es solo porque él la quiere y se deja.

Jimmy Mac tiene los huevos bien puestos.

Así que Danny le hace caso y ve a Liam desaparecer entre la niebla.

Pat se acerca a Paulie y Pam.

—Lo siento. Les pido disculpas en nombre de mi hermano.

—Es un gilipollas —contesta Paulie.

—Tienes toda la razón.

—Lo que ha hecho no puede consentirse —afirma Peter.

—Está borracho.

—Eso no es excusa.

—No, claro que no —admite Pat—. Voy a hablar con él. Nosotros nos ocupamos.

—¿Les importa que entremos? —pregunta Terri—. La pobre está tiritando.

—No te ha hecho nada más, ¿verdad? —le pregunta Paulie.

—No, solo me ha tocado el pecho.

Danny y Terri llevan a Pam a su bungaló porque no quieren despertar a Pasco y a Mary. Terri consigue que se tranquilice y hasta que se ría un poco, y luego Paulie se la lleva a casa.

—Ese mamón de tu hermano —dice Danny cuando se han ido todos—. Te juro que…

Terri parece triste.

—Me da pena, no puedo evitarlo.

—¿Pena por qué?

—Es su manera de llamar la atención. Es duro ser el hermano pequeño de Pat. Pat, la estrella del equipo de hockey, el as del baloncesto, el mejor de la clase... El ojito derecho de mis padres. Lleva toda la vida haciéndole sombra a Liam. Y ahora mi padre cada vez delega más en él. Porque va a ser él quien herede el negocio. Liam solo quiere tener algo que sea suyo, ¿entiendes?

Pero Pam no es suya, se dice Danny. Ese es el problema.

—Se va a armar un lío muy gordo por esto.

—¿Qué van a pedir?

—Dinero —contesta Danny.

Al final, los Moretti siempre quieren dinero.

LIAM MURPHY DEAMBULA tropezando entre la niebla, embargado por una autocompasión deliciosa. Están todos furiosos con él y no deberían. Vale, se dice, he bebido demasiado y le he tocado la teta. Pero, joder, no es que la haya violado ni nada por el estilo.

Se deja caer en la arena, apura la cerveza y tira la lata vacía al agua.

Mañana me la voy a cargar, piensa. Me va a echar la bronca Pat, y mi viejo, y las mujeres. Y no digamos ya Pasco y Mary Ferri. Y los hermanos Moretti. Voy a pasarme dos días pidiéndole perdón a todo dios, incluida Pam, claro. Menudo marronazo voy a comerme. A lo mejor debería irme a Florida hasta que se calmen las cosas.

Pero eso será mañana.

Se levanta con esfuerzo de la arena para volver a su bungaló. Dormirá la mona, esperará a que se le pase la resaca y luego ya verá cómo lo arregla. Sube andando por la playa y casi ha llegado a la carretera cuando ve cuatro siluetas en la niebla.

Peter, Paulie, Sal y Tony.

—Hola, cabrón —dice Paulie levantando el bate de béisbol.

Liam sonríe y dice:

—Supongo que nos olvidamos de lo de la coca, ¿no?

Paulie balancea el bate.

DANNY LLEVA DORMIDO hora u hora y media cuando oye cerrarse de golpe la puerta mosquitera.

¿Qué coño...?, piensa. Se levanta, se pone los vaqueros y una camiseta y sale a la puerta.

Liam está tirado en el umbral, con una mano tendida hacia el picaporte. Tiene sangre por todas partes.

—Dios mío —dice Danny. Y luego grita—: ¡Pat! ¡Jimmy! ¡Vengan! ¡Rápido!

METEN A LIAM en el asiento de atrás y Jimmy Mac conduce a toda pastilla por Goshen Beach Road y la Ruta 1, camino del hospital South County. Tardan diez minutos largos y no están seguros de que Liam vaya a llegar vivo. Empieza a convulsionarse, su cuerpo se sacude y se retuerce mientras Pat lucha por sujetarlo.

El médico tampoco está seguro de que vaya a sobrevivir. Tiene el cráneo fracturado, inflamación cerebral, dos costillas rotas y puede que también lesiones internas; el bazo roto, quizá.

—¿Se puede saber qué le ha pasado? —pregunta el médico.

Es joven, un novato al que le han endilgado la guardia del puente, y está asustado. Nadie le dice nada, aunque saben perfectamente lo que ha ocurrido: Paulie, Pete, Sal y Tony fueron en busca de Liam, dieron con él en la playa y lo han molido a palos.

Se les ha ido la mano. Liam se merecía un escarmiento, eso nadie lo niega. Podrían haberle dado un par de guantazos, pero ¿esto? Esto sí que no.

Los celadores llevan a Liam al quirófano.

La noche se les hace eterna en el hospital, paseándose por la sala de espera y bebiendo café, esperando noticias.

—Les juro que si se muere... —dice Pat.

—No lo pienses —contesta Danny.

Echan mano de las perogrulladas de siempre: Liam es un luchador, es joven y fuerte...

Terri llega con sus padres. John Murphy ha visto muchas cosas en su vida, pero no ha visto morir a un hijo.

—¿Qué coño ha pasado? —le pregunta a Pat como si fuera culpa suya, como si tuviera que haber cuidado de su hermano y no lo hubiera hecho.

Pat se lo cuenta.

—No deberías dejarle beber, ya lo sabes —le dice su madre.

La sala de espera está abarrotada: están los Murphy, Danny y Terri, Jimmy y Angie, Pat y Sheila, y Cassie. Es Sheila quien se encarga de hablar con los médicos y luego vuelve y les cuenta que no hay novedades. Solo que Liam sigue en estado crítico.

En la máquina de café, Cassie le dice a Danny:

—No resuelvan esto a la irlandesa. Si van a por los Moretti, habrá guerra y acabará muriendo gente.

Danny no dice nada.

Lo primero es lo primero. Habrá que ver qué pasa, pero, si Liam se muere, no habrá quien pueda refrenar a Pat.

Soltará los guantes.

PASCO FERRI TAMBIÉN lo sabe.

Peter Moretti, que no es tonto, va a verlo a primera hora de la mañana para contarle lo que ha pasado, porque al viejo no le gustan las sorpresas y Peter no quiere que se entere por los Murphy.

Pasco no se lo toma bien.

Escucha su relato, se queda pensando un minuto largo; luego echa un vistazo a su taza de café y dice:

—¿Ahora vienes a pedir permiso? No, se pide permiso antes de hacer algo. Si me lo hubieras pedido, te habría dicho que no.

—Lo que hizo Liam Murphy… —empieza a decir Paulie.

—Si querías demostrar lo hombre que eres —replica Pasco—, haberte enfrentado a él tú solo, con los puños, cuerpo a cuerpo, no con otros tres tíos y un bate de béisbol. Ahora vas a parecer un flojo.

—¿Un flojo, yo? ¡Si le abrí la puta cabeza!

—¡A uno de mis invitados! —vocifera Pasco—. ¡En mi fiesta! ¡Delante de mi casa! Debería mandarte al hospital a ti también.

—Tienes razón, Pasco —tercia Peter—. Claro que sí. Deberíamos haber esperado.

—Ahora hay que arreglar este lío —dice Pasco.

—¿Arreglarlo cómo? —pregunta Peter.

—Van a pagar la mitad de las facturas del médico.

—¡Y una mierda! —grita Paulie.

Pasco se inclina ligeramente sobre la mesa y lo mira.

—¿Quieres repetir eso, Paulie, chico? —dice.

Paulie baja los ojos. Sabe que, si dice una palabra de más, puede acabar en el vertedero.

Pasco está furioso. Todo lo que hemos levantado con años de esfuerzo, todo lo que hemos logrado mantener en pie, ¿va a venirse abajo por culpa de un mierda? Si ese irlandesito de los cojones la palma, tendré que darle algo a John, puede que incluso a Paulie Moretti, o ir a la guerra con él. Y si voy a la guerra, puedo perder a toda una rama de la familia, porque ¿quién sabe cómo reaccionará el padre de Paulie desde la trena? ¿Quién sabe por dónde tirarán Antonucci y Palumbo y toda esa gente? No sé, puede que John se conforme con uno de ellos. Si voy a la guerra contra él, ganaré yo, pero ¿a qué precio, en sangre y dinero?

Que se jodan estos descerebrados.

—Den gracias de que solo sea la mitad —dice—. Y ahora váyanse a la iglesia, enciendan una vela y recen para que ese chaval no se muera.

METEN A LIAM en una ambulancia y lo trasladan al hospital Rhode Island de Providence porque en el South County no pueden intervenirle para aliviar la presión intracraneal. Sigue inconsciente y los médicos no se atreven a decir si sobrevivirá o no.

Karen, su exnovia, entra en la sala de espera y abraza a Cassie.

—Lo siento, no puedo atenderlo yo. Tengo una relación demasiado personal con él.

—Lo entiendo —contesta Cassie.

—Pero el equipo que va a operarle es muy bueno —afirma Karen—. El mejor. Los mantendré informados. Se lo prometo.

Se la ve angustiada y triste, piensa Danny. Dios, todavía lo quiere.

—Gracias.

Las mujeres cierran filas. Sheila, Terri y Angie cuidan de Catherine Murphy, van a por café, traen bandejas de comida, hacen las llamadas que hay que hacer.

Jimmy Mac se lleva a Danny a un aparte.

—Yo digo que vayamos a por ellos ya.

—Hay que esperar —responde Danny—. Si Liam sale de esta, el panorama será uno. Si no sale, será otro.

—Se merecen por lo menos una paliza.

—Vamos a esperar, a ver qué se merecen de verdad.

Deja de hablar cuando entran dos hombres. Los cala enseguida: son policías, inspectores.

—Inspector Carey, policía de South Kingstown —dice uno de ellos acercándose a él—. ¿Es usted Daniel Ryan?

—Sí.

—¿Fue quien encontró a la víctima?

—Vino a mi puerta.

—¿Le dijo quién le agredió? —pregunta Carey.

—No. Perdió el conocimiento. Está inconsciente desde entonces.

—¿Tiene idea de quién ha podido ser?

—No —responde Danny.

—Son ustedes de Providence, ¿verdad? ¿Tienen casas alquiladas en Goshen?

—Eso es.

—Son amigos de Pasco Ferri.

Así que este poli nos tiene fichados, piensa Danny. Se conoce el percal: sabe que nadie va a decirle una mierda y que esto lo vamos a arreglar entre nosotros.

—Conozco a Pasco, sí.

—También vamos a hablar con él —dice Carey.

—No creo que sepa nada.

Carey sonríe, socarrón.

—Yo tampoco.

Pasco tiene buena relación con la policía local.

Carey le da su tarjeta.

—Si se acuerda de algo más, deme un toque. Espero que su amigo se recupere.

—Gracias —contesta Danny—. Oiga… No moleste a la familia. Tampoco saben nada.

Carey se marcha y Danny se acerca a una papelera y tira la tarjeta. Entonces ve a Chris Palumbo saliendo del ascensor.

—Mierda.

Jimmy y él se apresuran a cortarle el paso.

—Puede que no sea el mejor momento, Chris —dice Danny mientras se pregunta quién lo manda, si habrá sido Peter Moretti o

Pasco. O puede que haya venido por su cuenta, a ver si consigue alguna información que le sea útil.

—Dios, Danny —dice—. Esto es horrible. Horrible.

—Sí.

—¿Cómo es posible que se haya ido así de las manos? —pregunta.

—Eso pregúntaselo a tus colegas —contesta Jimmy.

Chris levanta las manos.

—Yo no tuve nada que ver con esta puta mierda. Si me hubieran preguntado primero, les habría dicho que hicieran las cosas como es debido.

—Lástima que no te preguntaran, entonces —le contesta Danny.

—Mira, sé que ahora mismo está todo muy fresco...

—¿Tú crees? —pregunta Danny.

—Pero tenemos que mantener la calma, todos —añade Chris—. Lo principal es que Liam salga de peligro y entonces ya veremos qué...

—Márchate, Chris —dice Danny—. No es nada personal, pero ahora mismo no queremos ver a nadie de la familia Moretti. Si te ve Pat aquí...

—Lo entiendo. Me voy. Pero hazme un favor, ¿quieres? Si ves el momento oportuno, preséntales mis respetos, ¿vale?

—Sí, vale. Adiós, Chris. Ya nos veremos.

Palumbo vuelve al ascensor.

—Tendrá jeta el tío... —dice Jimmy.

—Quiere cubrirse las espaldas. Seguro que ahora va a Federal Hill a decirles a los Moretti que han hecho bien.

Y a informarlos de que Liam sigue vivo.

LIAM SUPERA LA operación, y eso ya es mucho, les dice Karen, pero aún no está fuera de peligro. Pasan dos largos días hasta que por fin les dicen que va a sobrevivir.

Le han extirpado el bazo y va a necesitar cirugía plástica para reparar el hueso orbital, que tiene fracturado por debajo del ojo, pero su cerebro —el poco que tiene, piensa Danny— no ha sufrido ningún daño.

Pat y Danny van a hablar con Pasco.

Lo encuentran en la playa, delante de su casa, con dos cañas en el agua, cebadas para pescar lubina.

—Lo que hizo Liam no estuvo bien —dice antes de que a Pat le dé tiempo a abrir la boca.

—Pero no se merecía algo así —responde Pat.

—Le dieron una paliza de muerte —añade Danny—. Casi se muere.

—Tocó a la novia de un capo —dice Pasco mientras ajusta la tensión de uno de los sedales—. Si esa chica y Paulie estuvieran casados, Paulie habría estado en su derecho de matar a tu hermano.

—Liam estaba borracho —dice Pat—. Igual que todos.

Pasco se encoge de hombros. Borracho o no, Liam le faltó al respeto a Paulie Moretti en un asunto muy personal. La paliza se les fue de las manos, eso nadie lo niega, pero el chaval de los Murphy sabía a lo que se arriesgaba.

—He venido por respeto —dice Pat—. He venido para pedirte permiso.

—¿Permiso para qué? —pregunta Pasco—. ¿Para darle una paliza a Paulie? ¿Y a Peter, a Sal y a Tony también? ¿Crees que, aunque te lo dé, vas a poder con los cuatro?

—Claro que podremos —responde Pat.

Pasco sonríe.

—Patdannyjimmy.

—Solo usaremos los puños, lo juro —dice Pat.

—¿Dónde te crees que estás? ¿En el instituto? Olvídate de este asunto. Tu hermano está vivo, gracias a Dios, y le pedí a Paulie que pagara los gastos, así que déjalo de una vez. ¿Tu padre qué dice?

—Todavía no lo hemos hablado.

—Pues, cuando lo hablen —dice Pasco—, te dirá lo mismo que te estoy diciendo yo y lo que les dije a Peter y Paulie: que hemos trabajado mucho para levantar todo esto. No voy a permitir que se venga todo abajo porque tu hermano se emborrachó y le tocó las tetas a una tía.

Los jóvenes son idiotas y tienen los huevos a reventar. Pasco se acuerda de cuando él también era así y los toros viejos tenían que enseñarle cómo se hacían las cosas. Ahora, el maestro es él. Se vuelve y mira a esos dos jóvenes sementales irlandeses cegados por la indignación y el afán de revancha. Tienen que aprender que la venganza es un lujo que sale caro. Demasiado caro, en este caso. Demasiado exquisito para su estirpe, por lo menos.

—Llévate a tu hermano a casa y alégrate de no estar en su velatorio.

Danny sabe que, si les devuelven el golpe a los hermanos Moretti o a Sal, Pasco Ferri se lo tomará como una afrenta personal. Y que entonces dará su consentimiento para que vayan a por ellos.

—Se van a ir de rositas —dice Pat en el coche, de vuelta a Providence.

—Eso parece —contesta Danny.

Es una putada, pero así son las cosas.

Fin de la historia.

OCHO

SOLO QUE LA HISTORIA NO acaba ahí.

Podría haberse disipado y extinguido como una borrasca de verano, pero una semana después Danny va a ver a Liam al hospital y, al entrar en la habitación, ella está allí.

Pam.

Sonríe, espléndida con su vestido blanco de verano, mientras le agarra la mano a Liam y él sonríe también, con una sonrisa débil pero valerosa.

Danny no sabe qué decir.

—Danny —dice Liam—, creo que ya conoces a Pam.

¿Crees que conozco a Pam, tonto del culo? ¿Crees que conozco a Pam?

—Sí. Claro. Hola.

—Hola, Danny —contesta ella como si fuera un día cualquiera en la puta playa.

Se pone a hablar de no sé qué movidas inmobiliarias, pero Danny no oye nada. La cabeza le da vueltas. Por fin, la oye decir:

—Bueno, mejor me marcho ya.

—Gracias por pasarte —dice Liam.

Pam se inclina y le da un beso en la mejilla.

Danny sale con ella al pasillo.

—No te ofendas, Pam —dice—, pero ¿qué cojones haces aquí?

—Liam me pidió disculpas —contesta—. Fue muy amable. Y lo que le hizo Paulie estuvo mal.

—¿Y qué coño crees que le haría ahora si te viera aquí con él, agarrándole la manita? —pregunta él cada vez más enfadado.

—Ya no estoy con Paulie. Es un bruto.

Joder que si es un bruto, piensa Danny. Un bruto con mayúsculas. ¿Y qué hará ese bruto si se entera de esto?

—¿Lo sabe Paulie?

—¿Si sabe qué? —contesta ella con frialdad, como si Danny no tuviera ningún derecho a interrogarla.

—Que le has dejado.

—Me llama y no contesto.

—Dios, Pam…

—Es mi vida.

Sí, lo es y no lo es, se dice Danny. Es tu vida, pero nos estás jodiendo la vida a los demás y seguro que lo sabes, tonta no eres.

—En fin —dice ella—, me siento un poco culpable, porque puede que esto haya sido en parte culpa mía. Lo que pasó, digo. Estaba un poco borracha, puede que le diera pie a Liam. Y la verdad es que no me hizo ningún daño. Me puse un poco…, ya sabes, un poco teatrera.

Ya, ¿y lo dices ahora, Pam?

Encoge esos hombros desnudos tan hermosos y se aleja. Por el pasillo se cruza con Pat, que viene con un batido de café para Liam. Él le echa una mirada, entra en la habitación de su hermano y le dice al darle el vaso:

—Mira que eres imbécil.

Liam pone una sonrisa falsa.

—Solo ha venido a disculparse por lo que pasó.

—Ya, pues dile que la perdonas y se acabó.

—No me digas lo que tengo que hacer, hermano —replica Liam.

—Bastantes problemas has dado ya.

—¿Y qué has hecho tú al respecto? Nada.

—No es tan sencillo.

—Si tú lo dices.

—Que te den, Liam.

—Eso, que me den.

—Mantente alejado de esa chica.

AUN ASÍ, UNA semana después, cuando Liam sale del hospital, es Pam quien empuja la silla de ruedas, Pam quien lo lleva a casa, Pam quien se va a vivir con él.

Vale, piensa Danny, puede que Liam esté de verdad enamorado de ella, pero puede también que solo quiera putear a Paulie Moretti a lo bestia. En plan: «Mira quién ha ganado este asalto. Me habrás dado una paliza, pero, a ver, ¿con quién se acuesta ella ahora? ¿Quién se la está follando?». Es un golpe maestro, de hecho. Como no puede vengarse físicamente de Paulie, le está dando donde más le duele: le ha cortado las pelotas limpiamente, lo ha convertido en un cornuto.

En cada bar en el que entra, en cada discoteca a la que va, Paulie oye comentarios. Sus colegas no se cortan un pelo: «Oye, ¿qué ha pasado con esa tal Pam? ¿No la vi la otra noche? ¿Con quién iba? No me acuerdo». Es peligroso pero irresistible. Porque a alguien hay que tocarle los huevos, ¿no?

¿Quién coño iba a imaginarse que Paulie la quería de verdad, que no era solo un pibón del que presumir, un símbolo de estatus con patas? ¿Quién iba a pensar que, como le confesó Paulie a su hermano de madrugada, una noche oscura, Pamela le había arrancado de cuajo el corazón?

Ahora, el resquemor prende poco a poco por Federal Hill. Los Moretti están rabiosos, y las miradas burlonas e insidiosas, las bromas hechas en voz baja, el espectáculo de Pam saliendo con Liam Murphy alimentan las ascuas de su rencor. Providence es una ciudad pequeña de un estado pequeño. Vayas donde vayas, te encuentras con alguien a quien conoces y que te conoce, o que conoce a alguien que te conoce.

Va a pasar, Danny lo sabe.

Solo hace falta una chispa.

El memo de Brendan Handrigan es quien la hace saltar.

Handrigan es un don nadie. Como Danny, se encarga de cobrar a los morosos en nombre de los Murphy. A principios de octubre, Danny y él están sentados en un bar, tomándose unas copas después de hacer un trabajo, cuando Brendan dice:

—Liam tiene una picha que es como la nave Enterprise: se atreve a llegar donde nadie ha llegado jamás. Y según dicen la tiene lo menos cinco centímetros más larga que Paulie.

—Joder, Brendan —dice Danny.

Porque Frankie Vecchio le ha oído. Frankie es un machaca de la banda de los Moretti. Está sentado en la mesa de al lado con un par de tipos y, al oír a Brendan, le lanza una mirada.

—Cállate la puta boca si sabes lo que te conviene.

Sí, bueno, la verdad es que Brendan Handrigan nunca ha sabido lo que le conviene. Si lo supiera, se habría sacado el bachillerato o habría entrado en la marina, o algo. Ahora responde tontamente que este es un país libre, pero se acaba la copa y sale del bar.

—Deberías decirle a tu amigo que se ande con ojo con lo que dice —le dice Frankie V a Danny.

—No lo ha dicho con mala intención —responde Danny.

Ha sido una idiotez, una de esas coñas que hacen los tíos veinte veces al día. En los buenos tiempos, antes de la barbacoa en la playa, se habrían reído. Pero eso era antes. Ahora las emociones están a flor de piel, Liam le ha robado la novia a Paulie y eso no tiene ni pizca de gracia.

Frankie V, cómo no, pierde el culo por ir a contárselo a Paulie. Se va corriendo a la oficina de American Vending Machine —un edificio de dos plantas en Atwells Avenue que la familia Moretti usa como base de operaciones y club social— y se pone a largar como una cría.

Paulie, claro, se pone hecho una fiera.

—Tenemos que hacer algo —le dice a su hermano.

Que Liam Murphy le meta mano a su chica en una fiesta es una cosa, y que se la robe otra bien distinta. Se ha convertido en el hazmerreír de toda la ciudad. ¡Hasta un mierda como Brendan Handrigan se atreve a reírse de él!

—Porque, si no, ¿dónde iremos a parar, Peter?

Su hermano entiende lo que quiere decir. Cuando la gente empieza a faltarte al respeto en una faceta de tu vida, esa falta de respeto se extiende a otras áreas. Al poco tiempo, ya no quieren pagar, se creen que no tienen por qué obedecerte y hasta piensan que pueden comerte terreno. Peter aspira a ser el jefe y no puede permitir que su hermano pequeño parezca un pelele. Tiene otros motivos, además. Es un poco filósofo: cree que no hay mal que por bien no venga.

—¿Qué quieres hacer?

—Ya lo sabes.

Pero Pasco Ferri les dice que no.

De pie en la cocinita del local, remueve la caldereta de pescado que lleva puesta al fuego desde primera hora de la mañana. Auténtica caldereta de Rhode Island, con el caldo claro, no como esa papilla lechosa como vómito de bebé que te sirven en Boston. Se vuelve y mira fijamente a Paulie Moretti.

—Si te cargas al hijo de John Murphy, nos meteremos en una

guerra que no acabará hasta que liquidemos al último irlandés de Rhode Island.

—Por mí, vale —dice Paulie.

—¿Ah, sí? —pregunta Pasco—. ¿Y también te parece bien que, de paso, mueran algunos de los nuestros? ¿Que sufran nuestros negocios? ¿Que perdamos a policías y políticos cuando empecemos a sembrar el estado de cadáveres? ¿Crees que merece la pena llegar a ese extremo por esa stronza? ¿Porque alguien se haya reído un poco de tu pesce?

No, por eso no merece la pena, piensa Pasco al fijar la mirada en el mayor de los Moretti. Pero por los muelles que controlan los Murphy, sí. ¿Verdad, Peter?

Para ti, al menos. No para mí.

Yo ya he librado bastantes guerras.

—Si mi padre estuviera al mando... —dice Paulie.

—Pero no está al mando —replica Pasco—. Si quieres ir a verlo a la cárcel y preguntarle qué tienes que hacer, adelante. Te dirá lo mismo que yo: que no puedes cargarte a Liam Murphy por esto.

—Nos han faltado al respeto —dice Peter—. No podemos quedarnos de brazos cruzados.

—¿Quién ha dicho que se queden de brazos cruzados? —pregunta Pasco.

Prueba el caldo y le añade una pizca de pimienta. El médico le ha dicho que nada de pimienta, pero ¿qué sabrá el médico?

NUEVE

DANNY SE ACABA SU CHOP suey y rebaña la salsa con pan. En los restaurantes chinos con solera todavía sirven el chop suey con rebanadas de pan blanco, porque a sus clientes, *gweilo* en su mayoría, no les gusta desperdiciar una buena salsa.

Brendan también está rebañando su plato.

Han venido los dos a comer el menú de tres dólares antes de hacerle una visita a un moroso de Hope Street. Tiene gracia, piensa Danny, que un jugador empedernido viva en la calle de la Esperanza.

¿Dónde iba a vivir, si no?

—Venga, vamos de una vez —dice Brendan.

Danny asiente. A ninguno le apetece ni pizca. Nunca es agradable ir a acojonar a alguien.

Se limpia la boca con la servilleta de papel, se levanta, empuja la silla hacia atrás y sigue a Brendan a Eddy Street. Al principio piensa que tiene una salpicadura de tomate frito en la camisa, pero se acuerda de que ha comido comida china, no italiana, y entonces ve que Brendan se desploma en la acera.

—¡Eso por bocazas, cabrón! —dice Paulie, y le pega dos tiros más a Brendan en la barriga. Luego vuelve a subirse al coche y Frankie V, que va al volante, arranca y se lo lleva de allí.

¡Joder! Danny no se lo puede creer. Es la primera vez que ve que le pegan un tiro a alguien. Brendan llora mientras trata de que no se le escape la vida.

—Por Dios, Danny, ayúdame. Joder...

Se desangra allí mismo, delante de él, en la calle y —por no faltar al tópico— a plena luz del día. Todo el mundo lo ve todo y nadie ve nada.

Es lo que le dice John Murphy a Danny esa misma noche en la sala trasera del Glocca Morra, en Dogtown.

El pub es la típica taberna irlandesa-americana, de madera oscura, con reservados con asientos corridos y unas pocas mesas. Música irlandesa en la gramola y, en la pared, la bandera tricolor, fotografías descoloridas de mártires republicanos y carteles que te conminan a no olvidar a los hombres de detrás de la alambrada*. Aquí entra uno a ejercer de irlandés, se dice Danny. Como si no lo fuera ya, como si pudiera dejar de serlo en alguna parte.

Los sábados por la noche hay música en directo, músicos venidos de Irlanda o americanos que se creen irlandeses: violines y flautas irlandesas, banyos y guitarras, todo un poco demasiado folk para el gusto de Danny. La cocina sirve estofado de cordero y pastel de carne, fritura de pescado con patatas y unas hamburguesas que no están mal del todo. A menudo se juntan allí tres generaciones, nostálgicas de una vida que nunca hemos llevado, piensa Danny.

---

* *The Men Behind the Wire* («Los hombres de detrás de la alambrada»), canción de Paddy McGuigan grabada por primera vez por el grupo folk The Barleycorn, se convirtió desde su publicación en 1971 en himno oficioso del republicanismo irlandés. (N. de la T.)

El Gloc es además el cuartel general de la mafia irlandesa desde principios de siglo y eso no va a cambiar ni aunque Dogtown esté muriéndose. Cada vez hay menos irlandeses, judíos y chinos, y más negros, puertorriqueños y dominicanos, y por un lado es bueno que así sea, porque muchos irlandeses se han mudado a barrios mejores, o al extrarradio. Han dejado los muelles y las fábricas para convertirse en médicos, abogados y empresarios.

Los mayores siguen aquí porque el barrio es como una butaca vieja a la que están acostumbrados. Se reúnen en la sala de atrás, el sanctasanctórum donde John Murphy preside su corte rodeado de gente de su edad, y beben whisky y urden planes. Conspiraciones que no van a ninguna parte, se dice Danny. Sueños mortinatos.

John Murphy es el rey de un imperio que feneció hace tiempo.

La luz de una estrella extinguida.

Ahora, encorvados como duendes en torno a la mesa del reservado, argumentan que ya no tienen elección, que se acabaron las medias tintas, que esta vez hay que devolver el golpe.

Pat está de acuerdo.

Su padre, no.

—Eso es lo que quiere Moretti —dice, y se da unos golpecitos en la cabeza con las yemas de los dedos—. Piénsalo. ¿De verdad crees que a Peter le importa un bledo que tu hermano le haya robado la novia a Paulie? Lo único que le importa es el dinero. Ese vendería a sus hermanas a un burdel chino si creyera que así puede sacarles algún beneficio. El imbécil de tu hermano solo le ha dado una excusa para provocar un conflicto, eso es todo.

—¿Por qué crees eso? —le pregunta Pat.

—Porque mientras Pasco sea el jefe —responde John—, habrá paz entre nosotros. A no ser que tú hagas alguna estupidez, claro. Pero Pasco se retirará pronto y los Moretti están buscando una excusa para empezar la guerra. ¿Quieres servírsela en bandeja, envuelta con un lacito?

—Lo que quieren son los muelles —añade Bernie Hughes.

Alto, flaco y saturnino, con el cabello tan blanco y esponjoso como el algodón de un bote de aspirinas, Bernie es el contable, el que maneja el dinero de John, como antes hizo con Marty. No ve más allá del balance.

—Peter quiere ocupar la silla de Pasco cuando la deje vacía, pero para eso tiene que demostrar que puede ganar dinero a lo grande y hacer ganar pasta a todo dios. Pero con sus negocios ha tocado techo: las máquinas expendedoras, la protección, el juego, las drogas… Y necesita una nueva fuente de ingresos. O sea, la nuestra, Pat.

—Ese Peter es listo —dice John—. Y Chris Palumbo, todavía más. Si vamos a la guerra, se quedarán con los muelles. No podemos impedirlo. Tienen más hombres que nosotros y más dinero. Lo habrían hecho ya, si Pasco no les hubiera parado los pies. Pero si contraatacamos ahora por lo de Handrigan, Pasco no tendrá más remedio que lanzar a toda la familia contra nosotros. Traerá a gente de Boston, si es necesario, y de Hartford. Puede que hasta de Nueva York.

—Entonces, ¿tenemos que tragar? —pregunta Pat.

Bernie Hughes dice lo que John no quiere decir en voz alta.

—Mira, todos sabemos que tendría que haber sido a Liam al que le pegaran un tiro. Pasco Ferri no se lo permitió a Paulie, pero algo tenía que darle a cambio, así que dejó que se cargara a Handrigan. La cosa puede acabar ahí.

—Me importa una mierda —dice Danny—. Voy a decirle a la policía lo que vi.

Todavía tiene sangre de Brendan en la camisa.

—Nosotros no hacemos así las cosas —responde John.

—Me la trae floja todo ese rollo de la *omertà*. No les debo nada a esos italianos de mierda.

—¿Y a nosotros? ¿Qué nos debes? —replica John.

La pregunta queda suspendida en el aire.

Por fin, Pat contesta:

—Eres de la familia, Danny.

—¿Sí? —pregunta él.

—¿Cuántas veces te has sentado a mi mesa? —pregunta John—. ¿Cuántas veces te he dado de comer cuando tu padre…?

—Ya basta, papá —le corta Pat.

—¡Te di a mi hija, por Dios! —brama John—. ¡A mi hija!

Y esta es la primera vez, la primera, piensa Danny para sus adentros, que me has traído aquí a sentarme con los hombres, con la familia.

Pero no lo dice.

ESA NOCHE, DOS inspectores de homicidios de Providence llevan a Danny a la sala de interrogatorio, que apesta a humo de tabaco y miedo. Le hacen sentarse a la mesa y empiezan a interrogarlo.

—Estabas con Handrigan cuando le dispararon —dice O'Neill, el típico poli irlandés veterano: cara ancha, nariz atravesada de venas rojas, mejillas tirando a gordas, ojos inexpresivos.

—Sí.

—¿Quién le disparó?

—No lo vi.

—Venga ya —contesta Viola—. Tengo entendido que estabas cubierto de sangre.

Viola es el más joven de los dos: más delgado y moreno que el otro, con el pelo negro repeinado hacia atrás y hocico de hurón.

—No vi nada.

Danny sabe que esto es puro trámite, que lo último que quieren es que pronuncie el nombre de Paulie Moretti.

Está ya todo arreglado.

Siguen haciendo el paripé cerca de una hora y luego lo echan de allí.

Cuando Danny vuelve a casa, Terri está esperándolo.

—¿Qué les has dicho? —pregunta.

Danny la mira como si fuera una imbécil de tres pares de cojones. Es la hija de John Murphy. Ya sabe lo que les ha dicho.

DIEZ

JOHN MURPHY BAJA A LA costa y se reúne con Pasco en el aparcamiento del supermercado Stop & Shop. Sale del coche y sube al
de Pasco.

—Me rompe el corazón que esto empezara en mi fiesta —dice
Pasco.

—Los jóvenes enseguida se ciegan.

—Piensan con la polla. Pero ¿acaso nosotros éramos distintos?

Murphy se ríe.

—No.

—Siento lo de Liam —dice Pasco—. Si hubieran acudido a mí
primero…

Está harto de todo esto. Lo que quiere para su vejez es sentarse en la playa, buscar almejas en la arena, pillar cangrejos, echar
la siesta y jugar con sus nietos. Ha hecho dinero, se ha forjado un
nombre y ahora quiere disfrutar de la vida al sol. Pasar los veranos
en la casa de la playa y unas cuantas semanas en Pompano, en enero
y febrero.

—¿No van a responder a lo último que ha pasado? —pregunta.

—Por lo que a nosotros respecta, es asunto concluido —contesta John. Él ha salido ganando: el tonto de Brendan Handrigan, ese pobre infeliz, ha pagado el pato en lugar de su hijo—. Pero ¿qué hay de los hermanos Moretti? ¿Están dispuestos a darlo por zanjado?

—Ayudaría que Liam dejara de salir con esa mujer.

—Hablaré con él.

DANNY ASISTE A la conversación después del asado del domingo en casa de los Murphy. Están fuera, en el césped, Pat, Liam, el viejo y él, tomando unas cervezas mientras las mujeres recogen, cuando Murphy dice:

—Lo de esa chica se tiene que acabar.

—¿Quién lo dice? ¿Los Moretti? —replica Liam.

—Entre otros.

—¿Quién? ¿Pasco Ferri? —insiste Liam en tono cortante—. Pues que se joda.

—Cuidado con esa boca.

—¿Es que ahora van a decirnos a quién podemos querer y a quién no? Pues, ya de paso, nos bajamos los pantalones y que nos den por culo. ¿No, papá?

—Estás en casa de tu madre y es domingo.

—Hay miles de mujeres por ahí —argumenta Pat—. ¿Qué tiene esa de especial?

—Que la quiero.

—¿Más que a tu familia? —pregunta su hermano.

—Búscate a otra —dice Murphy—. Esa no es para ti.

—La quiero, papá.

Pat lo agarra por el cuello de la camisa y lo empuja contra el viejo roble.

—¡Capullo egoísta! Vamos a enterrar a Brendan Handrigan y tú no piensas más que en ti mismo.

—Suéltalo, Pat —ordena Murphy.

Pat obedece.

—Lo de esa mujer se ha terminado, Liam —dice su padre—. Y no hay más que hablar.

Viendo la cara que pone Liam, Danny lo duda mucho.

EL FUNERAL ES tristísimo.

Brendan no tenía muchos amigos, ni mujer, ni novia. Su padre murió cuando él tenía unos doce años, así que solo quedan dos hermanas y la madre, pero acuden el clan Murphy al completo y todos sus acólitos, sin necesidad de que John les diga nada.

Es cuestión de respeto.

El único que falta es Liam.

—¿Dónde narices está mi hermano? —le susurra Terri a Danny cuando recorren el pasillo de la iglesia y se arrodillan en el banco.

—Ya vendrá —contesta él, aunque no está muy convencido. Seguramente a Liam le da vergüenza presentarse, sabiendo que esto es en parte culpa suya. Y quizá para la familia de Brendan sea mejor que no venga.

Después de la misa, la madre se acerca a Danny en la escalinata de la iglesia, con la cara roja crispada de dolor.

—¿Tú no viste na, Danny Ryan? —pregunta—. ¿No viste na?

Él no sabe qué contestar.

La madre le da la espalda y sus hijas la llevan al coche para hacer el trayecto hasta el cementerio.

—No te preocupes —dice Terri.

—Claro que me preocupo —contesta Danny.

Van al cementerio de Swan Point para el entierro.

Reunidos en torno a la tumba, con sus trajes y sus vestidos negros —como cuervos, piensa Danny—, escuchan la salmodia del cura.

Luego empieza a sonar la gaita.

EL CONVITE SE celebra en el Glocca Morra.

La madre de Brendan está rabiosa con los Murphy, pero no tanto como para no aceptar su hospitalidad. ¿Qué remedio le queda? No tiene dinero, y es lo menos que pueden hacer después de que su hijo haya acabado muerto a tiros en lugar de Liam.

Así que hay merienda y barra libre, cómo no, y la gente no sabe muy bien qué hacer mientras intenta pensar algo bueno que decir de Brendan, hasta que la comida y el alcohol empiezan a surtir efecto y el convite acaba siendo una fiesta como otra cualquiera.

Entonces llega Liam.

Con Pam.

Típico de Liam Murphy: «Yo hago lo que quiero», parece decir sin cortarse un pelo, «y al resto del mundo que le den».

—¿Qué te parece? —pregunta Jimmy Mac.

—Que es un cabrito —contesta Danny.

Cassie se lo toma a risa.

—Mmm, esto va a ponerse interesante —dice mientras ve desarrollarse la escena.

Se hace el silencio en el local cuando Liam conduce a Pam a una mesa, le acerca una silla y se sienta. Él parece estar disfrutando del drama, pero Pam no. Pam parece incómoda. Lógico, piensa Danny; a fin de cuentas, acaban de enterrar a Brendan Handrigan.

Sentada junto a la barra, Sheila Murphy se queda con la boca abierta como si tuviera la mandíbula rota. Luego se gira en el taburete y les da la espalda.

Pam se estremece visiblemente. Se inclina y le susurra algo a

Liam, que menea la cabeza, se levanta y se acerca a la barra a pedir. Se coloca justo al lado de Pat y Sheila.

—Pat, Sheila —dice, pero los mira como diciendo: «¿Qué? ¿Tienen algo que decir?». Pide un Walker Black para él y una copa de vino blanco para Pam, espera mientras Bobby, el barman, sirve las bebidas y luego vuelve a la mesa sonriéndose con chulería. Deja la copa de vino delante de Pam, se sienta otra vez y mira en derredor para ver si alguien se atreve a decirle algo.

Nadie se atreve.

Pero Liam no va a conformarse con eso, y Danny lo sabe.

En efecto, Liam se levanta, hace tintinear su vaso para llamar la atención de la concurrencia y anuncia:

—Quiero que sepan que Pam y yo hemos ido a Las Vegas y nos hemos casado. Así que… ¡un brindis por Liam Murphy y señora!

—Santo Dios —murmura Danny.

—Es alucinante —dice Cassie.

Terri sacude la cabeza.

Bobby sale de detrás de la barra y se escabulle en la sala del fondo. Pat va tras él.

—Se va a armar una buena —comenta Jimmy Mac.

—Ni que lo digas.

Se abre la puerta de la sala del fondo y sale John Murphy, seguido de Pat.

—Empieza el espectáculo —dice Cassie.

Danny imagina que Murphy va a pedirle a su hijo que entre un momento en la sala de atrás para hablar con él en privado y que luego Liam volverá y se llevará a Pam de allí, pero se equivoca. Lo que sucede es que Murphy se inclina, besa a Pam en la mejilla y dice:

—Bienvenida a la familia.

—Joder —dice Cassie.

Pat se acerca y se sienta al lado de Danny.

—¿Qué coño pasa, Pat? —pregunta Danny.

El otro se encoge de hombros.

Murphy padre estira el brazo y le da la mano a Pam.

—Esto va a acabar mal —afirma Cassie.

Danny piensa que está otra vez de guasa, pero al volverse para mirarla ve que sus ojos no ríen. Los tiene serios.

Serios y tristes.

Como si vieran algo que los demás no ven.

ONCE

PAM MURPHY (DAVIES, DE SOLTERA) nunca pensó que pasaría su luna de miel en una casa cochambrosa en el campo. Claro que tampoco pensó nunca que fuera a casarse con un irlandés de Providence, Rhode Island.

Greenwich, Connecticut, está solo a doscientos cuarenta kilómetros de Providence, pero, para el caso, es como si estuviera en la otra punta del mundo. Greenwich, una ciudad dormitorio de Nueva York, frondosa, adinerada y extremadamente blanca, anglosajona y protestante, no podría ser más distinta de la Providence de clase obrera, poblada por italianos e irlandeses, y el entorno en que se crio Pam poco o nada tiene que ver con el de su marido, Liam Murphy.

Su padre era corredor de bolsa, no un gánster. Todas las mañanas, de lunes a viernes, cogía el tren para ir a la ciudad. A las seis y media estaba en casa para tomar un cóctel y a las siete y cuarto cenaba. Su madre —una señorona de Connecticut, una auténtica beldad de la que sus amigos decían con admiración que «parecía un cisne»— repartía su tiempo entre comités benéficos, clubes de jardinería, actos de las Hijas de la Revolución Estadounidense y vodkas con tónica.

Sus hermanos mayores, Bradley y Patton, iban a un internado de pago, donde destacaban en la práctica del lacrosse y el hockey, y en los estudios no pasaban del notable raspado, navegaban a vela por el estuario de Long Island y eran muy protectores con su hermana pequeña.

Y no porque ella necesitara que la protegieran; por lo menos, de los chicos.

No era una niña especialmente guapa. Cuando empezó la educación secundaria, podía decirse, como mucho, que era del montón. Si su madre era un cisne, Pam era el patito feo, y la decepción mal disimulada de aquella la hería en lo más vivo.

Pam se resistía a todos los esfuerzos que hacía su madre por «ponerla guapa» —el maquillaje, los vestidos, las clases de baile para mejorar su porte y su postura— y prefería quedarse en su cuarto, leyendo. Tras sus primeros años en un colegio Montessori, la mandaron a Miss Porter's School, un internado para señoritas en Farmington, entre cuyas exalumnas se contaban, además de su madre, Barbara Hutton, Gloria Vanderbilt y Jackie Kennedy Onassis.

No era, ni mucho menos, la chica más rica del colegio, pero tampoco la más pobre. Ocupaba un lugar intermedio, tirando a bajo. Esa edad cruel la obsequió con acné y con las inevitables comparaciones culinarias. El sadismo de las adolescentes no tiene límites: se metían con ella por su cutis, por su torpeza y por su desinterés por los chicos. Decían alegremente que era lesbiana y que estaba enamorada en secreto de varias de las chicas más guapas del colegio, que, cómo no, la rechazaban sin contemplaciones.

—Si yo quisiera bajarme al pilón —dijo una de ellas sacando la lengua entre los dedos índice y corazón—, sería un pilón mucho más bonito que ese.

Durante el primer año que pasó en el internado, huía a casa casi todos los fines de semana, se encerraba en su habitación y dividía el tiempo entre llorar y leer, temiendo siempre que llegara el domingo por la noche, cuando sus padres la llevaban de vuelta a Farmington, sermoneándola por el camino acerca de la importancia de hacer amigas y de participar en la vida social del colegio.

Pam no les contaba cómo se burlaban de ella.

Le daba demasiada vergüenza.

Fantaseaba con escapar del colegio y de casa y con suicidarse.

Sin embargo, entre el segundo y el tercer curso, algo cambió.

Pam floreció de repente.

La familia tenía una casa de veraneo en Watch Hill, Rhode Island —un pueblo que, aunque estaba solo a veinticinco minutos de Goshen, parecía estar en otro planeta— y Pam se levantó una mañana para pasar un día más escondida debajo de su sombrerito de tela, en el club náutico.

Sería exagerado decir que sucedió de la noche a la mañana, pero eso pareció. Al mirarse al espejo para lavarse la cara, vio que tenía la piel casi tersa, como si una diosa compasiva hubiera venido esa noche a liberarla de su desgracia.

El verano pareció hacer el resto. Durante las semanas siguientes, el sol doró su piel y horneó su cuerpo hasta convertirlo en fino mármol, su soso pelo castaño se volvió rubio dorado y sus ojos adquirieron un tono azul oceánico.

Una mañana lluviosa que no hacía día de playa, Pam le preguntó a su madre si podían ir de compras.

Y no a comprar libros, sino ropa.

Janet Davies no cabía en sí de gozo: por fin tenía una hija.

Fueron de compras, primero a Watch Hill, después a Newport y más tarde a la Quinta Avenida. El padre se quejaba de los recibos de la tarjeta de crédito, pero en el fondo estaba encantado, feliz por su esposa y su hija.

Ahora todo sería más fácil.

Solo que no lo fue.

La madre dejó de avergonzarse de su hija y empezó a tener celos de ella.

Al transformarse Pam en una joven de excepcional belleza, sus amigos y familiares —y hasta las personas que se sentaban en la mesa de al lado en los restaurantes— comenzaron a comentar lo hermosa y encantadora que era. El cisne empezó a ver las arrugas en su cuello elegante y a compararlas desfavorablemente con la piel de alabastro de su cría.

La madre se replegó.

No físicamente: Janet estaba siempre ahí, presente, aunque emocionalmente se hallara muy lejos. Si alguien se lo hubiera hecho notar, ella lo habría negado indignada. Es probable que no fuera consciente de ello —los espejos revelan tan pocas cosas—, pero dejó que su hija afrontara sola aquella metamorfosis inesperada y tratara de asimilarla por sus propios medios.

Pam extrajo de ello una conclusión equivocada: dedujo que, si de pronto, por primera vez en su vida, se la valoraba por su belleza, la belleza era su única virtud.

De modo que, cuando el chico más guapo del colegio Hotchkiss se fijó en ella en una fiesta y le tiró los tejos, Pam estaba tan indefensa como un cervatillo huérfano y al poco rato se encontró en la habitación de un motel de Farmington, mirando un cuadro barato de un velero por encima del hombro de aquel chico.

Lo curioso es que Trey Sherburne se enamoró de ella.

¿Qué chaval de dieciocho años no se habría enamorado?

Robert Spencer Sherburne III tenía, de hecho, más de romántico que de depredador y a la mañana siguiente le propuso que fueran a New Hampshire, donde por alguna razón creía que podía casarse con una chica de dieciséis años de la que aún no sabía que estaba embarazada.

Pam aceptó: ella también estaba enamorada.

No llegaron a New Hampshire. Ni siquiera llegaron al aparcamiento. Los dos hermanos de Pam, avisados por unos amigos, fueron a buscarlos al motel, le dieron una paliza a Trey y se llevaron a su hermana a Greenwich, donde la familia se reunió para decidir cómo afrontar aquella deshonra.

Al principio, el padre estaba empeñado en denunciar a Trey por estupro, pero la madre quería ahorrarle a su hija esa humillación pública («nuestro nombre en los periódicos, cariño»). Al final, los Davies y los Sherburne arreglaron el asunto como habían hecho sus respectivas familias desde tiempos del puto Mayflower: bajo cuerda y sin escándalo. Los Davies no denunciaron a Trey por estupro, los Sherburne no denunciaron a los hermanos Davies por agresión, Trey pasó un año sabático como cooperante en Tanzania y Pam se fue a Nuevo México a abortar discretamente.

Luego volvió al internado y, al acabar el bachillerato, fue al Trinity College, donde, además de acudir a las fiestas de su sororidad, se graduó en Administración de Empresas y cursó algunas asignaturas de Estudios Clásicos. Si alguna vez pensaba en Trey o en el hijo que podían haber tenido, era fugazmente y sin ahondar demasiado: había aprendido de su madre el sutil arte de sepultar el corazón caliente bajo una capa de hielo glacial.

Al acabar los estudios, se puso a trabajar en una exclusiva inmobiliaria de Westport y le fue muy bien. Los fines de semana los pasaba en la casa familiar de Watch Hill.

En Watch Hill hay o bien dinero de Nueva Inglaterra, tan viejo que necesita un andador para circular, o bien dinero «nuevo» de Nueva York; o sea, familias que tienen casa allí desde hace menos de doscientos años. Westerly es un pueblo fundado en torno a una cantera de granito por picapedreros italianos que hacían iglesias preciosas y opíparas comidas de domingo.

En Watch Hill, el dinero trabaja por la gente; en Westerly, la gente trabaja por dinero. Aunque los de Watch Hill suelen ir a Westerly solo a por pizza, Pam fue allí una noche a tomar unas copas con unos amigos, y en un bar Paulie Moretti intentó ligar con ella porque ¿qué perdía con intentarlo?

Ella le siguió el juego porque, bueno, aparte de un negro o un puertorriqueño, ¿con quién podía salir que cabreara más a sus padres que un italiano? Hasta un judío habría sido preferible, y acostarse con Paulie Moretti era su manera de rebelarse contra su absoluto pijerío blanco, anglosajón y protestante.

No es que llevara a Paulie a casa a conocer a mamá y papá, por supuesto: eso habría sido un completo desastre. Su rebeldía era secreta, satisfactoria solo para ella: una aventura, un ligue pasajero antes de fundar una familia con Donald, Roger, Tad o quien fuese.

Así que, cuando Paulie la invitó a una barbacoa, no en Watch Hill, sino en la playa mucho más plebeya de Goshen, aceptó encantada, porque para entonces ya había descubierto que Paulie era un mafioso, lo que daba a su aventura un delicioso prurito de peligro.

Luego, Liam Murphy le tocó el pecho, Paulie demostró de lo que era capaz un mafioso, ella fue al hospital a disculparse y...

Se encontró con un Trey a la irlandesa.

El chico más guapo del hampa.

Encantador.

Doliente.

Vulnerable.

Pam sintió que el hielo se derretía y poco después, casi de repente, se halló en una capilla de Las Vegas casándose con Liam Murphy sin tener ni la menor idea de cuáles serían las consecuencias.

Ahora, escondida en un «piso franco» de mierda, a quince kilómetros del sitio más cercano, con un marido al que un montón de gente quiere matar y que lo único que hace es beber a todas horas, de noche y de día, Pam está empezando a comprender dónde se ha metido.

DOCE

LA CÁRCEL SE ALZA AL pie de la carretera interestatal 95, la principal arteria del estado, como un recordatorio constante de lo que puede pasarte si por casualidad pisas la piel de plátano y resbalas. Es imposible ir de Warwick a Cranston o a Providence sin verla, y quizá de eso se trate.

Es una prisión antigua, construida en 1878, con un edificio central de piedra gris, coronado por una cúpula metálica, y varios pabellones laterales, más modernos, de ladrillo visto. Una valla alta, rematada con espirales de alambre de espino, rodea el recinto.

Cuando Danny iba al colegio, era costumbre llevar a los niños de excursión a la ACI para meterles el miedo en el cuerpo, lo que solía ser contraproducente porque muchos chavales aprovechaban para ir a visitar a algún familiar preso.

Los hermanos Moretti están ahora sentados a una mesa frente a su padre, en la sala de visitas de la prisión. Jacky Moretti sigue teniendo una buena mata de pelo, aunque se le haya puesto blanco en la trena. Es todavía un hombre fornido, con el cuello de toro y los hombros anchos y caídos. Aunque no estuviera tan bien relacionado, aquí nadie se atrevería a meterse con él.

Muchos presos podrían contar historias de Jacky Moretti.

Como que tenía diecinueve añitos la primera vez que se manchó las manos de sangre cargándose a un ratero de tres al cuarto que se negaba a pagar comisiones. O que lo enchironaron por primera vez por robar un coche y que no se chivó de nadie: ni de sus compañeros, ni del desguace de coches robados, ni de nadie. O que volvieron a trincarlo por cargarse a dos fulanos de New Haven que creían que el este de Connecticut tenía que ser suyo y no de Pasco Ferri.

O lo de aquel jugador empedernido que pensaba que Jacky era un soplapollas y que no tenía por qué pagarle, y Jacky lo sacó a empellones del vestíbulo del frontón de Newport, lo llevó al aparcamiento, abrió la puerta del coche y le preguntó con qué mano solía sacar la cartera.

—¿Qué? —preguntó el tipo, aterrorizado.

—Cuando vas a comprar una entrada para el frontón, ¿con qué mano sacas la cartera?

—Con la derecha.

Jacky le hizo meter la mano derecha entre la puerta del coche y el bastidor y cerró de una patada. Luego, con la mano del tío todavía pillada en la puerta, dio una vuelta con el coche por el aparcamiento.

Después de aquello, se convirtió en un mandamás; ya no solo era un matón a sueldo, era un capo con cuadrilla propia que ponía dinero en circulación y atracaba bancos y camiones.

Pero la historia que más a menudo cuentan es la de Jacky y Rocky Ferraro.

Pasco había prohibido vender heroína o consumirla porque no quería que se les echaran encima los federales. Rocky Ferraro, uno de los miembros de la banda de Jacky, desoyó ambas prohibiciones: primero se dedicó a vender jaco a los negros de South Providence y luego empezó a consumir lo que vendía.

Jacky dijo que él se encargaría de resolver el problema.

Una noche, uno de sus hombres y él recogieron a Rocky para ir juntos a un partido de hockey de los Red, pero nunca llegaron a su destino. Jacky paró el coche en la cuneta, sacó una pistola, se la metió en la boca a Rocky y apretó el gatillo varias veces.

Lo extraordinario del caso es que Jacky y Rocky eran medio hermanos.

De ahí que las cenas de Acción de Gracias fueran, en fin, un tanto incómodas.

Y de ahí también que tanto el juez como el jurado se escandalizaran, al parecer, cuando seis años más tarde su compinche de aquella noche le delató y Jacky acabó en chirona por asesinato.

—Deshonró a la familia —alegó Jacky en el juicio.

—Y por eso mató usted a su propio hermano —replicó el juez.

—Medio hermano —puntualizó él—. ¿Qué quería que hiciera? ¿Matarlo solo a medias?

El juez lo condenó a la pena máxima.

Pero incluso entonces tuvo Jacky la oportunidad de salvarse. Los federales le ofrecieron el lote completo (la inmunidad, el programa de protección de testigos y todo lo demás) a cambio de que delatara a Pasco Ferri, pero Jacky les contestó que se pusieran en fila para chuparle la polla. Así que ahora, desde que reside en el Ala Norte del viejo caserón de piedra y se dedica a jugar a las cartas y a hacer pasta los domingos para los chicos, le prestan ese servicio unos cuantos chaperos.

Ahora, el guarda de la sala de visitas se mantiene alejado y procura darles la espalda. No debería, pero ningún funcionario de prisiones de Rhode Island haría la idiotez de incordiar a los Moretti en día de visita. A fin de cuentas, los guardias viven en el estado y tienen hermanos y primos, y cada año llega una contribución muy sustanciosa al fondo para viudas y huérfanos.

Jacky da una calada a su cigarrillo. Tiene enfisema, pero sabe que no va a salir vivo de aquí, así que, total, ¿qué más da?

—No eres el primero al que dejan plantado —dice mirando a Paulie—, así que espabila, búscate otra novia y andando.

—Nos lo están restregando por la cara —contesta Peter—. Nos están faltando al respecto aposta.

—¿Y Pasco qué dice? —pregunta Jacky.

—A Pasco, que le den por culo —dice Paulie.

—A ver si eres capaz de repetir eso con la boca llena de tierra —contesta su padre.

Hay cosas que no se dicen. Que ni siquiera se piensan.

Se quedan callados unos segundos.

—El jefe deberías ser tú —dice Peter.

Jacky sonríe.

—Yo estoy aquí y Pasco está fuera. A veces las cosas salen así. ¿Qué pasa? ¿Es que quieren que hable con él?

—Sí —dice Paulie.

—No —contesta Jacky—. El jefe es él, ha dictado sentencia y se acabó.

—Quiere que nos sentemos a hablar con los irlandeses —dice Paulie.

—Pues siéntense. De todas formas, tienen la sartén por el mango. Cuando Pasco se retire y se vaya a Florida, podrán hacer lo que quieran. Podrán colgar a esos pichaflojas de los Murphy por los huevos si quieren, que a Pasco ya solo le preocuparán sus partidas de pinacle o de petanca, o de lo que sea. Pero, si le desobedecen ahora, los quitará de en medio, y yo tendré que darle mi bendición.

—Somos tus hijos —dice Peter, olvidando, al parecer, la trayectoria de su padre.

—Uno le tiene cariño a su familia —responde Jacky— y también le tiene cariño a este oficio. Son dos amores distintos. Pero, sí, el amor por este oficio es lo primero.

Está chapado a la antigua, el viejo, piensa Peter.

Chapado a la antigua hasta las cachas.

Aceptan sentarse a hablar.

TRECE

PASCO FIJA EL LUGAR DEL encuentro en el último momento.

Luego, lo cambia.

Danny sabe que es el procedimiento habitual para impedir que cualquiera de los dos bandos organice una emboscada, pero la verdad es que Pasco Ferri es italiano, a fin de cuentas. Y, si decide que tiene que ceder ante los Moretti y dejar que se desahoguen de alguna manera, los irlandeses de Dogtown irán derechos a una trampa.

Aun así, confían en él.

—¿Hacemos bien? —pregunta Pat.

Danny se encoge de hombros. Han hecho muchas barbacoas juntos en la playa. Han bebido y reído juntos. Y Marty dice que pueden fiarse de él.

—Pasco Ferri es un hombre de palabra —afirma—. Si dice que no hay peligro, es que no lo hay.

Marty también está invitado a la reunión; Pasco ha insistido en que vaya. Para recordarles a todos, supone Danny, que fueron ellos dos, Pasco y Marty, quienes forjaron la paz italo-irlandesa que ha durado una generación, y que romper la alianza supone una afrenta contra ambos.

Marty se viste con esmero para la ocasión, se queja de que lleva la corbata torcida y le da la lata a Danny. Es su último día de gloria, piensa su hijo. Vuelve a sentirse importante.

La reunión va a celebrarse en el Harbor Inn, un hotel restaurante de Gilead, al otro lado del canal, enfrente del Dave's Dock. El restaurante lleva cerrado desde las cuatro de la tarde para una «fiesta privada».

Danny y Ned Egan acompañan a Marty a la puerta del restaurante. Jimmy Mac sale del coche y se queda montando guardia allí, nervioso, con la americana abultada por la pistola que lleva debajo.

Los Murphy aparcan detrás. Conduce Pat, su padre ocupa el asiento del copiloto y Liam va arrellanado en el asiento trasero, con cara de querer estar en cualquier otro sitio. No me extraña, piensa Danny.

Pasco sale flanqueado por dos de sus hombres: Vito Salerno, su consigliere de toda la vida, y Tito Cruz, un matón medio siciliano medio puertorriqueño que a lo largo de los años se ha manchado las manos de sangre muchas veces por encargo de la familia. Gente seria, clara señal de que Pasco no está dispuesto a aguantar gilipolleces.

Mejor así, piensa Danny.

Pasco se acerca a él.

—Las herramientas se dejan en el coche, Danny —le dice.

Danny ve un destello de alarma en los ojos de Ned Egan. Pasco, que lo ve también, añade:

—Los Moretti, también.

Danny vuelve al coche y deja la pistola en el guardabarros. Jimmy Mac hace lo mismo, casi aliviado. Ned tarda unos segundos en hacerse a la idea, pero por fin se acerca y deja su 45 en el asiento del copiloto.

—Yo me quedo en el coche —dice Jimmy.

•   •   •

EL SALÓN DEL restaurante está decorado con motivos pesqueros: boyas y redes en la pared, un cuadro del puerto, bastante malo, y algunas fotografías de barcos de pesca. Hay una mesa puesta en el centro del salón, con varias cafeteras de plástico, jarras de agua, tazas y vasos. Danny supone que es la forma que tiene Pasco de decirles que esto es una reunión formal y que no está el horno para bollos, así que nada de cena cara y vinos. A resolver el asunto y se acabó.

Por Danny, perfecto. Si todo sale bien, se llevará a su padre al otro lado de la bahía, al Dave's, a comer un buen plato de fritura. Y si no... Bueno, si no, se les quitará a todos el apetito.

Peter y Paul Moretti se sientan a un lado, junto a Sal Antonucci y Chris Palumbo. Ninguno levanta la vista cuando entran los Murphy y se sitúan al otro lado de la mesa: se quedan mirando las jarras de agua como si dentro hubiera un hermoso pez tropical.

Murphy padre ocupa la silla más próxima a la cabecera de la mesa, con Pat a su lado. Luego van Liam, Danny y, por último, Marty. Ned Egan se queda de pie junto a la puerta. Pasco entra y se sienta en el otro extremo. Vito y Cruz cierran la puerta y ocupan sendas sillas en un esquina.

Pasco se sirve un vaso de agua, da un trago y dice:

—El tejido de nuestro acuerdo se ha desgarrado. He convocado esta reunión para reparar los daños. ¿Quién quiere hablar primero?

Danny se sorprende cuando Marty levanta la mano, y se siente orgulloso del viejo cuando dice:

—Lo primero es lo primero. Ha muerto uno de los nuestros. Es necesaria una compensación.

Pasco mira a Peter.

—Ese chico, Handrigan, ¿no tenía familia? —pregunta el italiano—. ¿Mujer o hijos?

—Solo su madre —contesta Marty.

Peter se gira y se inclina hacia Chris, que le dice algo al oído. Luego mira al frente y dice:

—¿Tiene una tienda de chucherías? ¿Revistas, prensa y esas cosas? ¿Tenemos máquinas en ella?

—Así es —contesta Marty.

—Entonces, que se quede con toda la recaudación de las máquinas —dice Peter—. Le cedemos nuestra parte. Muy bien. ¿Damos por zanjado ese tema?

—Lo damos por zanjado —responde Marty.

Así, sin más, se dice Danny. Pura cuestión de negocios. La calderilla de unas máquinas expendedoras y adiós para siempre a Brendan.

—Bien —dice Pasco—. ¿Qué más?

—Se ha ultrajado a mi hermano —dice Peter mirando a Liam—. A toda nuestra familia.

Liam sonríe con suficiencia, como un crío, y dice como si lo hubiera ensayado:

—Bebí demasiado. Mi conducta fue inaceptable. Pido disculpas.

—¿Hoy también estás borracho? —pregunta Paulie.

—¿Por qué lo preguntas? —replica Liam sin dejar de sonreír—. ¿No querrás que te devuelva a Pam?

—No, por mí puedes quedártela. Está ya muy manoseada.

A Liam se le borra la sonrisa de la cara.

—Estás hablando de mi mujer —dice levantándose.

—Siéntate —ordena Pat.

—Pero ha…

—Que te sientes.

Liam se sienta.

—Ya tienen su disculpa —les dice Pasco a los Moretti, instándoles a contestar.

—No vamos a disculparnos por la paliza —responde Peter—. Se

la merecía. Además, nosotros también queremos que se nos recompense por esa ofensa.

—Creo que dejar a mi hijo medio muerto de una paliza ya fue suficiente «recompensa» —dice John Murphy.

—Yo no —replica Peter.

—¿Qué quieren? —pregunta Pasco.

—Tres trabajos en los muelles.

Murphy mira a Pasco.

—Corren malos tiempos. Ahora mismo no dispongo de tres puestos en los muelles.

—Tienen empleos municipales en el distrito diez —dice Chris.

—Son para irlandeses —contesta Pat.

Chris mira a John.

—¿Ahora tengo que hablar con él?

—¿Y yo? ¿Tengo que hablar contigo? —replica John.

—¿La propuesta te parece viable, John? —pregunta Pasco.

Murphy niega con la cabeza, luego apoya la barbilla en el pecho, baja la vista y se queda pensando un momento.

—Podría conseguir un puesto en el distrito diez. Tres, no.

Peter sonríe.

—Pues, entonces, que sean dos.

—No tengo dos —contesta Murphy—. Ahora tengo que ocuparme de los negros, por si no lo saben. Así no arman jaleo.

Peter y Chris vuelven a conferenciar. Joder, piensa Danny, ¿es que Pete no puede ni mear sin que Chris le sujete el pito? Es un síntoma de debilidad, algo a tener en cuenta para el futuro. Si quieres conseguir algo de Peter, habla primero con Chris.

Peter se gira y dice:

—Un empleo municipal y otro en los muelles.

Murphy mira a Liam como diciendo: «¿Ves lo que nos ha costado que pienses con la polla?». Luego dice:

—Si así se mantiene la paz, por mí de acuerdo. Sí.

—¿Peter? —pregunta Pasco.

—Nosotros nos damos por satisfechos.

Se acabó, piensa Danny. Ya está. No ha pasado nada, aquí paz y después gloria, y todas esas sandeces. Hasta que Paulie abre la bocaza.

—Tengo una pregunta —dice—. Liam, ¿todavía le gusta que se la metan por el culo?

Liam vuelve a levantarse. Vito agarra a Paul y Tito rodea la mesa y se para detrás de Liam, listo para sujetarlo.

—¡Te has pasado de la raya! —grita Pat.

—Sí, se ha pasado de la raya —conviene Peter.

Pero Paulie le grita a Liam:

—¿Y qué vas a hacer? ¿Eh, maricón? ¿Qué vas a hacer?

—Qué valiente eres cuando vas acompañado, cabrón —le espeta Liam—. Habría que ver cómo te defiendes estando tú solo.

—Cuando quieras.

—Fuera. Ahora mismo.

—Vamos.

—Liam, no estás en condiciones de… —dice Pat.

—Y una mierda —contesta su hermano.

—Esto es absurdo —dice Danny apelando a Pasco.

Pero Paulie y Liam ya van hacia la puerta, y los otros van detrás. Danny se queda rezagado, llevando a su padre del brazo, y cuando sale Liam y Paulie están ya en el aparcamiento, con los puños en alto. Entonces oye un disparo y Paulie cae al suelo. Se revuelca sobre la grava sujetándose la pierna. Le mana sangre entre los dedos de las manos.

Tito ha sacado la pistola y mira hacia los barcos atracados al otro lado del canal, de donde ha venido el disparo.

Peter se arrodilla junto a su hermano. Liam se dirige al coche y Pat va tras él, aturullado. Danny agarra a su padre con fuerza del brazo y, con ayuda de Ned, lo lleva a toda prisa hacia su vehículo. Jimmy acerca el coche.

—Pisa a fondo —le dice Danny—. Hay que salir de aquí a toda hostia.

Y piensa: por favor, Dios mío, que no se muera Paulie.

CATORCE

Q UÉ HAS HECHO?! —LE GRITA Pat a su hermano. Lo agarra de la pechera y lo zarandea—. ¡¿Qué cojones has hecho?!

La puerta del dormitorio está abierta y Danny ve que Pam está sentada en la cama, observando la escena que se desarrolla en el cuarto de estar. Hace amago de levantarse para cerrar la puerta, pero luego piensa: a la mierda, que vea con quién se ha casado.

—¿Quién ha disparado? —pregunta Pat.

Liam niega con la cabeza. Pat le da una bofetada. Danny ve que Pam se sobresalta.

Pero sigue mirando.

—Mickey Shields —contesta Liam.

—¿Quién?

A Danny tampoco le suena el nombre.

—Es del otro lado del charco —dice Liam.

—¡Joder!

Danny suspira. Liam anda siempre metido en esa movida del conflicto irlandés, ¿y ahora ha traído a alguien de fuera para hacer un trabajo? ¡Joder, Liam! Sabías que nadie de Nueva Inglaterra querría hacer algo así, ¿y has recurrido a un terrorista de Irlanda del Norte?

—¿Qué le has pagado? —pregunta Pat.

—Les dije que a lo mejor podíamos echarles un cable para conseguir armas o algo así.

Danny tiene la sensación de que va a estallarle la cabeza. Además de toda la mierda que nos va a llover por esto, ¿Liam se ha comprometido con el puto IRA? ¿En un asunto de armas? ¿Para que el FBI se nos eche encima? Ahora, si no nos matan los italianos, nos pasaremos lo que nos resta de vida en una cárcel federal.

—¿Tú sabes lo que has hecho? —le pregunta Pat a su hermano—. Liam, ¿sabes lo que nos has hecho?

Danny mira a Pam a través de la puerta abierta.

Ella sí lo sabe.

DOS HORAS DESPUÉS. Danny y Jimmy están sentados en el sótano de la casa de la madre de Jimmy, en Friendship Street. La madre ha salido: esta noche le toca el bingo.

Están los dos asustados.

Acojonados, mejor dicho.

Lo único bueno, lo único, es que Paulie Moretti no se va a morir. La bala no ha tocado la arteria femoral ni el hueso, pero la paz ya no hay quien la salve y a Pasco Ferri no le queda otro remedio que soltar a los perros. Ha recibido una afrenta personal, lo han puesto en ridículo, y ha habido derramamiento de sangre. Están con la mierda al cuello.

Danny hace cuentas de cabeza. Tienen diez o quince hombres con los que pueden contar en una pelea. Los Moretti tienen por lo menos el doble. Los irlandeses carecen de refuerzos fuera de Dogtown; los Moretti pueden recurrir a pistoleros de otras familias de la mafia. Los irlandeses tienen un par de concejales en el distrito 10 y controlan a parte de la policía; los Moretti tienen al alcalde, a un puñado de diputados del estado y a un montón de policías, incluidos dos inspectores de homicidios, Viola y O'Neill.

En temas de dinero, las fuerzas también están desequilibradas: los irlandeses tienen el sindicato de estibadores, los muelles, algunos negocios de juego de poca monta y el préstamo usurario. Los Moretti tienen a los camioneros, los sindicatos de la construcción, las máquinas expendedoras, el tabaco y el alcohol, los grandes negocios de juego, el grueso del dinero que se mueve en la calle, los clubes de estriptis y la prostitución.

Es lo malo de una guerra: que por un lado hay que intentar mantenerse con vida y, por otro, hay que seguir ganándose el pan. Y, cuando sabes que te estás jugando el pellejo, cuesta salir a hacer una recogida, a cobrar una deuda, o incluso a ir al trabajo y volver. Se necesita un colchón económico, un fondo de reserva para aguantar mientras te atrincheras y se resuelve el asunto por la fuerza, y hay pocos irlandeses de Dogtown —Danny incluido— que tengan una buena cuenta de ahorros.

Jimmy lo mira.

—¿Qué quieres que haga? —pregunta Danny.

—Liam es un capullo, un inútil. Tú lo sabes y yo también.

—Por Dios, es hermano de mi mujer —responde Danny—. Lo conozco desde que era un crío. Joder, le hacía sándwiches de mantequilla de cacahuete y plátano.

—Danny...

—¿Qué?

—¿Sabes dónde está?

Danny asiente con un gesto.

—Voy contigo —dice Jimmy.

Él sacude la cabeza.

—No. Ya me encargo yo.

TIENEN A LIAM escondido lejos, cerca de Lincoln, en una casucha vieja en el campo, al final de un sendero de tierra.

De camino allí, Danny hace un alto para comprar hamburguesas.

Llega en coche hasta la casa. Se baja y llama a la puerta.

—Liam, soy yo, Danny. Te traigo algo de comer.

Oye movimiento dentro. Luego la puerta se abre el ancho de una rendija. La cadena de seguridad está puesta y Liam mira por la ranura, quita la cadena y lo deja entrar.

La casa es una pocilga. Moqueta vieja, olor a moho. No es a lo que está acostumbrado Liam, piensa Danny, ni lo que esperaba Pam cuando se casó con el príncipe.

Liam se sienta en un sofá apolillado y se pone a ver la tele. Danny le pasa la bolsa blanca de las hamburguesas.

—Gracias, tío.

—Están frías, pero...

—Seguro que aun así están buenas. ¿Quieres una?

—Vale. —Danny se sienta en el sofá—. ¿Qué estás viendo?

—Una peli de terror. Quítate la chaqueta y quédate un rato.

—¿Dónde está Pam?

—Sobando en la habitación. Se ha tomado un Valium.

¿Me lo nota en los ojos?, se pregunta Danny. ¿Oye cómo me late el corazón? ¿Sabe que no voy a quitarme la chaqueta porque llevo una 38 en el bolsillo? Seguramente no. Es tan egocéntrico que no se fija en los demás y en sus mierdas.

—¿No tendrás una Coca-Cola, ¿verdad? —pregunta—. ¿O un ginger ale?

—Ve a ver si hay en la cocina —contesta Liam.

Danny se levanta y entra en la cocina, saca una Coca-Cola de la nevera, vuelve al cuarto de estar y se queda de pie detrás de Liam, que parece absorto en la película de terror.

Ahora es buen momento, piensa Danny. Ahora, ya.

Agarra la pistola dentro del bolsillo derecho de la chaqueta y la saca. Echa hacia atrás el percutor confiando en que Liam no oiga el chasquido.

No lo oye. Está devorando la puta hamburguesa y riéndose del monstruo ridículo que cruza la pantalla camino de un pueblecito japonés de cartón piedra. Tan tranquilo como si no tuviera ni una sola preocupación. El mundo entero es suyo; los demás solo somos inquilinos.

Danny sostiene la pistola detrás del respaldo del sofá, donde Liam no pueda verla si se vuelve hacia él.

—Oye, Liam...

—¿Sí?

—¿Tú te acuerdas del catecismo?

—Joder, cómo no voy a acordarme.

—Es que estaba intentando recordar el acto de contrición. Jimmy y yo hicimos una apuesta y nada, no conseguía acordarme.

—Está chupado —dice Liam sin apartar los ojos de la pantalla—. Señor mío Jesucristo, me pesa de todo corazón haberte ofendido...

Hazlo ahora, se dice. Al diablo con su alma inmortal, hazlo ya.

—Y aborrezco todos mis pecados...

Levanta la pistola.

—No por miedo al infierno, sino por...

Entonces oye el ruido de la cisterna del cuarto de baño, el chirrido de las cañerías viejas.

Pam está despierta.

Oye correr el agua del grifo. Se está lavando las manos.

—Oye, Liam —dice, volviendo a guardarse la pistola en el bolsillo—, mejor me voy.

—Pero si acabas de llegar.

Pam entra en la habitación.

—Los dejo para que estén tranquilos —dice Danny.

—Ya estamos tranquilos —responde Pam—. Tranquilidad no nos falta. ¿Verdad que no, Liam?

Danny vuelve al coche.

Cree que no habría podido hacerlo, de todos modos.

CUANDO VUELVE A Dogtown, solo encuentra sitio para aparcar a tres manzanas de casa y mientras va andando por la calle le entra el canguelo.

Así va a ser a partir de ahora, piensa, el resto de mi puta vida, que va a ser corta. Todo el tiempo mirando hacia atrás, oyendo ruidos que no existen, con miedo a doblar cada esquina.

Oye que un coche se acerca despacio, por detrás, y se obliga a no echar a correr. Mete las manos en los bolsillos de la chaqueta y toca la pistola. La agarra con fuerza; luego, por fin, mira atrás.

Es un coche patrulla.

No uno blanco y negro, sino un Crown Vic sin distintivos, de los que usan los agentes que van de paisano. El coche se para a su lado y se abre la ventanilla del copiloto. Danny casi espera oír una ráfaga de balazos. Tiene el puto corazón en la boca, se va a mear encima, pero O'Neill le dice:

—Tranquilo. Hazme un favor, anda. Sácate las manos de los bolsillos.

Danny echa un vistazo a Viola, que va al volante.

—No pasa nada —dice O'Neill—. Es que hay alguien que quiere hablar contigo, nada más.

Danny saca las manos con cuidado de los bolsillos. O'Neill sale del coche, lo cachea y le quita la pipa.

—Cuando se acabe la charla te la devuelvo.

Abre la puerta de atrás y Danny sube al coche.

Peter Moretti está dentro.

Danny intenta salir, pero la puerta ya está bloqueada. Los dos policías se han quedado en la acera, echando un cigarro.

—Vengo del hospital, de ver a mi hermano —dice Peter.

—¿Cómo está?

—¡Le han pegado un tiro en la pierna, joder! —estalla Peter. Luego respira hondo y añade—: Pero se va a recuperar.

—Eso está bien.

—Ya lo creo que está bien. Mira, Danny, quería hablar contigo, decirte que no tenemos nada contra los Ryan. Lo que ha pasado esta tarde es una vergüenza, pero ya sabemos que ustedes no han tenido nada que ver.

—Peter, los Murphy no han...

El italiano levanta la mano.

—No te molestes. Eso ya no tiene remedio. No haríamos las paces con ellos ni aunque colgaran a ese pedazo de cabrón del mástil de la bandera del ayuntamiento. He venido a decirte que la facción de los Ryan puede esperar tranquilamente a que esto pase. Los Murphy los han puesto en una situación muy difícil. Tienen todo el derecho a mantenerse al margen de esta guerra.

Le ha mandado venir Pasco, piensa Danny, por su amistad con mi padre. Pero también es una jugada inteligente. Peter sabe que si «la facción de los Ryan» se queda de brazos cruzados, los Murphy no podrán contar conmigo, ni con Jimmy Mac, ni con Ned Egan, ni con un par de pistoleros. Y tampoco con Bernie Hughes, que antes era el testaferro de Marty, uno de sus hombres de confianza, y se pondrá de parte de los Ryan. Peter lo sabe.

—¿Qué han hecho los Murphy por ti? —pregunta—. Joder, se

quedaron con la parte del negocio que era de tu padre y a ti te tiran las sobras. Te tratan como a un pordiosero.

Todo eso es verdad, piensa Danny.

—No te estoy pidiendo que vayas contra ellos —continúa Peter—. Sé que no lo harías y lo respeto. Pero, si se quedan al margen, cuando esto acabe..., y tú sabes cómo va a acabar, no eres tonto..., estamos dispuestos a devolverles lo que es suyo por derecho. Tu padre tendría el respeto que merece y tú serías el jefe.

—¿Pasco ha...?

—Ha dado el visto bueno, por supuesto. Pero quiero que sepas que Pasco va a marcharse a Florida. Esta vez se retira de verdad. Yo soy el nuevo jefe de la familia y Paul va a ser mi lugarteniente.

Así que Dogtown está perdida de todos modos, piensa Danny. Si Pasco se retira, los Moretti se apoderarán de lo que quieran y pondrán todo este asunto de Liam como excusa. El barco se hunde. La cuestión es si yo quiero hundirme con él.

Peter Moretti me está lanzando un salvavidas del copón.

—No hace falta que me contestes ahora —dice Peter—. Piénsalo y ya hablaremos. Mándame aviso por O'Neill o Viola.

—De acuerdo.

—Pero no tardes mucho —le advierte Peter. Hace una seña con la cabeza a los policías y O'Neill abre la puerta. Danny ya está saliendo cuando Peter estira el brazo, le toca la mano y dice—: Danny, quiero que sepas que por tu padre y por ti solo tenemos cariño y respeto. Por favor, saluda a Marty de mi parte.

—Claro.

—Buenas noches, Danny. Estaré esperando noticias tuyas.

—Buenas noches.

Danny vuelve a casa andando, se quita la ropa y se acuesta junto a su mujer.

Nota el calor de Terri debajo de las mantas.

—Llevo un retraso —murmura ella.

—Llego yo con retraso, dirás —contesta él, creyéndola medio dormida.

—No. Yo. No me ha venido la regla.

Debió de ser aquella noche en la playa, le dice, después de la barbacoa de Pasco Ferri.

SEGUNDA PARTE

Ciudad en llamas

Providence, Rhode Island
Octubre de 1986

Así en la playa se armaban los aqueos, ávidos
de guerra nuevamente, y los troyanos frente a
ellos en el promontorio de la llanura.

Homero
Ilíada
Canto XX

QUINCE

LE DESPIERTA EL TELÉFONO A primera hora de la mañana.

Se da la vuelta en la cama y contesta.

—¿Diga?

—¡Danny, menos mal! —Es Pat—. ¡Sal de ahí ahora mismo!

—¿Qué dices?

Los Moretti han dado el primer golpe, y no se han andado con rodeos.

Tres hombres muertos.

—¿Quiénes? —pregunta Danny, un poco adormilado aún.

—Te lo cuento cuando llegues, pero sal de ahí cagando leches.

—¿Y Jimmy?

—Ahora mismo lo llamo.

—Déjalo, ya lo hago yo. —Se incorpora y marca el número de Jimmy Mac.

Terri se despierta.

—¿Qué pasa? —pregunta, irritada.

—Nada bueno.

Danny siente que no puede respirar mientras oye sonar la línea. Nota una opresión en el pecho, como si fuera a darle un infarto. Descuelgue el puto teléfono, Jimmy, descuélguelo...

—¿Danny? Joder, ¿qué...?

Le da la noticia.

—Madre de Dios.

—Ven armado. —Danny cuelga y marca el número de su padre.

Marty contesta al primer pitido.

—Sigo respirando, si es eso lo que te preocupa —dice.

—¿Te ha llamado Pat?

—No, John.

—¿Ned está contigo?

—Sí.

—Te llamaré en cuanto sepa algo más.

Se pone los vaqueros y una camiseta, se coloca al hombro la pistolera con la 38 y se echa encima una camisa vaquera. Cuando baja, Terri ya está en la cocina. Ha puesto el café y está friendo beicon para los huevos. A Danny le gusta crujiente, casi quemado. Sabe que hacer esas pequeñas tareas, mantener la rutina, es la forma que tiene Terri de no venirse abajo.

—Dime qué pasa —dice sin levantar la mirada de la cocina—. ¿Es Liam?

—No creo.

—¿Mi padre? —Le tiembla la voz.

—Pat me lo habría dicho.

—Entonces, ¿quién...?

—No lo sé, Terri. Solo sé que ha pasado algo grave.

Quiere decirle que él está a salvo de momento, que tiene la posibilidad de mantenerse al margen, pero aún no ha decidido qué va a hacer y, aunque lo hubiera decidido, no sabría cómo decírselo.

—Vete a casa de tus padres, cuida de tu madre.

El beicon empieza a humear. Terri lo saca de la sartén y lo deja en un plato, encima de un trozo de papel de cocina doblado; luego casca dos huevos y los fríe en la grasa caliente. Saca dos rebanadas de pan de molde de la bolsa y las mete en el tostador.

—¿Qué vamos a hacer? —pregunta.

—¿Sobre qué?

—Vamos a tener un bebé, Danny.

Se le han saltado las lágrimas. Es raro en Terri: no suele llorar. Danny la abraza y ella apoya la cabeza en su hombro y llora.

—Las cosas se van a arreglar, Terri. Seguro que se arreglan.

—¿Cómo, Danny? —Se incorpora y lo mira a los ojos—. ¿Cómo se van a arreglar?

—Podemos irnos. Tú, yo y el bebé.

—¿Adónde?

—A California.

—Y dale con California. ¿Qué te pasa con ese sitio?

—Dicen que es bonito.

—No se recoge uno sus bártulos y se va así, sin más. Hace falta dinero para mudarse. Tú no tienes trabajo allí. Y necesitamos tu seguro médico.

Se aparta de él, vuelve a la cocina, da la vuelta a los huevos y rompe las yemas con la espumadera. A Danny le gustan bien hechos, con la yema rota.

—Encontraré un trabajo con seguro médico —dice.

—¿Cómo?

—¡Terri, deja de agobiarme, ¿vale?!

—¡No me grites!

—¡No me grites tú a mí!

—Hazte tú los huevos, capullo.

Se va.

Danny apaga el fuego. Decide que no tiene tiempo para comerse los huevos, se prepara un café con leche y azúcar y se lo lleva.

—¡Vete a casa de tus padres! —grita antes de salir a la calle.

Echa andar hacia el Gloc mirando a un lado y a otro por si acaso a los Moretti les ha parecido que tardaba demasiado en contestar.

Cuando llega, hay dos coches de policía sin distintivos aparcados junto al pub. Es bueno saber que todavía nos quedan algunos polis, piensa. Los Moretti no se atreverían a atacar el Gloc a plena luz del día después de lo de anoche, pero aun así conviene tener cuidado.

Saluda a los policías con una inclinación de cabeza y entra.

Bobby Bangs está haciendo café detrás de la barra. Jimmy Mac ya ha llegado y está vigilando la puerta. Agarra a Danny del codo y le dice:

—Quieren que vayas atrás.

—¿Sí?

—Es lo que han dicho.

Danny abre la puerta del salón de atrás. John, Pat y Bernie están reunidos en el reservado de siempre.

A Liam no lo ve por ningún lado.

—Gracias por venir, Danny. —Pat se acerca, lo rodea con el brazo y lo conduce al reservado.

Así que ahora tengo un sitio a la mesa, piensa Danny.

Ahora.

John lo saluda con una inclinación de cabeza. Un gesto de respeto, de reconocimiento. Danny piensa que de pronto parece viejo, y puede que lo esté, porque salta a la vista que es Pat quien preside la reunión.

—¿Quieres ponerle algo más fuerte a ese café? —le pregunta Pat.

—No, así está bien.

—Bueno —dice Pat—. Esto ha empezado ya, y no pinta nada bien. Han muerto Brian Young, Howie Moran y Kenny Meagher. Young y Moran, a tiros, con un arma de largo alcance: un solo balazo a la cabeza o el corazón. Meagher, abatido a bocajarro cuando salía de un club nocturno, de madrugada.

Eso explica que John parezca de pronto un viejo.

Danny tampoco se siente muy joven. Brian y Kenny eran amigos suyos, fue al colegio con ellos, se conocían del barrio. Fiestas, partidos de hockey, bodas...

Ahora, serán velatorios y entierros.

—Debían de llevar planeándolo un tiempo —dice Pat—. Conocían sus costumbres, sus coches...

—Ha sido Sal Antonucci —afirma John.

—Los disparos a bocajarro, puede —dice Danny—. Lo otro... ¿A larga distancia? Eso no ha podido hacerlo nadie de la banda de Sal, ni de la de Peter y Paul. Han traído a alguien de fuera.

—¿Estás pensando lo mismo que yo? —pregunta Pat.

—¿Steve Giordo?

A Steve Giordo el Francotirador le pusieron, dicen, ese apodo porque fue francotirador en el ejército, pero Danny cree que es más bien porque el rifle con mira telescópica es su arma favorita.

Giordo es de Hartford y hace encargos para Boston y Nueva York. Es mala noticia por varios motivos: primero, porque Giordo es muy bueno en lo suyo, y luego porque Boston y Nueva York tienen que haber dado el visto bueno para que haga un trabajo en Providence.

Esto se está poniendo muy feo: Boston y Nueva York apoyan a los Moretti, Sal Antonucci y Steve Giordo están en primera línea y ya han matado a tres hombres que podrían habernos servido para igualar las fuerzas.

Estaba todo bien planeado, piensa Danny.

Igual que la maniobra de Peter, eso de intentar que la facción de los Ryan se quede al margen. Mientras me lo contaba, sus soldados ya andaban por ahí matando gente. Todo planeado, sincronizado y coordinado. Pero no puede haber montado todo esto en el tiempo que ha pasado desde la «conferencia de paz». Los Moretti pensaban atacar de todas formas, iban a usar la paz para que nos relajáramos y luego atacarían.

Solo que Liam se les adelantó.

Y les proporcionó una excusa.

Ahora Peter tiene lo que siempre ha querido, y encima se hace el ofendido, el inocente contra el que se ha cometido un agravio.

—Bueno —dice Pat—, estamos tocados pero no hundidos. Si conseguimos eliminar a Sal y Giordo, todavía tenemos posibilidades.

Como en un partido de hockey, piensa Danny.

Bernie Hughes toma la palabra. Sopla su taza de té y dice:

—Lo de Sal es fácil. Tarde o temprano tendrá que asomar la cabeza y podremos cargárnoslo. Pero Giordo es harina de otro costal. Ese tipo solo se deja ver cuando va a matar, y enseguida vuelve a desaparecer. Es un profesional como la copa de un pino y nosotros no tenemos a nadie que esté a su nivel.

—¿Y Ned Egan? —le pregunta John a Danny—. ¿Tu padre estaría dispuesto a prestárnoslo?

—Ned prefiere las distancias cortas. Sirve para acercarse a alguien y pegarle un tiro en el pecho, pero no es un francotirador.

Todos saben que tiene razón.

—Lo haré yo —dice Pat.

Danny ve que John se sobresalta.

—Es un peso pesado comparado contigo —se apresura a decir Bernie.

Lo que significa que John no va a arriesgarse a perder a uno de sus hijos, aunque no pueda decirlo él mismo.

Pat se niega a escuchar, aun así. Es un puto héroe, un tío cabal, y además se siente culpable porque haya sido su hermano el que ha causado todo esto y se esté escondiendo mientras otra gente paga con su vida por lo que ha hecho.

Cree que tiene que salvar el honor de la familia.

Y está dispuesto a dar su vida por ello.

Así que Danny dice:

—Puedo intentarlo yo.

Sigue un silencio tenso que Pat rompe por fin pasándole el brazo por el hombro:

—Danny, te lo agradezco, de verdad —dice—, pero tú no eres un asesino.

Danny Ryan sabe usar los puños, pero nunca se ha cargado a nadie, y menos aún a un asesino a sueldo como Steve Giordo.

—Me acercaré —dice.

—No, no te acercarás —contesta Pat—. No nos acercaremos ninguno.

—Sé cómo hacerlo —contesta Danny.

Lo miran todos.

—Sé cómo hacerlo —insiste.

DIECISÉIS

HACE RASCA EN LA PLAYA.

Octubre, joder, y ya hace un frío que pela. Sopla viento del norte y las olas blancas parecen barbas de viejos tristes.

Hasta con la trenca puesta Danny tirita, y da zapatazos en el suelo mientras espera a que llegue Peter Moretti. Por fin, un coche entra en el aparcamiento y Danny ve que O'Neill y Viola salen y echan un vistazo para asegurarse de que ha venido solo.

Parecen darse por satisfechos, porque Peter sale del coche y empieza a cruzar la playa.

Lleva un abrigo de pelo de camello, pero va con la cabeza descubierta: será que, como siempre ha presumido de pelo, no quiere estropeárselo poniéndose sombrero. Danny lleva un gorro de lana; a él la vanidad se la trae floja. Aun así, se alegra de ver que Peter también nota el frío. Da gusto verlo tiritar.

—¿No podríamos haber quedado en el Polo Norte, mejor? —pregunta.

—Si alguien me ve contigo...

—Empezaba a pensar que no ibas a llamarme. ¿Cuánto hace? ¿Casi dos semanas?

—He estado liado —responde Danny con una mirada de rabia—. Con velatorios y entierros.

Peter se encoge de hombros.

—La guerra es la guerra. ¿Qué cojones creías que iba a hacer?

—Tú querías esta guerra —responde Danny—. Quieres los muelles y el resto del negocio de los Murphy.

—Vamos a hablar en el coche. Tiene buena calefacción.

—Prefiero que nos quedemos aquí. Y si Cagney y Lacey* se acercan un paso más, te pego un tiro en las tripas.

—Bueno, ¿por qué querías verme, Danny?

—Porque van a ganar ustedes.

Peter inclina la cabeza con gesto magnánimo y sonríe, el cabrón, muy ufano.

—¿Ves? A eso me refería. Los Murphy siempre te han subestimado. Eres más listo que todos ellos.

—Lo que quiero es lo siguiente —dice Danny—. Primero, que la parte del negocio que era de los Ryan vuelva a ser de mi padre y mía, como dijiste, y que sea yo quien mande. Dos, que a mi padre no lo toque nadie, ni ahora ni nunca.

—¿Y tres?

—Que dejen en paz a Pat Murphy.

—Eso ni lo sueñes —contesta Peter.

—Vete a disfrutar de tu calefacción.

—Sé razonable. Aunque estuviera dispuesto a darle un salvoconducto a Pat, él no lo aceptaría. Ya lo conoces. Seguiría atacándonos. Es

---

* *Cagney y Lacey*, serie de televisión de la década de 1980, protagonizada por dos mujeres policías de Nueva York. (N. de la T.)

algo que admiro, francamente. Pero ¿dejarle en paz, después de lo que le han hecho los Murphy a mi hermano? Ni hablar.

—Aún no has oído lo que te ofrezco.

—No puedes ofrecerme nada que...

—Liam.

Peter se queda pasmado.

—¿Harías eso?

—Voy a ser padre —responde Danny—. Tengo que velar por mi familia. Pero tienes que dejar tranquilo a Pat.

Peter se queda mirando el mar como si la respuesta estuviera en Block Island. Luego dice:

—Si me entregas a Liam, no haré nada contra Pat, a no ser que venga a por mí o a por los míos.

—De acuerdo —dice Danny—. Liam tiene una amante.

—Venga ya, estás de coña. ¿Se está follando a *esa* y encima tiene una amante?

Danny se encoge de hombros.

—Se ve con ella los jueves por la noche. En el número 58 de la calle Weybosset.

—¿Quién es la chica? —pregunta Peter con recelo—. ¿Una fulana?

—A medias nada más —contesta Danny—. Sirve copas en el Wonder Bar. Cathy Madigan. Compruébalo, si quieres. Liam llega sobre las nueve, se la folla y se va sobre las diez o las once. A Pam le dice que ha salido por negocios.

Sabe que los Moretti van a comprobarlo. Y que descubrirán que Cathy Madigan trabaja, en efecto, en el Wonder Bar. Confirmarán su dirección. Puede que incluso la vean llevarse a algún tío a casa. El resto de la historia, lo de Liam, es una trola. Pero Danny sabe también que no se acercarán a la chica ni le harán preguntas, por miedo a ahuyentar a Liam. Y aunque lo hicieran, Cathy Madigan tiene un problema con el juego y está con el agua al cuello: debe más de cinco mil dólares, a los que hay que sumarles los intereses. Está muerta de miedo y dirá cualquier cosa que le manden.

—Si esto sale bien —dice Peter—, puedes despreocuparte.

—No la caguen —contesta Danny, y vuelve a su coche.

Pone a tope la calefacción y gira el botón para que salga el aire caliente por el suelo.

Da gusto tener los pies calientes.

DIECISIETE

A JIMMY MAC LE GUSTA EL Dodge Charger porque tiene motor V8 y las puertas de buen grosor, o sea, potencia y chapa para sacarte rápidamente de un atolladero y protegerte un poco, al menos. Pulsa un conmutador que hay debajo del volante y le dice a Danny:

—Esto apaga la luz de dentro. Y fíjate en esto. —Señala otro conmutador—. Le he puesto otro cárter y lo he conectado con el tubo de escape. Si se pulsa esta palanca, sale un chorro de humo negro. En plan James Bond, ¿sabes?

—¿También tiene asientos eyectables?

—Tú dame tiempo —contesta Jimmy—. Este bicharraco corre que se las pela cuando pisas el acelerador, chaval. Hacemos el encargo, te montas y estamos en Vermont antes de que se te pase el acojone.

Jimmy intenta darle ánimos porque lo que van a hacer es arriesgado. Danny va a hacer de señuelo para intentar quitar de en medio a Steve Giordo, y a Jimmy no le gusta la idea. Cree que debería ir Liam en vez de él, pero Murphy padre ha dicho que nanay.

En realidad, fue Danny quien los convenció de que lo mandaran a él.

—Soy casi de la misma altura que Liam —dijo—. Si llevo la capucha puesta cuando salga del coche delante del edificio de Madigan, como será de noche no notarán la diferencia.

—No puedo permitirlo —contestó Pat.

—Tú asegúrate de que el tirador sea bueno y ya está —respondió Danny.

Es jueves por la noche y van hasta Pawtucket a buscar al tirador.

Los Murphy lo tienen escondido en un estudio, en la primera planta de un bloque de pisos, en la parte trasera. Han parado a comprarle el té y las latas de leche condensada que ha pedido, además de huevos, salchichas y pan para hacerse «una buena fritanga».

Pertenece a una brigada de Armagh del IRA Provisional.

Danny no cree en «la Causa». El «patriotismo» sensiblero por un país que nunca han visto le parece una gilipollez. Le importa bien poco que los Seis Condados sigan siendo británicos o que acaben formando parte de Irlanda o hasta de Islandia; para el caso, qué más da.

A los Murphy, en cambio, les apasiona el tema. Creen que tienen responsabilidades, como irlandeses que han sobrevivido y prosperado. ¿Cómo lo llamó Pat? ¿La diáspora irlandesa? A saber qué coño es eso. Se les saltan las lágrimas en el aniversario del Alzamiento de Pascua, hacen una pequeña ceremonia y pasan la gorra para «los que siguen luchando». Después de lo de Bobby Sands empezaron a cantar el himno nacional de Irlanda a la hora de cerrar. Y en gaélico, nada menos, como si alguno lo entendiera...

Danny cree que es cuestión de culpa, por no haber muerto en Irlanda con la boca llena de hierba, o acribillados a balazos por un pelotón de fusilamiento británico. Aunque la verdad es que muchos de los irlandeses de Providence proceden de los condados del norte, de Donegal, sobre todo, y aún tienen familia allí. Y contactos con militantes que necesitan armas y están dispuestos a vender sus servicios para conseguirlas.

—Qué peste hay aquí —dice Jimmy mientras esperan en el pasillo, frente a la puerta—. Ese cabrón debe de freírlo todo. Cómo tendrá las arterias, madre mía.

Se abre la puerta.

Danny no sabe qué aspecto esperaba que tuviera un provo, pero seguro que no era este. Es un tipo de unos veinticinco años, bajo y con la cara delgada y pequeña, el pelo muy negro y barba de tres días.

—Soy Mickey —dice—. Tú debes de ser Ryan.

—Soy el tío al que no tienes que disparar —contesta Danny—. Este es Jimmy. ¿Estás listo?

—Yo siempre estoy listo. —Mete el rifle AR-15 en una funda de plástico y se lo cuelga del hombro—. Para que lo sepan, he matado a unos cuantos ingleses con esto.

Estupendo, piensa Danny. A unos pobres chavales de alguna barriada británica de mierda que no les queda otra que alistarse en el ejército y luego los mandan a los guetos de Irlanda del Norte, que son prácticamente iguales que sus barrios, y acaba matándolos de un balazo un francotirador al que no llegan ni a ver.

¿Y todo por qué? ¿Por un cambio de bandera? «He aquí al nuevo jefe, idéntico al anterior».[*]

SALEN A LA calle.

Jimmy y Mick suben al coche de huida.

Danny se sienta al volante del Corvette negro de Liam.

SABEN CÓMO LO hará Giordo.

Estará en un vehículo —puede que con conductor, o puede que

---

[*] Versos finales de la canción *Won't Get Fooled Again*, de The Who. (N. de la T.)

solo—, aparcado en algún punto de la calle, delante del edificio de Cathy Madigan. Vigilará la llegada del coche de Liam, bajará la ventanilla, esperará a que Liam se apee y entonces disparará y se largará.

Es lo más probable, y con ello cuentan para su plan. Otra posibilidad es que los Moretti hayan conseguido acceder a un piso en la primera planta del edificio de enfrente, al estilo Al Capone. O que Giordo esté apostado arriba, en la azotea. Si sucede cualquiera de esas dos cosas, Danny lo tiene jodido.

Pero duda que eso vaya a pasar.

Meterse en un piso equivale a tener testigos, y disparar desde una azotea tiene sus complicaciones, incluso para el Francotirador. Los Moretti saben que esta puede ser su única oportunidad de eliminar a Liam y no van a arriesgarse a perderla. Además, a Giordo le gusta entrar y salir rapidito.

Así que lo más probable es que esté en un coche.

Aun así, mientras va hacia allá, Danny está nervioso. O más bien cagado de miedo. Ni siquiera está del todo seguro de por qué hace esto. Quizá sea por sus tres amigos asesinados, o porque Peter le tocó los cojones, o porque se siente culpable por haber tenido en cuenta su ofrecimiento. Aunque seguramente se debe más bien a que todavía siente una especie de lealtad hacia los Murphy, una conexión que no parece capaz de romper. Es como si siempre estuviera intentando demostrarles algo.

No sabe muy bien a qué se debe.

Pero, si consiguen sacar a Giordo del terreno de juego, a los Moretti solo les quedará Sal en ataque. Y quizá Peter recule y pida negociaciones.

Danny se dirige hacia Weybosset Street.

Seguramente es la única vez en mi vida que voy a conducir un Corvette, piensa.

•   •   •

EN EL VEHÍCULO de huida, Mick dice:

—Tengo varias normas. Cuando nos vayamos acercando, nada de cháchara. No quiero que te pongas a rajar si te entran los nervios. Bajas la ventanilla cuando te lo diga, ni un segundo antes ni un segundo después. Y deja el pie quietecito en el pedal: el coche no se mueve hasta que yo lo diga. Entonces, arrancas. ¿Entendido, campeón?

—Yo también tengo una norma —contesta Jimmy—. Ese de ahí es amigo mío. Si la cagas y sale herido, cojo la pistola que llevo en el bolsillo y te vuelo la cabeza. ¿Entendido, campeón?

DANNY TUERCE HACIA Weybosset.

La calle está llena de coches aparcados, encajados entre la nieve sucia y renegrida. Es difícil saber cuál es el de Giordo: ¿el Audi gris metalizado, el Lincoln negro, aquella furgoneta vieja? Danny encuentra un sitio y empieza a aparcar en paralelo, lo que se le da de pena. Normalmente es capaz de recorrer un kilómetro buscando otro sitio antes que aparcar en paralelo, y ahora encima le tiemblan las manos. Oye que la rueda de atrás roza el bordillo, calcula que ya se ha acercado lo suficiente a la acera y apaga el motor.

Lleva una sudadera vieja de Providence College, de color gris, debajo de la trenca. Comprueba que sigue teniendo el revólver del 38 en el bolsillo de la chaqueta, se sube la capucha y sale.

Le cabrea que le tiemblen las piernas y que le cueste respirar. Cuando pisa la acera, siente como si los pies se le hubieran vuelto de plomo dentro de las botas de montaña. Respira hondo, mete las manos en los bolsillos y comienza a recorrer los cerca de treinta pasos que lo separan del edificio de Madigan.

Si le van a disparar, será ahora.

Entonces ve el coche de Jimmy subiendo por la calle.

La ventanilla del copiloto se abre, Mick saca el rifle y vacía un cargador contra el Audi gris metalizado.

Danny agacha la cabeza y se refugia en el portal de Madigan mientras del Audi empiezan a salir destellos de disparos. Las balas dan a Mick de lleno en la boca, le arrancan la lengua y le destrozan la mandíbula. Se desploma y al caer acciona el tirador de la puerta. Esta se abre y el irlandés se derrumba sobre el pavimento.

Jimmy pisa el acelerador y huye calle abajo.

GIORDO, CON UNA mancha de sangre en el hombro, sale del coche, busca a «Liam» con la mirada y ve a Danny en el portal.

Danny no sabe qué le pasa ni lo sabrá nunca, pero algo se apodera de él. Saca la pistola y aprieta el gatillo una y otra vez, gritando de rabia y de miedo mientras corre por la calle hacia Giordo.

Ni un solo tiro da en el blanco, pero Giordo retrocede mientras dispara.

Danny siente un golpe en la cadera que le hace girar, y ya no puede tenerse en pie ni seguir empuñando la pistola porque la tierra parece tirar de él para que se hinque de rodillas. Apoyado en una mano, ve que Giordo le apunta con el rifle.

Señor mío Jesucristo, me pesa de todo corazón haberte ofendido y aborrezco todos mis pecados…

Jimmy aparece de pronto en el coche, marcha atrás, y se mete entre Danny y Giordo. Se inclina, abre la puerta del copiloto, agarra a Danny de la muñeca y de un tirón lo mete en el coche.

Las balas de Giordo impactan como granizo en el coche.

Con Danny con el cuerpo todavía medio fuera, Jimmy acelera y pulsa el conmutador.

Una nube de humo los protege de la puntería de Giordo.

Danny pierde el conocimiento.

SE DESPIERTA EN una cama de hospital.

Sábanas limpias y tiesas, un dolor difuso.

Hay una mujer sentada en un sillón junto a la cama. Una mujer muy guapa, con el pelo largo y rojo. Danny piensa al principio que es una enfermera, pero no lleva uniforme. Viste ropa cara y su perfume es embriagador.

Le entra el pánico un segundo porque piensa que a lo mejor se ha muerto y está en el cielo. Luego se acuerda, como en un fogonazo, del tiroteo y el dolor ardiente que sintió cuando la bala le dio en la cadera.

Quizá me morí allí, en la acera, piensa. Puede que esté muerto.

—¿Quién eres? —pregunta, aturdido.

—¿No me reconoces?

Al mirar a la mujer, se acuerda de la fotografía que su padre guarda en el cajón de la cómoda.

Es ella.

Su madre.

Madeleine.

—Fuera —dice.

Si no te necesité entonces, ahora menos.

—Danny, mi niño... —Sus hermosos ojos verdes se llenan de lágrimas.

—Fuera —repite él. Es como hablar envuelto en algodón, en una fresca neblina de plata.

Deja que me vuelva a dormir. Cuando me despierte, tú ya no estarás, como no estabas nunca antes.

—Te vas a poner bien, cariño —dice Madeleine—. Te he conseguido los mejores médicos.

—Vete al infierno.

—No te culpo, Danny. Cuando seas más mayor, quizá lo entiendas. Cuando tú sufres, sufro yo.

DIECIOCHO

LO SUYO EMPEZÓ SIENDO TODAVÍA una niña.

Su madre opinaba que la chica había nacido «con catorce años cumplidos», porque ya de pequeña parecía muy consciente de su sexualidad. Y qué bonita era, además, con esa cara perfectamente simétrica, esos pómulos altos que parecían labrados en mármol de Calacatta, los ojos chispeantes como esmeraldas y el pelo rojo brillante.

La joven Darlene (porque entonces aún no se llamaba Madeleine) era consciente de su belleza, y su sensualidad precoz y seductora suscitaba en las mujeres adultas una hostilidad pasiva y, en los hombres, una incomodidad manifiesta. Darlene lo sabía y se aprovechaba de ello con olímpica desvergüenza. Descubrió pronto su cuerpo, su potencial para el placer, y se divertía con él como con un juguete maravillosamente gozoso, un don divino.

Lo cierto era que, aparte de ese, se le habían concedido muy pocos dones.

Su familia era pobre incluso para los modestos estándares de Barstow, California. Su padre, Alvin, nunca encontró un trabajo que pudiera mantener, y aun así se empeñaba en que su mujer no trabajara: «De eso, ni hablar», decía. Al menos, en que no trabajara fuera de casa, porque Alvin disponía de tiempo suficiente para dejar preñada a Dorothy y llenar con cinco niños, de los que Darlene era la mayor, las casas de alquiler y las caravanas en las que vivían a salto de mata.

Darlene no tuvo infancia. Estaba demasiado atareada haciendo de madre de sus dos hermanos y sus dos hermanas, porque después del tercer hijo Dorothy tiró la toalla. Ya fuera por depresión posparto, por depresión a secas o por puro cansancio, por la erosión constante de la pobreza o por el acoso implacable de los caseros que intentaban cobrar el alquiler, el caso fue que se dio por vencida. Pasaba casi todas las noches en el sofá engullendo pastillas baratas acompañadas de alcohol más barato aún, y los días en cama, con la cabeza metida bajo las mantas.

Alvin, aquel ejemplo paradigmático de la ética puritana del trabajo, le dijo una vez a Darlene que su madre era «más inútil que las tetas de un toro».

Así que era ella quien, desde los ochos años, más o menos, levantaba a los niños para ir al colegio, les preparaba el almuerzo, les lavaba la ropa, asistía a las reuniones con los maestros (siempre muy seria, aunque su presencia resultara grotesca), y quien bañaba a sus hermanos y les enjugaba las lágrimas.

Ella, poco dada a llorar, prefería buscar consuelo en su cuerpo. La imagen que le devolvía el espejo, y sus fantasías acerca de cómo sería su futuro, eran para ella la mejor compañía que podía tener.

Quería ser Marilyn Monroe.

Recortaba con mucho cuidado fotografías de Marilyn de las revistas de Dorothy y guardaba un álbum de recortes debajo de la cama. Intentaba peinarse como ella e imitaba sus cambios de estilo y su forma de vestir. No tenía dinero para ropa nueva, claro, pero en cambio tenía buen gusto y se daba maña para hacer que hasta el vestido más astroso pareciera bonito y limpio con solo añadirle una cinta o un cinturón viejo, o darle un tijeretazo donde nadie lo esperaba.

En la adolescencia, su cuerpo se desarrolló de manera distinta al de su idolatrada Marilyn. Tenía tanto pecho como ella, pero, al crecer, sus piernas se volvieron largas y delgadas. Su cara adquirió una dureza cincelada, frente a la blandura de la de Marilyn. Sus labios eran más finos; su boca, más ancha.

No se desilusionó, sin embargo. Veía cómo la miraban los chicos en el colegio y los hombres por la calle, y notaba las miradas envidiosas de las mujeres. Sabía que era atractiva y que podía tener al chico que quisiera.

Pero no quería a ninguno.

Al menos, de los de Barstow.

Porque Darlene tenía sus miras puestas en Hollywood.

No quería de ninguna manera quedarse embarazada; acostarse con algún chico de Barstow, quedarse preñada y convertirse en madre. Salía con pocos chicos, y con los pocos que salía mantenía una disciplina férrea. Accedía a que se dieran el lote en el coche, pero solo en el asiento delantero. Permitía que le tocaran los pechos, pero únicamente por encima del jersey. De cintura para abajo, nada. Besaba con lengua y una vez le frotó a un chico la entrepierna por encima de los vaqueros. Pero por más que insistían, por más que se quejaban del calentón, se negaba a hacerles una paja, y mucho menos una mamada.

Para ella era igual de frustrante que para ellos y, tras una noche de manoseos frenéticos y resistencia tenaz, se iba a casa, se metía en la cama y se satisfacía ella sola.

Como era de esperar, su fama de promiscua creció en proporción inversa a su verdadera castidad. En venganza por sus negativas, los chicos se jactaban de lo que le hacían y de lo que les hacía ella, y la llamaban Damesí y Zorralene.

No tenía amigas. Las otras chicas tenían celos de ella o la criticaban. Los chicos intentaban tirársela o la rehuían porque sabían que no tenían ninguna posibilidad. Y sus hermanos eran más bien como sus hijos.

Darlene estaba sola, pero, en temperamentos tan fuertes como el suyo, el sentimiento de soledad suele transformarse en autosuficiencia. Se bastaba a sí misma. Se veía tan sola en el mundo, que la única persona en la que confiaba era la chica del espejo, y no le parecía mal.

La chica del espejo no era Damesí ni Zorralene.

Era Madeleine McKay.

Una mujer rica, independiente y glamurosa.

Una estrella de cine.

Así que Darlene tiró en sentido contrario.

Literalmente.

En aquellos tiempos, Barstow debía su existencia casi en exclusiva a que el pueblo se hallaba a medio camino entre Los Ángeles y Las Vegas: la primera quedaba al oeste; la segunda, al este por la Interestatal 15.

A los diecisiete años, Darlene se miró al espejo e hizo inventario a sangre fría, con total imparcialidad. Medía un metro setenta y siete: era demasiado alta para ser una estrella de cine. Pensó fugazmente que era una injusticia, pero despachó esa manifestación de machismo como una realidad insoslayable y resolvió que el camino hacia su futuro quedaba al este.

Porque, en Las Vegas, cuanto más alta eras y más largas tenías las piernas, mejor.

Si no podía ser actriz, sería *showgirl*.

No era lo que soñaba, pero era preferible a ser camarera, esposa y madre.

Así pues, una noche bañó a sus hermanos y hermanas, como era su obligación, y los acostó. Les preparó la ropa, les hizo el almuerzo para el día siguiente y lo guardó en la nevera. Luego metió en una bolsita de viaje las pocas cosas que tenía, se fue a una parada de camiones que había junto a la I-15 y se puso a hacer autostop.

La recogieron inmediatamente.

Aquella fue una de las primeras veces en la vida que tuvo suerte. El camionero solo quería tener un poco de compañía. Incluso la invitó a una hamburguesa cuando hicieron un alto en Baker, y la dejó intacta en el Strip de Las Vegas.

Se llamaba Glen y ella nunca le olvidó.

En Las Vegas, las chicas guapas eran como limaduras de metal, y había imanes por todas partes: jugadores empedernidos, ricachones, buscavidas, chulos, mafiosos, mánagers, representantes, cazatalentos y platos combinados con un poco de todo.

Darlene, de nuevo, tuvo suerte.

Mientras se atiborraba en el bufé de un casino barato, se fijó en ella Shelly Stone, un agente relativamente honrado y de fiar que se le acercó con una tarjeta en la mano.

—¿Buscas trabajo, jovencita?

—Sí.

—¿Cómo te llamas?

—Madeleine McKay.

Escogió ese nombre porque se parecía un poco a Marilyn y porque era francés y tenía clase.

Shelly fingió creerla.

—Bonito nombre —dijo—. ¿Cuántos años tienes?

—Veintiuno.

Él fingió creerse eso también. Aparentaba veintiuno, desde luego. O, por lo menos, tenía aspecto de ser mayor de edad.

—¿Sabes bailar?

—Sí.

Eso ni siquiera fingió creérselo, pero, para los trabajos de principiante en los que estaba pensando, no necesitaba saber bailar. Lo único que tenía que hacer era caminar con la cabeza bien alta. No era tan fácil como parecía, pero la chica tenía un porte que le gustaba.

—Si te consigo trabajo, me quedo con el diez por ciento de todo lo que ganes —le dijo—. Yo me encargo de recoger tu cheque y te doy tu parte.

—No —contestó Madeleine—. Yo recojo mi cheque y te doy tu parte.

Shelly se rio.

Aquella chica iba a llegar lejos.

Le buscó un motel decente y le dijo que le descontaría el precio de la habitación de su primer sueldo. A la mañana siguiente, la llevó a hacer una prueba para un espectáculo de segunda fila, y el director —al que Shelly conocía desde que el mundo es mundo—, la miró de arriba abajo como si fuera un trozo de carne y lo que vio le gustó.

—Eres como una gacela tetuda. ¿Qué experiencia tienes?

—Ninguna.

—Mejor. Así no tendré que desenseñarte. Ven todas las noches a ver el espectáculo y, en cuanto una chica se ponga mala o se le empiece a notar la barriga, la sustituyes.

Richard Hardesty le enseñó muchas cosas.

—¿Sabes por qué soy tan buen director? —le preguntó una noche mientras ella veía la función—. Porque lo que tienes entre las piernas no me interesa. Lo único que me importa es que las muevas en perfecta coordinación.

Otra noche le dijo:

—¿Sabes cuál es la diferencia entre una stripper y una *showgirl*? No tiene nada que ver con la cantidad de ropa que llevan. O con la que no llevan. Una stripper vende una fantasía visceral. Una *showgirl* vende un sueño etéreo.

Y en otra ocasión le preguntó:

—¿Sabes por qué los hombres traen a mujeres a estos espectáculos, a menudo a sus esposas? Porque ambos se excitan viéndolos. Y, cuando vuelven a la habitación, la señora de Iowa se transforma en una chica como tú.

A las dos semanas de empezar estas enseñanzas socráticas, Madeleine debutó por fin gracias a unas gambas en mal estado del bufé. Se puso su traje —un bikini de lentejuelas, un tocado alto con plumas y unos tacones de aguja— y apareció en Venus en Las Vegas.

Una semana después, cuando Richard despidió a una chica por engordar kilo y medio, Madeleine consiguió un puesto fijo en la función y un aumento.

Después de aquello, ya no paró de trabajar. Compartía piso con otras dos chicas del espectáculo y, cuando este acabó, Shelly la trasladó a otro mejor, en un hotel de más renombre. Así despegó su carrera.

Afirmar que todos los tíos de Las Vegas intentaron tirársela sería exagerar, aunque no mucho. Causaba sensación. Era, entre todas aquellas bellezas, la más bella, la que destacaba de verdad, un gozo para la vista, y prácticamente todos los solteros que la veían (y también muchos casados) intentaban ligar con ella.

Madeleine se mostraba indiferente.

Literalmente impenetrable.

Se ganó fama de Reina de las Nieves.

Cierta noche, un jugador de póquer profesional estuvo a punto de volverse loco en su suite, cortesía del hotel, cuando ella se negó a llegar hasta el final.

—No quiero quedarme embarazada.

—Joder, ¿es que no sabes lo que es un condón? —replicó él.

—Solo tienen un noventa por ciento de eficacia.

—Entonces, pararé antes de que lo hagamos noventa veces. ¿Qué te parece?

—Si así es como crees que funciona la probabilidad, deberías dedicarte a otra cosa.

encontró en su mesa de siempre una estupenda botella de vino tinto con una nota que decía: De su admirada Madeleine McKay.

Él contestó con otra nota: ¿Podríamos tomarnos el vino mientras cenamos?

Si una nota pudiera tartamudear, esta habría tartamudeado.

Cenaron juntos después de la función y también el sábado siguiente, y se casaron dos meses después.

Madeleine descubrió, no sin cierta sorpresa, que Manny era inteligente, atento y encantador a su manera un poco vacilante, y que poseía además esa profunda fortaleza que solo puede proceder de una perfecta conciencia de sí mismo.

—El único motivo por el que una joven tan bella como tú saldría con un hombre veinte años mayor y tan feo como yo es el dinero —le dijo sin asomo de rencor la primera vez que cenaron juntos—. ¿Me equivoco?

—Ha sido el motivo de que viniera, desde luego —respondió ella—. Pero, si me quedo, solo será en parte por eso.

—Pero será una parte importante.

—Por supuesto.

Llegaron a un acuerdo igualmente sincero. Si el dinero iba a ser, por decirlo de algún modo, el valor de cambio primordial de su relación, esta sería una compra, no un alquiler. Si Manny quería retirarla del mundo del espectáculo, tendría que llevarla al altar. Se casaría con ella y le proporcionaría una vida lujosa y los medios necesarios para que amasara una fortuna propia. A cambio, ella le entregaría su belleza, su ingenio y su compañía.

Su corazón no podía prometérselo.

Él aceptó el trato.

Como no podía ser de otro modo, las columnas de cotilleos apodaron a la pareja «la Bella y la Bestia» y se regodearon publicando fotografías de la novia despampanante y el novio jorobado. Las damas de honor formaban prácticamente una fila de bailarinas —lo que dio a la ceremonia cierta carga erótica— y los caballeros de honor eran casi todos primos del novio. Shelly se encargó de acompañar a la novia hasta el altar.

—De esto no vas a llevarte el diez por ciento —le dijo Madeleine en broma.

—Pues debería, porque voy a perder un montón de ingresos. ¿Estás segura de que quieres hacer esto, niña? Todavía estás a tiempo de huir.

—Estoy segura.

Por respeto a Manny —y entre los empresarios más listos y poderosos de Las Vegas había un inmenso respeto por él—, todos los personajes importantes de la ciudad acudieron al enlace y al suntuoso banquete posterior.

Madeleine y Manny pasaron su noche de bodas en la suite nupcial del Flamingo.

Ella se demoró en el cuarto de baño para asegurarse de que su elegante moño y su maquillaje estuvieran perfectos. Se puso uno de los negligés menos horteras de Manny, de finísima seda negra, y, debajo, un corsé rojo con puntilla negra, medias de rejilla también negras y liguero.

No eligió aquel conjunto por gusto, sino porque sabía que a él le agradaría.

Al salir del baño, se detuvo en la puerta y posó para él flexionando una de sus largas piernas y levantando un brazo, con la mano apoyada en el marco.

Manny estaba tumbado en la cama, con un pijama de seda azul que no conseguía ni mejorar su aspecto ni ocultar su erección.

—¿Qué te parece? —preguntó ella meneando las caderas.

—Precioso.

Madeleine se acercó a la cama y se detuvo delante de él.

—¿Sabes que es mi primera vez?

—No, no lo sabía.

—¿Y la tuya?

—No.

—Mejor. —Se tendió a su lado—. Así sabrás qué hacerme.

No lo sabía, en realidad.

Sus experiencias anteriores habían sido siempre con putas, simples transacciones comerciales para satisfacer una necesidad física. De modo que se echó encima de ella, le subió el negligé, se puso el condón con torpeza y se colocó entre sus piernas.

—No quiero hacerte daño —dijo.

—Seguro que no me lo harás —contestó Madeleine, aunque no estaba del todo segura.

No estaba cachonda, ni siquiera un poco excitada, y él la tenía grande. Lo rodeó con los brazos por debajo de la camisa del pijama y acarició su espalda. Era peluda, como la de un animal, y sudorosa. Poniendo su mejor voz de Marilyn Monroe, susurró:

—Tómame, cariño. Hazme tuya.

Sí que le dolió.

El dolor se disipó, y hasta empezó a sentir un ligero placer a medida que él se movía mecánicamente, como una de las máquinas de su fábrica, con rítmica precisión conducente a un resultado preestablecido.

Al menos, para él.

Por cariño hacia Manny, Madeleine gimió, se retorció y jadeó, le susurró cosas guarras al oído, cerró los ojos para no ver su fealdad y fingió un orgasmo instantes antes de que él se corriera.

Un rato después, Manny le dijo:

—Irá mejorando con el tiempo.

—Ha sido maravilloso.

—No me mientas. No te rebajes a eso.

Pasaron la luna de miel en París. Se alojaron en el mejor hotel, comieron en los mejores restaurantes, compraron en las tiendas más exclusivas y en todos esos lugares Manny parecía penosamente fuera de su elemento.

Madeleine se empleaba a fondo en la cama: se ponía lencería provocativa, se lo follaba en todas las posturas que se le ocurrían, le hacía mamadas, dejaba que él le comiera el coño... Formaba parte del trato y ella, que era una mujer de palabra, cumplía lo prometido. Hacía gozar inmensamente a su marido, aunque su placer fuera, como mucho, moderado.

Poco antes de que acabaran sus dos semanas en Francia, le dijo:

—Esto ha sido maravilloso y te lo agradezco muchísimo, Manny, pero no me hace falta. Lo que yo quiero es tener una casa bonita y una vida tranquila y estable.

Se instalaron en la mansión que tenía Manny a las afueras de Las Vegas, un chalé de estilo neocolonial español con mucho terreno alrededor. Había una piscina grande a la que podías lanzarte desde el cuarto de estar por un tobogán, un huerto de cítricos y una glorieta con una fuente en el centro.

Manny ingresó cincuenta mil dólares en la cuenta bancaria de Madeleine.

Ella tenía diecinueve años.

Estar casada con Manny era... agradable.

Se levantaba temprano, con su marido, la cocinera les preparaba el desayuno, y luego él se iba a la oficina y ella hacía gimnasia para mantener su figura. Pasaba casi todas las mañanas haciendo crecer su cartera de acciones. Manny le presentó a corredores de bolsa y asesores financieros, y ella estudiaba el mercado como una alumna aplicada, haciendo inversiones poco arriesgadas pero incisivas. Una de las empresas de las que compró acciones era Maniscalco Manufacturing.

Por las tardes jugaba al tenis con su entrenadora personal o nadaba en la piscina, iba a la ciudad a comer con sus excompañeras del espectáculo, o de compras. Llegaba casi siempre a casa antes que Manny y se sentaba a leer en la terraza.

Cenaban juntos, veían un poco la tele, se acostaban temprano y hacían el amor una o dos veces por semana.

Madeleine llegó a sentir verdadero afecto por Manny. Era amable y considerado, tenía un sentido del humor agudo pero discreto, no iba detrás de otras mujeres y vivía absolutamente consagrado a ella. Respondía con paciencia a todas sus preguntas sobre negocios e inversiones y, cuando desconocía la respuesta, la remitía a algún experto.

No le importó, además, que quisiera conservar su apellido de soltera por motivos profesionales.

Salían poco y, cuando salían, era siempre por compromisos de negocios o para asistir a fiestas de recaudación de fondos. Cuando a ella le apetecía, Manny la llevaba a ver a los grandes artistas que actuaban en la ciudad, así que vio a Sinatra, a Dean Martin y a todos los demás la noche del estreno, y los Maniscalco estaban siempre invitados a la fiesta posterior.

Le fue fiel casi dos años, que habrían sido más si Manny no hubiera sido tan aficionado al boxeo. Tenía asientos de primera fila en todos los combates importantes y un día por fin persuadió a Madeleine de que fuera con él.

Jack Di Bello era un peso medio brutal, oriundo de Jersey City, con un cuerpo que parecía hecho de hierro y un corazón forjado en el infierno. Solía decir que odiaba noquear a su oponente nada más empezar el combate porque le gustaba darle una buena tunda primero. Y que no le importaba que le pegaran porque aquello no era nada comparado con las palizas que le daba su padre de pequeño.

Se fijó en Madeleine durante la presentación del combate.

Y ella en él.

En el primer asalto, se trabajó a su rival, un venezolano con mucho talento. Lo puso contra las cuerdas y lo molió a puñetazos, salpicando de sangre y sudor el vestido de Madeleine. Al girarse, Jack la miró un instante.

Y supo que a ella le había encantado.

El combate, muy sangriento, continuó por espacio de siete asaltos, hasta que Jack se hartó de zurrar a su oponente y le lanzó un gancho al hígado que lo dejó paralizado y, a continuación, otro a la mandíbula para dejarlo KO.

El venezolano cayó de bruces, como un árbol talado.

Jack levantó los brazos y clavó la mirada en Madeleine.

Ella no desvió los ojos.

—Me imagino que no querrás ir a la fiesta de después del combate —le dijo Manny mientras el público empezaba a marcharse.

—Sí, me apetece ir —contestó ella.

A Di Bello lo llevaba la mafia de Chicago, con participación de la de Nueva Inglaterra, y la fiesta en la suite del Sands estaba llena de capos que conocían a Manny y lo respetaban, y cuyas amiguitas llevaban creaciones suyas, regalo de la casa. En la fiesta lo recibieron con los brazos abiertos, y más aún yendo acompañado de una mujer tan espectacular como su esposa.

Quien más se alegró de verlos fue Jack.

Tenía la cara abotargada y roja, el ojo izquierdo morado y la mandíbula inflamada, pero aun así sonreía con la boca torcida. Alternaba entre beber de la cerveza fría que tenía en la mano y ponérsela contra la mejilla mientras miraba a Madeleine desde el otro lado de la habitación.

Era tan obvio que no le quitaba ojo que ella procuró no mirarlo.

Estaba, además, demasiado turbada.

Jack esperó a que fuera al cuarto de baño y le cortó el paso al salir. Fue derecho al grano.

—¿Qué haces con ese cabestro?

—¿Cómo dices?

—Digo que qué desperdicio.

—Déjame pasar.

—Ven a verme mañana.

Le dijo su número de habitación.

Su mánager intentó advertirle.

—No te acerques a esa tía. Su marido tiene contactos.

—Ya, pero no está metido en el ajo.

—No, pero tiene contactos, Jack.

—A mí los jefazos no van a tocarme. Les hago ganar dinero.

—Tú les haces ganar decenas de miles de dólares. Manny Maniscalco les hace ganar millones. Así que, si les pide que te partan las manos o que te echen ácido a la cara o que te corten esa picha de italiano que tienes, harán cuentas. ¿Entiendes lo que te quiero decir?

—Sí, ya lo sé, pero fíjate en ella. Merece la pena correr ese riesgo.

A la tarde siguiente, Madeleine dijo que iba a comer con unas excompañeras y a hacer unas compras. Sus pasos la llevaron directamente a la habitación de Jack.

Él podría haber tenido la decencia de hacerse el sorprendido, pensó cuando abrió la puerta. Pero no: se limitó a sonreír y a dejarla pasar.

Jack no le hizo el amor: se la folló.

Igual que ella a él.

Hundió los dedos en su pelo negro y crespo, le pasó las uñas por la espalda ancha, se frotó contra él con violencia, como si intentara apartarlo de sí a empujones. Jack no se apartó: se pegó a ella y la acometió golpe a golpe, como un púgil buscando el nocaut.

Madeleine tuvo el primer orgasmo de su vida que no se provocó ella misma.

Y el segundo y el tercero.

Ni siquiera le gustaba aquel tipo: era arrogante, de una rudeza rayana en la brutalidad, tosco y malhablado, pero aun así estaba loca por él. Y él por ella. Jack nunca había follado con una mujer tan bella.

Como la mayoría de los hombres, por otro lado.

—No me dejes marcas —le dijo Madeleine un día—. Manny podría darse cuenta.

—¿Sigues follando con él?

—Es mi marido.

—Ese cabrón está tan agradecido que no se daría cuenta ni aunque te la metiera y se pringara la polla con mi lefa.

—Eres asqueroso.

—Entonces, ¿por qué sigues viniendo?

—Para correrme.

Siguió volviendo. Empezaron a tomar precauciones. Ya no se veían en el hotel de Jack, sino en habitaciones alquiladas, lejos del Strip.

Dos o tres días en semana, durante los tres meses siguientes.

Una tarde, al volver a casa después de haber estado de verdad de compras con unas amigas, Madeleine se encontró a Manny sentado en el sofá del cuarto de estar. Tenía un vaso de whisky en la mano.

—Quiero que veas una cosa —dijo dando unas palmaditas en el cojín para que se sentara a su lado.

Abrió un portafolios que había en la mesa baja de cristal y Madeleine vio unas fotografías en blanco y negro de Jack y ella en la cama. Algunas estaban hechas desde el interior de un armario; otras, desde fuera de una ventana. Eran muy explícitas: Jack arrodillado entre sus piernas, Madeleine con su polla en la boca, ella a cuatro patas con él detrás.

—Las ha hecho un periodicucho —dijo Manny—. Por suerte, tengo un amigo allí que me las ofreció a mí primero. He pagado veinte mil dólares por ver a mi mujer con otro hombre. ¿Estás enamorada de él?

—No.

—Pero te da lo que yo no te doy —dijo Manny con calma. No parecía enfadado. Ni siquiera dolido.

Ella asintió con la cabeza.

—Sí.

—Sabía que nunca podrías quererme, por lo menos de ese modo. Fuiste muy sincera al respecto. Sé que no suplo tus necesidades...

—Manny...

—Cállate. Solo quiero poder llevarte del brazo cuando salgo. Quiero verte cuando me despierto por la mañana y cuando me voy a la cama por la noche. Tienes necesidades y necesitas satisfacerlas, y yo lo acepto. Lo que no voy a aceptar es un escándalo. No consentiré que me avergüences públicamente. Este asunto de Di Bello se ha terminado. Nada de famosos, nada de figuras públicas, ni de aventuras duraderas. Es demasiado peligroso. Espero que seas discreta con los hombres que elijas y que tengas cuidado con cómo te comportas. ¿Estamos de acuerdo?

—Sí. Lo siento, Manny.

—Sentirlo es cosa de niños.

Más tarde, esa noche, tendida en la cama, Madeleine lo oyó entrar en la habitación arrastrando el pie zambo. Un rato después, sintió su peso en el cochón. Y al poco lo oyó llorar.

Al día siguiente se enteró de que Jack Di Bello se había marchado a Nueva York.

Después de aquello, Manny y ella siguieron juntos a duras penas. Tenían una relación pero distante. Manny seguía mostrándose amable y considerado y compartían la cama, pero él no volvió a tocarla y ella nunca tomó la iniciativa.

Manny estaba en lo cierto, de todos modos: ella tenía necesidades. Buscaba a sus amantes en restaurantes y bares, en las mesas de blackjack y de ruleta, en pistas de tenis y campos de golf. Eran siempre turistas o empresarios que estaban de paso, nunca gente de Las Vegas.

Quedaba con ellos una sola vez, los despedía sin contemplaciones y luego se iba a casa y se daba una ducha para quitarse su rastro de encima.

Así pasaron dos años.

El último de esos hombres fue Marty Ryan.

Cuánto se parece el hijo al padre, piensa ahora Madeleine mientras mira a Danny tendido en la cama del hospital. El mismo pelo castaño rojizo, los mismos ojos, el mismo orgullo sensible, la misma dignidad herida.

Conoció a Marty en el bar del Flamingo y, antes de que el hielo de la primera copa se derritiera, supo que iba a acostarse con él.

Era tan guapo, con esa sonrisa infantil y traviesa y ese brillo gamberro en la mirada. Le entró, además, con una frase tan trillada, con un chiste tan malo, que a Madeleine le hizo gracia.

—Es una lástima que alguien tan atractivo esté bebiendo a solas.

—Puede que esté esperando a alguien —contestó ella.

—No, me refería a mí.

Ella soltó una carcajada y no puso reparos cuando él se sentó a su lado y le indicó al camarero que les pusiera otra ronda.

—Soy Marty Ryan.

—Madeleine McKay.

Él vio su anillo de casada y el pedrusco que Manny le había regalado al proponerle matrimonio, pero no parecieron inquietarle en absoluto.

—¿De dónde eres? —preguntó Madeleine.

—De Providence. Está en Rhode Island.

—¿Qué te trae por aquí?

—He venido por negocios. Solo voy a estar aquí un par de días.

—¿Te gusta esto?

—Ahora sí.

—Marty…

—Madeleine…

—¿Te gusta follar?

—No —contestó él—. Me encanta follar.

Y era verdad que le encantaba. Madeleine le dio el nombre de un motel apartado y pasaron la tarde haciendo el amor. Porque eso fue lo que hicieron: el amor. Madeleine sintió algo con Marty que no había sentido ni con Jack ni con su marido.

Se saltó sus propias normas: durante una semana, se vieron a diario. El último día, cuando ella se levantó para vestirse, Marty le preguntó:

—¿Cuándo puedo volver a verte?

—No puedes volver a verme.

Él pareció perplejo, enfadado, dolido.

—¿Cómo que no?

—Marty, ha sido estupendo, de verdad. Pero entre nosotros no puede haber nada más. Nunca.

—Estoy enamorado de ti.

—No digas tonterías.

—No, es la verdad. Me vendré a vivir aquí, si quieres.

—No quiero. Estoy casada, Marty.

—Hace unos minutos no lo parecía.

—Es complicado.

—Es muy sencillo —contestó él—. Te quiero.

—Pues es una lástima. —Le dio un beso ligero en los labios—. Adiós, Marty.

Y así dio por terminado el asunto.

Solo que ese no fue el final.

El siguiente periodo se le retrasó. Luego, dejó de venirle la regla.

Un médico le confirmó que estaba embarazada.

—Aborta —le dijo Manny—. Conozco a un médico. Es muy discreto.

—No pienso hacer eso.

—Pues no creas que yo voy a criar al bastardo de otro. Todo el mundo se daría cuenta de que no es mío. O abortas o...

—¿O qué?

—Teníamos un trato. Ibas a tener cuidado, a no avergonzarme. Has hecho ambas cosas, así que nuestro acuerdo ya no tiene validez.

—Entonces, ¿no soy más que un negocio que ha salido mal?

—Fuiste tú quien lo quiso así, Madeleine, no yo.

Tiene toda la razón, pensó ella. Yo convertí esto en puro negocio, así que ¿por qué no va a hacerlo él?

—Me iré lejos para tener el bebé. Nadie se enterará. Aceptaré el divorcio, y no quiero nada, aparte de lo que ya me has dado.

Se marchó por la mañana y tomó un avión con destino a Nueva York. Tuvo al bebé en el hospital St. Elizabeth y, en los papeles del registro, puso como padre a Martin Ryan.

INTENTÓ SER MADRE, de verdad que lo intentó.

Los pañales, las tomas, las noches sin dormir... Pasó por todo eso. Era duro ser madre soltera en aquellos tiempos, cuando hasta en un barrio tan bohemio como el Village se consideraba un escándalo, y los vecinos de su bloque de la Séptima Avenida fingían creerla cuando les contaba que su marido era marino y estaba en alta mar. No era la primera vez que cuidaba de un bebé; lo había hecho ya antes, siendo ella también una cría, así que no fue eso, no fue la dificultad que entrañaba lo que la hizo abandonar a su hijo Danny.

Fue el futuro.

Era incapaz de imaginárselo.

¿Qué iba a hacer cargada con un bebé, y más tarde con un crío pequeño, y con un adolescente? Tenía el dinero que le había dado Manny; lo había invertido sabiamente, pero no le duraría mucho. Tendría que ponerse a trabajar.

Pero ¿de qué?

¿Y quién cuidaría de Danny?

Una cosa tenía clara: a Barstow no iba a volver. Quedar a merced de sus padres, afrontar la humillación de ser una madre soltera, ver las muecas de desdén de los hombres a los que había rechazado y oír las risitas de las chicas que antes le habían tenido envidia...

Hizo de nuevo inventario de sus recursos y llegó a la conclusión de que disponía de dos cosas: belleza e inteligencia. Pero no podía servirse de ninguna de ellas teniendo que ocuparse de un niño.

Conque un día se levantó, envolvió a Danny en una manta y se fue en tren a Providence. No le costó dar con Martin Ryan: todo el mundo lo conocía. Entró en un sórdido bar irlandés, le dio el fardo a Marty y dijo:

—Ten, aquí tienes a tu hijo. Yo no estoy hecha para ser madre.

Y se marchó.

Se fue a Los Ángeles.

Sabía cuáles eran sus puntos fuertes y les sacó provecho. A los hombres les encantaba mirarla, les encantaba que la gente los viera con ella del brazo, les encantaba follársela. No era una prostituta, no exigía pago a tocateja, pero hacía saber a sus amantes que para estar con ella tenían que hacerle regalos. Y no flores y chucherías. Ropa, pieles, joyas, viajes, coches, apartamentos, casas. Información privilegiada para operar en bolsa, opciones de compra, participaciones en contratos de desarrollo urbanístico.

Su físico no le duraría siempre.

Empezó a ir a fiestas con cómicos famosos y cantantes y, más tarde, con estrellas de cine. Los actores le presentaron a políticos y los políticos a tipos de Wall Street.

Nunca bajaba el listón al elegir con quién follaba. Cuando empezó a ir con productores de cine, dejó a los actores. Y cuando empezó a tirarse a milmillonarios, dejó a los productores. Era una norma muy sencilla. Ellos lo entendían y no le guardaban rencor. Los hombres así comprenden el orden jerárquico.

Solo se sentía culpable por el hijo al que había abandonado, pero tenía claro que no habría podido criarlo, que no habría podido vivir en Dogtown siendo la esposa de un irlandés que trabajaba de encargado en los muelles, por muy bien relacionado que estuviese. No se veía a sí misma lavando ropa, pariendo como una coneja, yendo a confesarse los sábados por la tarde, a un pub deprimente los sábados por la noche y a misa los domingos por la mañana.

Aquello era la muerte.

Solo sentía remordimientos por su bebé, por su niño, abandonado con un borracho furioso mientras ella saltaba de cama en cama, de Hollywood a Washington y de Washington a Nueva York. Ahora estaba de nuevo en Las Vegas, tenía una buena cartera de inversiones inmobiliarias y bursátiles y, a pesar de que había superado los cincuenta y estaba perdiendo su belleza, no tenía de qué preocuparse. Seguía teniendo un físico imponente, era una acompañante encantadora y se desenvolvía igual de bien que siempre en la cama, pero sabía que su fecha de caducidad se aproximaba con rapidez, y aun así no le inquietaba.

Tenía dinero.

En este mundo, el dinero es la salvaguarda de una mujer.

El dinero y la influencia.

Al enterarse de lo de Danny, puso en juego ambas cosas. Un buen amigo que trabajaba en el Departamento de Justicia cayó en la cuenta de quién era Danny y la llamó. Tu hijo está hospitalizado y tiene problemas. Otro amigo puso a su disposición un avión privado, y al día siguiente Madeleine estaba en Providence. Durante el vuelo hizo algunas llamadas: tiró de historia, pulsó algunas cuerdas de la memoria.

De Sunset Boulevard a Pennsylvania Avenue, pasando por el
Strip, nadie quería que Madeleine McKay escribiera su autobiografía.

Se tendió una red protectora en torno a Danny Ryan.

Su hijo, que la odia.

DIECINUEVE

DANNY TIENE LA CADERA IZQUIERDA destrozada.

La cabeza del fémur, hecha añicos; los tendones, desgarrados.

Sin la mejor atención médica, le quedaría una cojera severa para el resto de su vida, quizá tendría que usar muletas, y acabaría de seguro en una silla de ruedas a edad temprana.

Es lo que le dice el doctor Rosen cuando se encuentra con fuerzas para escuchar sus explicaciones.

—Por suerte, me tienes a mí —añade.

Resulta que Rosen es un as de la ortopedia. Ha operado a unos cuantos jugadores de los Patriots y los Bruins. Es el mejor en lo suyo.

—Tendré que intervenirte tres veces —le dice a Danny—. Tienes la herida infectada. Hay que volver a quirófano para...

—¿Volver?

—Cuando ingresaste, los chicos de trauma te sacaron la bala y los fragmentos de hueso. Por suerte para ti, son buenos y no te jodieron la pierna del todo. Pero tienes una infección, por eso tienes fiebre, y hay que sanear la herida. Cuando eso esté solucionado, te operaré para ponerte una cabeza del fémur nueva. Y un par de semanas después volveré a operarte para reparar los tendones. No serás medallista olímpico, pero, si te esfuerzas en la rehabilitación, caminarás bastante bien.

—Yo no puedo pagar todo eso.

—Va a pagarlo tu madre —dice Rosen.

—Ni hablar.

—Pues eso díselo tú, campeón, que yo no quiero acabar teniendo que operarme a mí mismo.

DURANTE LAS PRIMERAS veinticuatro horas, más o menos, Danny recupera la conciencia a ratos y Madeleine está ahí, junto a su cama. Ella, o Terri, o las dos. Aunque él esté resentido con su madre, Terri no lo está. Le cae bien, y le está agradecida por lo que ha hecho por su marido.

Ese primer día, a él todo le trae sin cuidado. Solo despierta a ratos, y prefiere estar dormido porque la cadera le duele a rabiar. El jugo de la amapola es dulzura pura: dulce alivio, sueños dulces. Flotar en líquida calidez.

Pero cuando por fin sale de su sopor y ve la cara de su madre, se cabrea. ¿Ahora quiere formar parte de mi vida? ¿Ahora me quiere? ¿Ahora se preocupa por mí? ¿Dónde estaba cuando... y cuando... y cuando...?

Los primeros días son un borrón. Y ojalá lo fueran también los siguientes, demasiado nítidos para su gusto. Los médicos le bajan la dosis de morfina para que no se enganche, y el dolor le crispa los nervios. Vuelven la infección y la fiebre, y hay que dejar la herida abierta para que drene, y cada minuto que pasa en esa cama le parece una hora. No tiene nada que hacer más que estar allí tumbado y agobiarse: ¿voy a morirme, joder? ¿Voy a quedar lisiado?

De lo que no tiene que preocuparse es de la policía.

Ningún inspector viene a apretarle las tuercas y a sonreírse con suficiencia, ninguno intenta aprovecharse de que está drogado para conseguir una declaración que lo llevaría derecho a la cárcel al salir del hospital.

Danny Ryan era un simple transeúnte que resultó herido en un tiroteo callejero, punto y final.

No han sido los Murphy quienes han conseguido ese apaño.

Ha sido su madre.

CUANDO REMITE LA infección, Rosen le interviene para reconstruirle la cadera. La operación sale bien, pero Danny pasa inmovilizado muchos días con sus noches.

Jimmy Mac viene a verlo.

—Gracias —le dice Danny.

—¿Por qué?

Danny baja la voz:

—Por salvarme la vida, joder.

Jimmy se sonroja. Está un poco avergonzado porque al principio, cuando a Mick le volaron la jeta, le entró el pánico y pisó el acelerador para largarse de allí. Como habría hecho cualquiera, piensa Danny, solo que él volvió. Podría haber escapado y haberse puesto a salvo, pero volvió a por él, poniéndose a tiro de Steve Giordo.

—Tú habrías hecho lo mismo por mí.

Danny asiente con un gesto.

Es cierto.

—¿Tu padre se ha pasado por aquí? —pregunta Jimmy.

Danny menea la cabeza.

—No quiere venir. Dice que no quiere estar en el mismo edificio que..., ya sabes.

Jimmy sonríe.

—Hostia, Danny, la he visto en la entrada. Está buena tu madre.

—Eso háblalo con Angie. Por mí no hay problema.

—Oye, que no lo decía…

—Ya lo sé.

Al día siguiente viene Pat a verlo.

—Te sacrificaste por el equipo —dice.

—Siento que no saliera como estaba previsto.

—Giordo va a pasar una temporada en el banquillo.

—Bueno, eso está bien.

—Sí, está bien.

Nunca antes se habían sentido tan incómodos el uno con el otro. Pat no sabe muy bien qué decir y Danny no sabe cómo encajar su silencio. Hablan de las chorradas de siempre —la familia, los chicos— y los dos se alegran cuando entra la enfermera y echa a Pat para que Danny descanse.

Se despierta cuando oye decir a Terri:

—¿Qué coño haces tú aquí?

Peter Moretti está ahí parado, con un ramo de flores en la mano y una sonrisa tan tersa como su corbata de seda. Terri parece furiosa y Madeleine clava en él una mirada dura y serena.

—He venido a ver a mi amigo Danny.

—Lárgate —le espeta Terri.

—No pasa nada —dice Danny.

Peter se acerca a la cama, deja las flores en la mesita, se inclina y, sin dejar de sonreír, susurra:

—Estás muerto, Danny. En cuanto salgas, eres hombre muerto.

Los hospitales son terreno vedado, eso todos lo saben. En medio de una guerra no conviene cabrear a los sanitarios, porque a lo mejor te los encuentras más adelante en un quirófano de traumatología y dejan que te desangres por haberlos expuesto a un tiroteo en su lugar de trabajo. Y lo mismo con los curas, que en algún momento pueden darte la extremaunción. No conviene que se pongan nerviosos y se les trabe la lengua al pronunciar las palabras que pueden salvarte de ir al infierno.

Peter se incorpora y se vuelve hacia Terri.

—Si puedo hacer algo, lo que sea, avísame, por favor.

—Largo de aquí.

—No sé por qué te pones así. Yo no tuve nada que ver con lo que pasó. Si quieres saber qué hacía tu marido allí esa noche, pregúntaselo a él.

—No necesito que tú me digas lo que tengo que preguntarle a mi marido.

—Claro que no. Me he pasado de la raya. Me marcho. Seguro que Danny necesita descansar.

Madeleine sale detrás de él.

—Señor Moretti —dice—, ¿sabe quién soy?

La sonrisa de Peter se convierte poco a poco en una mueca de sorna.

—Algo he oído, sí.

—Entonces, habrá oído también de lo que soy capaz. Si hace daño a mi hijo, si lo intenta siquiera, me aseguraré de que acabe en el mismo lugar que su padre.

—Hizo bien en marcharse de Providence, pero no debería haber vuelto —responde Peter—. Y le convendría no meterse en esto.

—Quizá su padre estaría más cómodo en Pelican Bay. Veintitrés horas al día en aislamiento y sin ningún puertorriqueño guapito y maricón que satisfaga sus bajos instintos. Si llamo a cierto juez federal...

—¿Sabe? Da igual que una puta chupe pollas por una papelina o por un millón de dólares. Sigue siendo una puta.

—Pero es una puta con un millón de dólares —replica Madeleine—. Y da la casualidad de que yo tengo mucho más. No me provoque, señor Moretti, o le aseguro que me hago un collar con sus pelotas y me paseo con él por toda la ciudad.

UN PAR DE días después Danny se enfada con Terri cuando descubre que su madre les ha pagado el alquiler y les ha hecho la compra.

—¿Y qué querías que hiciera, Danny? —pregunta ella, llorosa, porque Danny le ha gritado y además está estresada porque le han pegado un tiro—. No estás trabajando y hay que seguir pagando los gastos.

En los muelles siguen pagándole el sueldo, aunque se le han terminado los días de ausencia por enfermedad. Andan justos de dinero, aun así, pero lo saca de quicio pensar que su madre les haga la compra.

—No aceptes su puto dinero, Terri.

Ella levanta las manos y lo mira boquiabierta, como diciendo: ¿y quién coño crees que paga esta habitación? Danny no sabe qué contestar: sabe que se está comportando como un hipócrita.

Más aún cuando Rosen le dice que lo mejor es que pase mes y medio en una clínica especializada en rehabilitación, en Massachusetts, lo que cuesta tan caro como suena. El seguro del sindicato que tiene Danny está bastante bien, pero no incluye la rehabilitación en una clínica privada de fuera del estado; como máximo, el tratamiento ambulatorio en un hospital local.

—¿Tanta diferencia hay? —le pregunta Danny.

—La diferencia es un bastón —responde Rosen—. Si vas a un hospital de por aquí, tendrás que usar bastón los próximos treinta años. Si vas a la clínica privada, no.

Madeleine insiste en pagar el tratamiento.

—El dinero no es lo que me preocupa en esta vida —le dice a Danny.

—¿No? ¿Y qué te preocupa?

—Ahora mismo, tú. Eres mi hijo y te estás portando como un crío.
Terri le dice prácticamente lo mismo.

—Piensa en mí —dice—. Puede que prefiera que mi marido no
tenga que dejar el bastón cuando quiera coger en brazos a su hijo.
Y a lo mejor todavía me sigue apeteciendo echar un polvo de vez en
cuando.

—Terri...

—Son enfermeras, Danny. No van a asustarse porque diga «echar
un polvo». ¿Y si me apetece dar un paseo largo por la playa contigo, o
dar una vuelta en bici por Block Island o algo así? A lo mejor quiero
volver a bailar contigo. Si no dejas que tu madre te haga, o nos haga,
ese favor, lo nuestro se acabó. Te juro por Dios que, embarazada y
todo, te dejo. Por mí puedes convertirte en un viejo amargado y solo,
como tu padre.

Danny va por fin a Massachusetts.

VEINTE

PETER MORETTI NO ESTÁ CONTENTO.

El trato que creía tener con Danny Ryan resultó ser una encerrona, y el que acabó tiroteado no fue Liam Murphy, sino Danny, lo que no habría estado del todo mal, teniendo en cuenta las circunstancias, si no fuera porque Ryan sobrevivió y la *puttana* de su madre no va a dejar que vuelvan a intentarlo.

Danny ha quedado fuera del tablero de juego, al menos de momento, y lo mismo Steve Giordo, que ni loco va a volver a meterse en otra emboscada porque los hermanos Moretti no sean capaces de distinguir a un irlandés de otro.

Y algo de razón tiene, piensa Peter. Pero lo peor es que seguramente Nueva York y Hartford estarán menos dispuestos a prestarles a su gente. No querrán perder efectivos por una banda que se deja engañar por un matón de medio pelo como Danny Ryan.

Así que no está de verdad nada contento cuando, al disponerse a desayunar en el Central Diner, entra el carcamal de Solly Weiss, planta el culo al otro lado de la mesa y se pone a hablar sin que a Peter le haya dado tiempo siquiera a echar un vistazo a las páginas de deportes.

—Peter, han robado en mi tienda.

No le hace falta leer el periódico para enterarse de eso. Ya lo sabe. Dos de sus chicos, Gino Conti y Renny Bouchard, atracaron anoche la joyería de Solly y se llevaron unos cien mil dólares en diamantes y otras piezas.

—Cuánto lo siento, Solly.

—¿No te he hecho siempre descuentos? Ese collar para tu amiguita…

—Yo no te he atracado, Solly.

Lo que es técnicamente cierto, se dice Peter.

—Peter, por favor, no me trates como a un niño. Yo ya estaba en este negocio cuando tú no sabías ni lo que era eso.

Solly tiene unos pocos mechones de pelo blanco que a Peter le recuerdan que tiene que pasarse por la farmacia a comprar seda dental.

—Tienes seguro, ¿no? Pues, al final, saldrás ganando.

—Esas piezas no estaban aseguradas.

—Si las trajiste del extranjero y no las declaraste, no es problema mío —contesta Peter, y luego va al grano—. De todos modos, pensaba que estabas bajo la protección de los Murphy. Si estuvieras con nosotros, no te habría pasado esto.

—Quiero recuperar mis piedras.

—Y yo quiero una polla de treinta centímetros y me faltan dos. ¿Qué quieres que te diga?

Solly empieza a soltarle el rollo de costumbre: que si tiene que meter a su hermana en una residencia, que si su esposa está enferma, que si el tejado necesita reparaciones.

—Ya está bien —le corta Peter—. Con el debido respeto…

—Me alegra oírte hablar de respeto, Peter Moretti, hijo —responde Solly—, porque de eso se trata, precisamente: de respeto. Yo respetaba a tu padre y respetaba a Pasco y ellos me respetaban a mí, y a mi negocio —añade con voz temblorosa.

—Mi padre está en la trena y Pasco en Florida —replica Peter—. Ahora mando yo.

—No he venido con las manos vacías. Si recupero esas piezas, me comprometo a tener contigo el mismo trato que tenía con John.

—¿Y cuál era ese trato?

Solly baja la voz:

—Un sobre el primer jueves de cada mes. El treinta por ciento de descuento en fiestas, a precio de mayorista. Y, naturalmente, si alguna vez se te antoja algo especial…

Este es uno de esos momentos marcados por el «si»: si Peter hubiera estado de mejor humor; si se hubiera tomado un segundo café; si hubiera podido echar una ojeada a las páginas de deportes; si el vago de Chris Palumbo se hubiera levantado a tiempo de desayunar con él; si el pelo de Solly no le estuviera sacando de quicio por la razón que sea… Tal vez, si se hubieran dado todas esas circunstancias, Peter habría aceptado la oferta de Solly y no habrían pasado las cosas horribles que están a punto de pasar.

Son muchos «síes» juntos, pensándolo bien.

En todo caso, ninguno importa, porque Peter contesta:

—Se me está antojando algo ahora mismo.

Solly sonríe. Va a recuperar sus piedras preciosas.

—Cuéntame.

—Se me está antojando que te vayas a tomar por culo de aquí. Si quieres ver tus piedras, te dejaré mirar mientras me follo a mi amiguita, para que veas cómo le rebotan encima de las tetas. Mira, Solly, no me toques los cojones, ¿vale? Es lo mejor para ti.

Ya le ha regalado una de las piedras a su amante y no va a ir ahora a decirle que se la devuelva.

Solly lo mira con tristeza, menea la cabeza, se levanta y sale por la puerta con paso tambaleante.

Ese vejestorio judío, piensa Peter mientras vuelve a su periódico. Se pasa treinta años lamiéndole el culo a John Murphy ¿y ahora quiere cambiarme cien mil pavos por un treinta por ciento de descuento en Navidad?

A tomar por culo.

Se acabó la historia.

PERO PARA SOLLY no se acaba.

Se va a casa y llama enseguida a Pasco Ferri a Florida, echando mano del «¿te acuerdas de cuando…»?

¿Te acuerdas de cuando ibas a pedirle a Mary que se casara contigo y no tenías dinero para comprarle un anillo como es debido? ¿Te acuerdas de cuando a tu hijo le pasó lo mismo con su novia? ¿Te acuerdas de cuando te hizo falta una contribución para la feria de San Rocco? ¿Te acuerdas de cuando te presentaste a diputado y te hizo falta blanquear algún dinero? ¿Y de cuando…?

—No tengo Alzheimer, gracias a Dios —contesta Pasco—. ¿Qué pasa, Solly?

Le cuenta lo del robo y cómo le ha tratado el joven Peter Moretti.

—Me ha dicho que fuera a ver cómo se folla a su novia.

—Eso ha estado mal.

Pasco empieza a estar un poco harto de que los Moretti le den agita. Primero, una guerra por culpa de unas putas tetas, y ahora esto. A lo mejor va siendo hora de bajarles un poco los humos.

—Yo tengo amigos —dice Solly—. Amigos en la alcaldía y en las comisarías…

—Ya sé que los tienes, Solly.

—Le hice una oferta respetuosa, Pasco. Una oferta que tenía en cuenta cómo han cambiado las cosas, ¿y me trata como si fuese un negrata al que ha pillado metiendo la mano en la caja? No voy a permitirlo.

—Solly, hazme un favor. Deja que yo me ocupe de esto.

PETER ESTÁ EN la oficina de American Vending cuando llama Pasco.

—Peter, joder, ¿Solly Weiss?

Se pone a la defensiva.

—Técnicamente no estaba bajo nuestra protección, así que teníamos el terreno libre.

Se hace un largo silencio. Luego Pasco dice en tono de estar muy muy cansado:

—¿Alguna vez se te ocurre intentar hacer amigos, en vez de enemigos?

—Tengo que hacerme valer.

Pasco suspira.

—El anillo que lleva mi mujer…

—Pasco, con el debido respeto —lo interrumpe Peter—, te has retirado, así que, por Dios…

No te metas.

Cuando cuelga, Peter se vuelve hacia Paulie y le dice:

—Ese viejo marrano ha ido a llorarle a Pasco. ¿Te lo puedes creer? Me cago en la puta, deberíamos robarle otra vez.

Chris Palumbo le lanza una mirada.

—¿Qué? —pregunta Peter.

—A lo mejor deberías devolverle sus baratijas al viejo. Solly se lleva muy bien con Pasco y toda esa gente. Y les hace descuentos a todos los polis de la ciudad. Te conviene mostrarle respeto, Peter.

—Tiene razón —dice Paulie.

—¿Que tiene razón? ¿Cómo que tiene razón? ¿Quieres pagarle tú de tu bolsillo?

—No.

—Entonces, cállate la puta boca. ¿Es que nadie se acuerda de que estamos en guerra? Eso cuesta dinero.

Chris lo intenta otra vez.

—¿De verdad quieres que Pasco se cabree contigo?

—A Pasco hay que retirarlo si no se retira él —contesta Peter—. No puedo ser el jefe si todo el mundo se cree que puede pasarme por encima cada vez que no está de acuerdo con una de mis decisiones.

—Claro. Tienes que estar arriba, en la cabina —dice Paulie.

—¿Qué?

—Ya sabes, como en el fútbol americano. Repetición instantánea de la jugada... Arriba del todo, en la cabina del entrenador.

—Sí, vale, lo que tú digas.

Sí, vale, lo que tú digas, piensa Chris. Pero él está preocupado.

EL CADÁVER DE Gino Conti no aparece nunca, y el de Renny Bouchard tampoco.

Desaparecen los dos sin dejar rastro, y todo el mundo sabe que no van a volver y por qué.

Y, por si eso fuera poco, en los nueve días transcurridos desde que Peter mandó a Solly Weiss a paseo, la policía hace redadas en dos de sus partidas de cartas, trinca a tres de sus corredores de apuestas y echa de las calles a todas sus chicas, y eso que la policía no suele meterse en esas movidas.

Efectivamente, Solly Weiss tiene amigos.

Aun así, Peter no da su brazo a torcer.

—Por encima de mi cadáver.

—Eso no está descartado —responde Chris.

—Venga ya.

—Pregúntales a Gino y a Renny. Ah, es verdad. No puedes.

—Eso ha sido cosa de los Murphy.

—No digas gilipolleces.

El asunto lleva el sello de Pasco Ferri, piensa Chris. Peter le faltó al respeto, pero Pasco no se ha cargado a Peter; se ha cargado a un par de subalternos para darle una lección. Una lección que más le vale aprender, antes de que nos liquiden a todos.

—Peter...

—No quiero oír ni una puta palabra más sobre ese tema, Chris —dice Peter, y se marcha.

Así que Chris se va en busca de Sal Antonucci y lo encuentra en Narragansett, viendo una casa de veraneo, a dos calles de la playa.

—La verdad es que se nos sale un poco de presupuesto —dice Sal—, pero puedo dar una buena entrada.

Joder, ya lo creo que puede. Corre el rumor de que Sal y su banda atracaron un furgón blindado en Manchester, New Hampshire, y se llevaron un pastón.

—Es buen momento para comprar —responde Chris.

—Creo que puedo conseguir que nos rebajen veinte o treinta mil dólares del precio inicial. —Sal se retira un poco para mirar la casa desde más lejos—. Nunca pensé que pudiéramos hacer algo así, pero... En fin, Judy y yo hemos pensado que estaría bien, por los chicos. Y por los nietos, más adelante. Un sitio donde pueda reunirse toda la familia, ¿entiendes?

—Si no, cada uno tira por su lado.

—Exacto —dice Sal—. Bueno, ¿qué te trae por aquí?

Porque Chris nunca hace nada sin un motivo. Nunca se pasa solo para charlar; siempre hay algo más.

—Este asunto de Solly Weiss...

Sal arruga el ceño.

—Eres el consigliere de Peter. ¿Has hablado con él?

—Hasta quedarme ronco, pero no quiere escucharme. Me da miedo que si vuelvo a sacar el tema...

Chris lo deja ahí. Sal tendría que ir a hablar con Peter para hacerle entrar en razón. A él le hará caso, porque Sal se ha encargado de casi todo el trabajo sucio en la guerra con los Murphy, y Peter necesita que siga cumpliendo esa función.

Sobre todo, ahora que Giordo se ha largado.

Sal pica el anzuelo, como imaginaba Chris.

—A mí Peter no me da miedo —dice—. Hablaré con él. ¿Qué te parece la casa? No sé, es mucho dinero.

—Con los tipos de interés tal y como están —contesta Chris—, sería una tontería no aprovechar la ocasión.

SAL VA A ver a Peter.

—Devuelve las piedras o a este paso acabaremos todos en un vertedero.

—¿Qué pasa? ¿Es que ahora vas a darme órdenes? —replica Peter—. Yo soy el jefe de esta familia.

—Vale. Pondremos eso en tu lápida. Joder, no es que te esté dando órdenes, pero...

—¿Pero qué?

—Nada, déjalo.

—No, Sal —insiste Peter—. Si tienes algo que decir, dilo de una puta vez.

—Vale, muy bien. Paulie y tú se quedan aquí sentados, en la oficina, tomando café y comiendo dónuts mientras mi gente y yo hacemos todo el trabajo, y han muerto ya dos hombres porque no quieres devolver una cosa que no deberías haber llevado.

—¡A mí tú no me dices lo que tengo o no tengo que hacer!

—Venga ya, chicos —dice Chris.

—¿Sí? —Sal se levanta de la mesa—. ¿Qué tendrías tú, Peter, si mi gente y yo no saliéramos ahí fuera a conseguírtelo? Tendrías una mierda.

—Estás hablando con el jefe… —dice Paulie.

—Con el jefe de esta familia, sí, ya lo he oído —replica Sal—. ¡Pues a lo mejor deberías empezar a comportarte como tal y hacer lo que le conviene a este familia y no solo a los hermanos Moretti!

—¡Cabrón! —le suelta Paulie.

—¡Tú sí que eres cabrón! —replica Sal.

Chris se interpone entre ellos.

—¡Chicos, chicos!

Hasta Frankie V se levanta de su silla y se acerca para intentar calmar los ánimos.

—¿Quieres que devuelva las joyas? —pregunta Peter—. Muy bien, las devolveré.

—Bien —contesta Sal, tranquilizándose un poco.

—Pero a cambio tienes que pagarme comisión por ese trabajito de Manchester.

—¡¿Cómo?!

—¿Te crees que no lo sabía? ¿Que no iba a enterarme?

—¡Ese dinero es mío, joder!

—¿Y qué? ¿Es que yo voy a irme de vacío? ¿Es que aquí todo el mundo come menos Peter Moretti? ¡Y una mierda! Deberías haberme dado mi comisión desde el minuto uno. El cincuenta por ciento. Iba a dejarlo pasar, pero si ahora vamos a cumplir las normas, vamos a cumplirlas todos. Ahora me lo vas a dar todo. No el cincuenta por ciento: el cien por cien. Una multa, por no haber hecho lo que debías desde el principio.

Sal mira a Chris.

—¿Tú estás oyendo a este cabronazo?

Chris menea la cabeza.

—Es el jefe, Sal. Está en su derecho.

Sal abre y cierra los puños como si estuviera a punto de estallar.

Frankie V se mete la mano dentro de la chaqueta y agarra la pipa, por si acaso.

Pero Sal se limita a asentir despacio con la cabeza. Luego mira a Peter y dice:

—Muy bien. Todo tuyo. ¿Quieres el dinero? Pues para ti, puto cabrón avaricioso. Pero mira bien esta cara, Peter, porque es la última vez que la ves.

—¿Qué quieres decir con eso?

—Que conmigo no cuentes para tu guerra. Mi gente y yo nos quedamos fuera. Ni siquiera sé por qué me metí en eso. A mí los Murphy nunca me han hecho nada, nunca he tenido problemas con ellos. Me metí por lealtad hacia ustedes, pero la lealtad tiene que ser recíproca. Como el respeto. Si quieres que te lo den, tienes que darlo tú también.

—Hiciste un juramento —responde Peter—. Eres tú quien tiene que mostrarme respeto y lealtad.

—¡Y lo he hecho! —grita Sal—. Voy a ir al infierno por las cosas que he hecho por ti. Voy a ir al infierno, Peter. Joder, ¿qué más quieres?

—Adelante. Lárgate, si tienes miedo. Si estás esperando que te pida que te quedes, puedes esperar sentado. ¿Quién te necesita?

Nosotros, contesta Chris para sus adentros, pero se lo calla.

Sal sonríe a Peter, asiente con la cabeza y se va.

—Asegúrate de cobrar ese dinero —le dice Peter a Chris.

—GRACIAS POR APOYARME —le dice Sal cuando el consigliere va a recoger el dinero.

—Sal…

—Eres un puto hipócrita, ¿lo sabías?

—Sal, no puedes irte sin más.

—¿No? ¿Y quién va a impedírmelo? ¿Tú, Chris?

Chris no dice nada.

—Ya me parecía.

Tony sale de la sala del fondo con una bolsa de deporte y se la pasa a Chris.

—Ese dinero era para mi casa —dice Sal—. Para la casa que te enseñé. Para mis nietos.

—Lo siento, Sal.

—Entre tú y yo, un día de estos voy a mandar al hoyo a ese hijoputa.

Chris no tiene que preguntarle a qué hijoputa se refiere.

VEINTIUNO

DANNY SUELTA LA BARRA METÁLICA y avanza.

Duele de cojones, pero es bueno que duela, porque si puede apoyar algo de peso en la pierna izquierda es que la cadera se está curando. Aun así, todavía tiene un poco de miedo; teme oír un chasquido horrendo y que la articulación de la cadera le perfore la piel.

Cuando consigue llegar hasta el final de la barra sin agarrarse a ella, está cansado y sudando a chorros.

Tres metros, nada menos, piensa, y se recuerda que está mejorando, y que además ahora es un paciente externo. Después de tres semanas de calvario, por fin le dejaron salir de la clínica y pudo instalarse con Terri en un apartamento del Residence Inn, un hotel cercano.

Madeleine ocupa otra habitación al final del pasillo.

Su mujer y su madre se han vuelto uña y carne. Como tienen mucho tiempo libre mientras él está en rehabilitación, se van de compras, a comer o al cine.

A Danny no le hace ninguna gracia.

—¿Qué quieres que haga? —le preguntó Terri cuando sacó el tema—. ¿Pasarme todo el día en la habitación, viendo la tele?

—No.

—¿Entonces?

No supo qué contestar.

—Es simpática —dijo Terri—. Lo pasamos bien juntas.

—Me alegro.

Y en cierto modo es verdad que se alegra. Se alegra de que Terri tenga compañía, y también de estar lejos de su familia y de Dogtown, con todo lo que está pasando.

Danny sigue las noticias de la guerra en los periódicos y la tele.

Los medios están gozando de lo lindo. Hacía años que no había una guerra de verdad entre bandas mafiosas, y las fotos y los titulares que genera son un festín. Pura carnaza. Los lectores y telespectadores siguen la guerra como si fuera el béisbol: nada más levantarse por la mañana, miran los resultados de la jornada anterior.

A Dante Delmonte, uno de los hombres de Paulie, lo acribillaron en su coche cuando volvía de hacer una recogida en South Providence. Y dos hombres más de los Moretti, Gino Conti y Renny Bouchard, han desaparecido, aunque en su caso se rumorea que fue Pasco quien dio la orden.

Lo que es bastante interesante, piensa Danny. Quizá Pasco haya llegado a la conclusión de que fue un error dejarle el mando a Peter. Puede que esté buscando a otro para sustituirlo. Si es así, quizá puedan llegar a un acuerdo de paz favorable.

Las cosas de las que no se entera por los periódicos se las cuenta Jimmy Mac, que viene a verlo una vez por semana y le pone al corriente de las novedades. Ahora está viendo a Danny dar sus primeros pasos vacilantes. Le pasa el bastón y bajan juntos a la pequeña cafetería de la clínica.

—Sal Antonucci y Peter se han peleado —le dice, y le cuenta

cómo se enmarronaron las cosas después del atraco a la tienda de Solly Weiss—. Sal dice que se va a quedar al margen.

Joder, es una noticia de puta madre, piensa Danny. A lo mejor hasta consiguen que Sal no se limite a quedarse de brazos cruzados, sino que se ponga de su parte. La oferta que tendrían que hacerle sería muy sencilla: oye, Sal, si decides ir contra los Moretti, nosotros te respaldamos.

Danny va un poco más allá. Sal no es ni mucho menos tan listo como Peter Moretti, y no digamos ya que Chris Palumbo. Si desbancamos a los Moretti, será fácil manipularlo. Sobre todo, si lo ayudamos a ocupar el trono.

—¿Y Chris? Me gustaría saber qué va a hacer —dice en tono pensativo.

—Chris se irá con el ganador —responde Jimmy—. Pero, por las noticias que nos llegan, Sal está muy cabreado con él por ponerse de parte de Peter en este asunto.

—¿Tan cabreado como para hacer algo al respecto?

—¿Qué estás pensando?

Está pensando que Chris es el cerebro de Peter. Y que, sin él, solo sería cuestión de tiempo que los Moretti cometieran un error fatal.

—Hay que avisar a Sal de que, si decide ir a por todas, le respaldaremos. Si el lunes se hace con la corona, el martes hacemos las paces.

—Ha matado a tres amigos nuestros, Danny.

—Lo sé.

Pero también sabe que, al fin y al cabo, no se hacen las paces con los amigos, sino con los enemigos.

Dejen que los muertos entierren a los muertos.

—¿No deberíamos consultárselo primero a John o a Pat? —pregunta Jimmy.

Sí, seguramente, piensa Danny. Aunque también piensa que quiere ser él quien dé el paso decisivo. Quizá así le tomen en serio.

—Vamos a esperar a ver cómo va la cosa —contesta—. Se lo diremos luego.

—¿Cómo avisamos a Sal?

—A través de Tony Romano.

Sal y él son como siameses, joder. Si Sal está interesado, estupendo. Si no, nadie saldrá perjudicado. Ni los Murphy ni Sal quedarán en mal lugar.

—¿Y si Sal dice que no? —pregunta Jimmy.

Danny ya lo ha pensado.

—Pues lo intentamos por el otro lado. Tanteamos a Chris. Puede que esté harto de comerse los marrones de los Moretti. A lo mejor quiere ser él quien mande.

Jimmy sonríe.

—¿Qué pasa? —pregunta Danny.

—¿Desde cuándo piensas como un jefe?

—Lo que quiero es que sobrevivamos todos a este asunto. No aspiro a más.

SAL ANTONUCCI SE sube los pantalones y la bragueta y se abrocha el cinturón. Vuelve a sentarse en la cama para ponerse los zapatos.

Tony está todavía desnudo, arrellanado en la cama, tan tranquilo, sin ningún pudor.

Qué bueno está, piensa Sal. Está bueno de cojones.

—Por cierto —dice Tony—, Jimmy Mac ha venido a verme.

—¿«Por cierto»? ¿Cómo que «por cierto»? ¿Por qué no me lo has dicho antes?

Tony sonríe.

—Porque tenía otras cosas en la cabeza. Cosas más grandes.

—¿Qué quería?

—A ti.

Sal le sonríe.

—Yo ya estoy pillado.

—Lo sé —contesta Tony. Le agarra la mano y vuelve a soltár-
sela—. Quería que te tanteara.

—¿Tantearme sobre qué?

—Quiere saber si te interesaría juntarte con los Murphy.

Sal se inclina para atarse los cordones.

—No jodas. ¿Qué ha dicho?

—Solo que Danny Ryan está dispuesto a hablar.

Sal se lo piensa. Ryan habla por los Murphy. No hace falta ser
un genio para saber lo que se traen entre manos. Si me alío con ellos
contra los Moretti y Peter y Paul acaban en el fondo de la bahía de
Narragansett, yo me hago con el mando y las cosas vuelven a ser como
eran antes.

Pero, joder, cargarse a los Moretti...

Boston y Nueva York tendrían que dar su consentimiento.

Y el viejo de Florida, claro. Joder, ¿daría Pasco permiso? Peter le
tocó mucho los cojones con el asunto de Solly Weiss, pero Conti y
Bouchard ya pagaron por eso. Y aun así...

—¿Tú qué opinas? —le pregunta a Tony.

—Opino que vale la pena pensarlo.

Yo también, se dice Sal.

Acaba de atarse los cordones y se incorpora. Habría que hacer
muchos preparativos para allanar el terreno. Y hasta eso es peligroso.
Alguien tendrá que sondear a Pasco, a ver por dónde respira, y es posible que el mensajero acabe muerto, si al viejo no le gusta lo que oye.

Pero, si le gusta, Pasco se encargará de convencer a Boston y
Nueva York.

—Ahora, el equilibrio de poder depende de ti —añade Tony—.
Los Murphy han acudido a ti, y Peter tendrá que recular tarde o temprano. En realidad, se trata de aceptar la oferta que más te convenga.

Pero Peter no va a ofrecerme lo que me ofrecen los Murphy, se dice Sal.

O sea, su puesto.

La maniobra menos arriesgada sería volver con los Moretti, liquidar a los irlandeses y ocuparse de Peter más adelante. Pero lo que le pide el cuerpo es aliarse con los Murphy, deshacerse de los Moretti y luego volver a poner a los irlandeses en su sitio.

—Lo peor sería que los Murphy ganaran sin tu ayuda —comenta Tony—. Eso sí que sería jodido.

Me quedaría a la intemperie, se dice Sal.

—¿Pueden ganar? —pregunta.

Con menos hombres, menos armamento, y con Danny Ryan fuera de juego…

—Si nos ponemos de su parte, quizá —responde Tony.

—El equilibrio de poder.

Tony sonríe.

—El equilibrio de poder.

—No puedo arriesgarme a que me vean con Pat —dice Sal—. Por lo menos, hasta que esté todo organizado. Si acordamos una reunión, irás tú. ¿Te parece bien?

—Claro.

—Avisa a Jimmy. Dile que estoy dispuesto a sentarme a hablar, pero que primero necesito el visto bueno de Florida. Si esto sale bien, serás mi consigliere.

Mira a Tony, que sigue tumbado en la cama como un puto vago. Un puto vago guapo a más no poder.

—Dios mío —dice Sal.

—¿Qué?

—Si mi mujer y mis hijos…

—¿No crees que Judy lo sabe ya? —pregunta Tony.

—Oye, que no la tengo descuidada, al contrario.

—Seguro que lo sabe. Solo que no quiere decir nada.

—Bueno, otros tíos tienen sus putitas.

Tony se enfada.

—Yo no soy tu putita, joder.

—Ya lo sé, no quería…

Sal se levanta, se pone el abrigo y se va.

VEINTIDÓS

ENTRA EN LA SALA PRECEDIDA por su perfume. Danny, que está descansando después de la sesión con el fisio, la huele antes de verla. Le pone enfermo que entre en la clínica dándose esos aires, tan guapa ella, tan desenvuelta.

—Quiero que hables con una persona —le dice.

—¿Con quién?

—Está fuera, en el aparcamiento. Danny, por favor, por el bien de tu familia, escúchale.

La sigue fuera, hasta un coche aparcado.

—No te cierres en banda, Danny. Por favor —le dice Madeleine al abrir la puerta del copiloto.

Luego, se va.

—Danny —dice el tipo del coche—, soy Phillip Jardine, del FBI.

No hace falta que lo jures, piensa Danny. Jardine tiene toda la pinta de ser del FBI, porque los federales están todos cortados por el mismo patrón: pelo corto, corbata insulsa y una cara inexpresiva pero bien blanca, eso sí. El cabrón de Jardine cumple todos los requisitos:

pelo rubio cortado a cepillo y ojos azules claros. Todo un águila de los boys scouts.

Claro que a los águilas del FBI por lo que les dan insignias es por quitar a gente de en medio. Danny lo sabe muy bien y aun así sube al coche. Porque, si algún conocido entra en el aparcamiento y lo ve hablando con un extraño, querrá saber quién es y por qué estaba hablando con él.

—Que sea rapidito —le dice a Jardine.

—Quiero ayudarte.

Sí, ya, piensa Danny. Lo de siempre, para empezar. Quiero ayudarte a joderles la vida a tus amigos, a convertirte en un chivato, a entrar en el Programa de Protección de Testigos y a dedicarte a vender pienso para pollos en el puto culo del mundo. Cuando un federal dice «quiero ayudarte», lo que está diciendo de verdad es «quiero ayudarte a que me ayudes».

Danny se sabe el discurso de memoria: ¿La amistad? Que le den por culo a la amistad. Ya sé que crecieron juntos y todas esas memeces, pero tienes que madurar de una puta vez. Tienes hijos. ¿Quieres que conozcan a su padre o prefieres verlos una vez al mes con una mesa de metal por medio y sin poder tocarlos? ¿Y tu mujer, qué? No te ofendas, pero ¿crees que va a esperarte? ¿Cuánto tiempo crees que tardará en cansarse de dar vueltas en una cama vacía y en buscarse a otro y decirles a tus hijos que lo llamen «tío»?

—¿Ayudarme a qué?

—A tener una vida —contesta Jardine.

—Ya la tengo.

—¿Por cuánto tiempo? Van perdiendo la guerra. Tú lo sabes, yo lo sé, todo el mundo en la calle sabe que solo es cuestión de tiempo. Tienes mujer y un hijo en camino. Una familia que te quiere.

Danny siente un arrebato de ira.

—¿Qué sabrás tú de mi familia?

Jardine se encoge de hombros.

—Si los quieres y tienes la oportunidad de darles una buena vida, lo lógico es que la aproveches.

—¿Y tú vas a darme esa oportunidad?

—Exacto. En cuanto acabes la rehabilitación, se van. Tú, Terri y el bebé que espera.

—Para entrar en el programa.

Jardine asiente.

—Pero para eso tendría que testificar contra mis amigos —dice Danny.

—¿Tus amigos? ¿Qué amigos? ¿Los Moretti? Esos quieren matarte. Y los Murphy... ¿Te crees que eres uno de ellos? ¿Que eres de la familia? Pues no. Puede que te dejen comer en su mesa, pero nunca tendrás tu propia silla.

—A la mierda. No.

Ni hablar, ni loco va a declarar contra sus amigos. Ni contra Pat, ni tampoco contra John.

Jardine sonríe.

—Le advertí a tu madre que dirías eso.

—Pues debería haberte hecho caso. —Agarra torpemente el bastón y echa mano del tirador de la puerta.

—También hay una posibilidad intermedia —añade Jardine—. Puedes darme un poco de información de vez en cuando. Si se está planeando un golpe, puedes avisarme. Solo para intentar reducir la cifra de cadáveres, Danny.

—¿Y qué obtendría yo a cambio?

—Si las cosas se ponen feas, el FBI puede intervenir, echarte un cable. En el tribunal, en el despacho del juez, en la oficina del fiscal del distrito... Nosotros cuidamos de nuestra gente. Si nos enteramos de que se está cociendo algo en tu contra, te avisamos con tiempo para que no estés presente cuando pase lo que tenga que pasar.

Eso es lo que te interesa de verdad, se dice Danny. Un chivato que los sirva en la calle. Me has ofrecido lo del programa solo para contentar a los tipos con los que se acostaba mi madre, pero en realidad prefieres tenerme fuera mientras siga siendo útil. En cuanto deje de serlo, me pueden dar por culo. El FBI usa a los soplones como si fueran clínex. Los usa y luego los tira a la basura porque se la pelan. Si uno acaba muerto, mala suerte, pero, qué más da, ya habrá otro.

—No me contestes ahora —dice Jardine—. Piénsatelo.

—Que te jodan, no tengo nada que pensarme.

—Así no vas a solucionar tus problemas, Danny.

¿Qué cojones sabrás tú de mis problemas?

Madeleine lo está esperando en el vestíbulo.

—Tienes que pensar en tu hijo.

—Mira quién fue a hablar.

—Ahora estoy aquí.

—Ya, ahora. —Con veintisiete años de retraso—. ¿Y mañana? ¿Dónde estarás?

—Esa no es la cuestión, Danny. La cuestión es dónde estarás tú mañana. ¿Y Terri? ¿Dónde estará ella? ¿Y su hijo?

—Estarán conmigo.

Madeleine cambia de táctica.

—Podrían vivir en otra parte.

—Tengo mi vida aquí.

—¿Qué vida? Eres jefe de turno en los muelles y recaudador de los Murphy, y serías también un asesino si no hubieras hecho una chapuza. Eso es lo que eres, hablando en plata.

—Por lo menos no soy una puta. —Ve en sus ojos que le ha hecho daño, ve que ha puesto el dedo en la llaga, pero no puede evitar añadir—: Ya sabes, hablando en plata.

—Lo he hecho lo mejor que he podido con las cartas que me tocaron en suerte —contesta Madeleine.

Suena a respuesta ensayada, como si se lo hubiera dicho a sí misma mil veces al despertarse junto a hombres a los que no quería.

Yo podría decir lo mismo, piensa Danny. Lo he hecho lo mejor que he podido con las cartas que tú me repartiste.

—Entonces, ¿eso es lo que quieres? ¿Quedarte en Dogtown? —pregunta ella con incredulidad.

—Es donde tú me dejaste.

Donde me abandonaste.

—Si quieres que me vaya, me iré. —Pasa junto a él y se dirige a la puerta. Luego se vuelve—. Pero no le hagas daño a tu familia solo porque me odias a mí.

UN PAR DE horas después, está medio dormido en el apartamento del Residence Inn cuando oye que Terri llega, deja unas bolsas en la encimera de la cocina y entra en el dormitorio.

—¿Qué tal la rehabilitación?

—Bien. He andado.

—¿En serio?

—Sí. Tu marido es un niño de dos años.

Ella lo recorre con la mirada y dice:

—No creo que un niño de dos años tenga eso.

—Debía de estar soñando.

—Pues espero que estuvieras soñando conmigo —contesta Terri mientras le baja la cremallera.

—Claro que sí.

—¿Ah, sí? ¿Y te hacía esto?

—Joder, Terri...

—¿O esto?

Su boca es cálida y húmeda, su lengua se mueve con rapidez.

Danny sabe que no aguantará mucho. Terri, que lo nota, se para y se sienta horcajadas sobre él.

—¿Puedes? —pregunta Danny—. No quiero hacerte daño, ni a ti ni al bebé.

—Por mí no te preocupes. Pero ¿y si te hago daño yo a ti?

—No pesas tanto.

—¿Estás de coña? Soy una ballena.

—No sé si voy a poder...

—Yo me encargo de todo.

Se mueve encima de él con agilidad sorprendente, se mece adelante y atrás, cierra los ojos y busca el orgasmo. Llevaban tiempo sin hacerlo y Danny intenta contenerse, pero, cuando la oye correrse y nota cómo se agarra a él, se deja ir.

Ella se aparta con cuidado, se tumba de espaldas y se queda dormida.

Danny, no. Suele dormirse, pero hoy le rondan demasiadas cosas por la cabeza: el posible acuerdo con Sal —o quizá con Chris— y el final de la guerra. Y luego está la oferta de Jardine; o sus ofertas, en plural. Convertirse en un delator e ingresar en el Programa de Protección de Testigos, o en un soplón, en un informante.

Mientras oye respirar a Terri, se para a pensarlo seriamente por primera vez.

Puede que sí se lo deba, a ella y al bebé que lleva en la tripa.

Empezar de cero en otro sitio, tener un trabajo honrado.

Para ella sería un desgarro porque significaría traicionar a su familia, pero por otro lado seguro que sería un alivio sentirse a salvo.

Pero ¿y yo? ¿Podría hacerlo? A John podría delatarlo, pero ¿a Pat?

Sigue rumiando el asunto y al final todo se mezcla con el abandono de su madre, con cómo los dejó tirados a su padre y a él, y con Dogtown y la lealtad y todas esas mierdas, y se le tuerce el pensamiento como un barco a la deriva que la corriente empuja hacia las rocas.

VEINTITRÉS

PETER MORETTI SE LAS ESTÁ teniendo que comer dobladas.

Sabe que está empezando a perder la guerra y se ve obligado a dar ciertos pasos para que cambien las cosas.

Pasos penosos, humillantes.

Primero, tuvo que devolverle las piedras a ese vejestorio de Solly Weiss, y se puso tan santurrón cuando se las devolvió que le dieron ganas de pegarle un tiro en la cara. Pero no, tuvo que presentarse ante él con la gorra en la mano, pedirle disculpas y devolverle las piedras. Y encima tuvo que quitarle el collar a su amante, lo que no hizo que se volviera loca de deseo por él, precisamente.

Eso fue duro, pero luego, además, tuvo que tenderle la mano a Sal Antonucci, porque sin él y su gente la guerra con los Murphy se iba a pique. La verdad es que necesitaba a Sal, y a Tony, pero no podía ir a verlos él en persona, no podía soportarlo, así que mandó a Chris en su lugar.

Chris no estaba de acuerdo en mandar a nadie a ver a Sal.

—Es un error. Ese cabrón es un soberbio ¿y ahora vamos a ir a suplicarle? Se le van a subir los humos aún más. Y de todos modos no puede contenerse, te lo digo yo. Volverá a meterse en la pelea, seguro.

—Sí, pero ¿en qué bando? —respondió Peter.

SE SIENTAN EN torno a una mesa en el Fiori: Chris y Frankie V a un lado, Sal y Tony al otro.

Aunque es Chris quien ha pedido la reunión, técnicamente el anfitrión es Sal porque están en su territorio y el restaurante se encuentra bajo su protección. Así que pide una buena botella de vino, bebe un sorbo para darle el visto bueno y le sirve una copa a Chris, que va derecho al grano.

—Peter está dispuesto a devolverte la contribución que te pidió por lo de Manchester.

—¿Y eso por qué? —pregunta Sal.

—Vamos, Sal, ¿vas a hacerme que te chupe la polla?

—Prometo no correrme dentro.

—Peter sabe que se equivocó —dice Chris—. Lo sabe y está arrepentido. Quiere reparar su error.

—Entonces, ¿cómo es que no ha venido él en persona?

—Yo le aconsejé que no viniera. Si hubiera venido y hubieras rechazado su oferta, habría quedado en muy mal lugar y tú lo sabes. Si llegamos a un acuerdo esta noche, sé que estará encantado de venir en persona. Me ha costado que no viniera hoy.

—Pero lo has conseguido —dice Tony.

Chris mira a Sal.

—¿Ahora habla por ti?

—Es libre de decir lo que quiera —contesta Sal—. Además, ha-

blemos claro: Peter no ha cambiado de idea, no se despertó una mañana y pensó de repente: «Me he portado como un capullo con Sal».
Lo que pasa es que están perdiendo la guerra y nos necesitan a mí y
a mi gente.

Chris no contesta, pero inclina la cabeza como dándole la razón.

Siempre tan diplomático, el hijoputa, piensa Sal.

—Puedes quedarte con el dinero y comprarte la casa —añade Chris,
y al ver la cara que pone Sal se da cuenta de que ha cometido un error.

—La casa ya está vendida —responde Sal en voz baja, con rabia.

Chris intenta reponerse.

—Hay otras casas.

—No como esa.

—No había terminado —añade Chris—. Si vuelves con nosotros,
cuando esto acabe te quedas con el sindicato de estibadores.

Es una buena oferta. Mucho más de lo que sacó por el trabajo de
Manchester. Un buen pellizco del negocio de los Murphy y de los
posibles ingresos de los Moretti. Un verdadero sacrificio para Peter.
Una oferta con todas las de la ley.

—No lo quiero —contesta.

—¿Qué? —pregunta Frankie V.

Claro que lo quiere.

—He estado pensando en esta cosa nuestra —dice Sal—. Ha
cambiado, ya no es como antiguamente. Antes había reglas. Ahora, en
cambio… ¿Peter puede presentarse un buen día y quitarme mi dinero,
así, por las buenas? ¿Quién me dice que no va a volver a hacerlo? ¿Y
ahora quiere «regalarme» el sindicato? Y una mierda, el sindicato lo
gané yo para él. A mí Peter no me «regala» una mierda. Y, además,
¿para qué? ¿Para que me lo quite otra vez cuando le apetezca?

Deja que sus palabras queden suspendidas en el aire unos segundos y luego añade:

—No, ni hablar. Tengo mis negocios: el restaurante, el aparcamiento, la lavandería… A mi familia no le falta de comer. A lo mejor me retiro y me contento con eso. Porque ¿sabes qué te digo? Que, si miro a mi alrededor, estos últimos años todo el mundo ha acabado muerto o en la trena. Puede que prefiera morir en mi casa.

—No es así como funciona esto —replica Frankie, tirando de tradición—. Hiciste un juramento. De por vida.

—¿Y quién va a obligarme a cumplirlo, Frankie? ¿Tú?

Frankie se vuelve hacia Chris.

—¿Por qué cojones perdemos el tiempo con esto? Le importa una mierda que estén muriendo sus amigos. A su familia no le falta de comer, ¿no? Pues que se joda. Yo me largo de aquí.

Chris mira a Sal, al otro lado de la mesa.

—¿Qué le digo a Peter?

—Acábate tu copa —contesta Sal— y luego recoge el dinero de Peter, su sindicato y sus disculpas y dile que puede metérselos por donde le quepan.

—¿Y qué pasará cuando los Murphy vengan a por ti, Sal?

—¿Por qué iban a venir a por mí?

—En su lugar, yo procuraría quitarte de en medio.

Bueno es saberlo, piensa Sal. O sea, que si no vuelvo al redil, me liquidarán.

—Si vienen a por mí, ya me las arreglaré. Hasta que eso pase, no tengo nada contra ninguno de ustedes.

Intenta ganar un poco de tiempo, conseguir tal vez que debatan si de verdad quieren ir contra él.

Cuando se marchan, le dice a Tony:

—La próxima vez que vengan, vendrán armados. Chris pedirá que nos reunamos él y yo solos, y Frankie V vendrá a liquidarme. Y luego irán a por ti.

—Entonces, ¿qué quieres hacer?

—Organiza la reunión con Murphy. Dile que acepto el trato. Vete ya, enseguida.

Porque es urgente. En cuanto Peter se entere de que ha dicho que no, responderá, y no precisamente con palabras.

—No he traído mi coche —dice Tony.

—Llévate el mío.

JIMMY MAC ACERCA a Danny al Gloc.

Danny no lleva el bastón cuando entra en el pub. Cojea un poco, pero por lo demás nadie diría que Steve Giordo le pegó un tiro.

En el barrio todo el mundo lo sabe, aun así. Saben que Danny Ryan hizo de cebo en el golpe contra Liam, que fue una chapuza. Y que su madre ha vuelto a aparecer; que lo ha sacado del marrón en que se había metido, y que su padre agarró una cogorza monumental. Que le dio a la botella con saña, Marty Ryan, como un boxeador dándole a la pera de entrenar.

—Te espero aquí fuera —dice Jimmy.

El Gloc está decorado para Navidad. Hasta donde puede estarlo, por lo menos. Un árbol raquítico y falso con algunas bombillas y un poco de espumillón que parece de tiempos de la Segunda Guerra Mundial. En los altavoces suena una versión chirriante del «Santa Claus is coming to town» tocada por una banda irlandesa. Menuda ocurrencia, piensa Danny.

John y Pat están en la sala de atrás.

Pat se acerca y le da un abrazo.

—Siento no haber ido a verte más.

—Pat, tenemos que hablar.

Van al reservado y Danny le habla del posible acuerdo con Sal.

—¿Has hecho eso por tu cuenta? —pregunta Pat—. Preferiría que me hubieras consultado primero.

—¿Tengo que consultarte, Pat? —Danny sabe que debería haberlo hecho, y antes lo habría hecho. Pero ahora no quiere que nadie mande en él; es lo que tiene que te peguen un tiro.

—En una cosa así, sí.

—Es una oportunidad de poner fin a esto, de darle carpetazo. Si Sal y su gente se nos unen, Peter tendrá que pedir la paz, sobre todo si Pasco ya no lo respalda.

—Ya se ha reconciliado con Pasco.

—Pero no con Sal —responde Danny—. Podemos ponerle fin a esta guerra, Pat.

Parar el derramamiento de sangre.

Pat menea la cabeza.

—Los italianos son como son. Al final, solo creen en el parentesco. Al final, siempre se apoyan unos a otros. De todos modos, ya es tarde. Olvídate de Sal Antonucci.

—¿Por qué dices eso?

—Por nada que te importe.

—¿Por nada que me importe? —pregunta Danny.

Joder, tío, me pegaron un tiro por ti. ¿Y ahora no pinto nada? ¿Por qué? ¿Porque no me apellido Murphy?

—Solo intento protegerte, Danny. Si no sabes nada, no puedes declarar. Y así no hay riesgo de que te imputen.

—O sea, que no te fías de mí.

—Me fío de ti. Eres mi hermano. Pero esto de Sal… Ojalá no lo hubieras hecho. El asunto ya está en marcha.

—Le hice una oferta, Pat.

—Pues no deberías habérsela hecho. Pareces cansado, Danny. Deberías cuidarte. Vete a casa a descansar.

Me está despachando, piensa Danny.

Me ha echado de la sala de atrás.

—Vámonos —dice Danny.

Jimmy deja su cerveza sobre la barra.

—¿Pasa algo?

—No, nada.

Salen a la calle.

El coche se les acerca a toda velocidad. Aparece rugiendo por la calle y Danny no vacila. No se para a pensar, ni intenta ver quién va al volante, solo saca la pistola y vacía el cargador contra el parabrisas. El coche derrapa y se estrella contra la trasera de una furgoneta de reparto aparcada junto a la acera.

Danny y Jimmy salen de allí a toda hostia.

Desmontan la pistola y van tirando los pedazos al río, a un contenedor, a una cuneta.

SAL MIRA POR la ventana, ve acercarse a Tony al coche.

Qué hermoso es, piensa.

Hermoso de cojones. Como un caballo de carreras noble, elegante, de musculatura poderosa, orgulloso de su fuerza.

Tony abre la puerta y monta delante. Mira por la ventana, ve a Sal y sonríe, contento de saberse observado. Tiene los dientes blancos como nieve nueva. Gira la llave.

El coche estalla en llamas.

Sal ve que Tony abre la puerta y se precipita fuera dando alaridos. Arde, agitando los brazos delante de sí como un ciego. Da dos pasos, gira y cae.

• • •

RESULTA IRÓNICO QUE Tony dijera siempre que quería que lo incineraran cuando le llegase su hora, y aunque nadie se atreva a decirlo delante de Sal, lo chistoso del caso es que lo ha conseguido; vaya que sí. Total, que meten sus restos en una urna y celebran una misa y un convite que paga Sal, pero Sal está inconsolable.

Peter se alegra de que Pat Murphy haya conseguido lo que él no pudo conseguir: que Sal vuelva con los Moretti.

Aunque no enseguida.

Cae en una depresión profunda, cierra la puerta de su despacho y se niega a salir.

Peter Moretti va a verlo en persona con un maletín lleno de dinero —la «contribución» por el trabajo de Manchester—, pero Sal se niega a recibirlo. Peter le deja el dinero a su mujer y se va.

—¿COCHES BOMBA? —GRITA Danny en la sala de atrás del Gloc—. ¿A eso nos dedicamos ahora? ¡Por Dios, Pat! ¿Y si su mujer y sus hijos hubieran estado en el coche?

—Pero no estaban —contesta Pat, aunque sabe que ha llevado las cosas demasiado lejos.

Danny está furioso. Sal se había quedado al margen de la guerra, incluso estaba dispuesto a ponerse de su parte, y ahora no hay duda de que volverá con los Moretti. Putos irlandeses, siempre ansiosos de la próxima derrota. Siempre poniéndonos nosotros mismos las zancadillas.

Es como ese viejo refrán que dice: «Si lloviera sopa, los irlandeses saldrían a la calle con tenedores».

Tal cual.

Danny lo pensará a menudo durante los años siguientes. Se preguntará muchas veces ¿qué habría pasado si...? ¿Si Tony hubiera tenido su coche? ¿Y si él hubiera convencido a Pat de que se sentara a hablar con Sal?

Pero nada de eso ocurre.

Putadas que te hace Dios.

LOS DOS POLICÍAS paran a Danny y lo meten en el asiento trasero de un coche sin distintivos. Viola se sienta a su lado y pregunta:

—¿Qué sabes del coche bomba?

—Nada.

—El mismo Danny Ryan de siempre —comenta O'Neill desde el asiento del conductor—. Nunca sabe nada. Supongo que tampoco sabes nada de esos dos tipos a los que frieron a balazos en un coche el otro día. Los hermanos De Salvo.

Solo sé que ellos intentaron matarme primero, se dice Danny, pero no contesta.

—Tony Romano se achicharró vivo —dice Viola, enfadado—. Y han sido ustedes, pedazo de animales.

—Yo no sé nada de eso.

—En la silla eléctrica también te achicharras vivo —añade Viola—. ¿Lo sabías? Me encantaría sentarte en ella. Joder, yo mismo pulsaría el interruptor.

—¿Hemos terminado?

—Solo por ahora.

Danny abre la puerta y sale.

LLAMA PASCO.

Danny se lleva una sorpresa cuando suena el teléfono y oye la voz del viejo.

—Por Dios, Danny, ¿qué coño está pasando ahí?

—No lo sé, Pasco.

—Esto no puede seguir así. ¿Un coche bomba? ¿Te das cuenta de la que nos va a caer encima? Y no puedo hacer nada por evitarlo.

Danny lo sabe.

Una cosa es que se carguen a alguien a tiros. Eso la gente lo tiene casi asumido. Pero ¿coches bomba? ¿Explosiones que podrían afectar a gente inocente? Eso es otra historia. Es la movida de Irlanda del Norte, y la opinión pública no va a pasar por ahí.

—No quiero saber quién ha sido —dice Pasco.

Todo el mundo sabe quién ha sido, piensa Danny.

—¿Sabes cómo va a reaccionar Sal? —pregunta Pasco—. Se va a volver loco, y no podemos permitirlo. Hay que frenar esto.

Ya, ¿y cómo vamos a hacerlo?, se pregunta Danny.

Pasco se lo dice.

—Lo que quiero que hagas es ir a ver a Sal y decirle que los Murphy y tú no han tenido nada que ver.

—No se lo va a creer.

—Pues miente con toda tu boca. Procura que te crea.

—Es más probable que me pegue un tiro.

—¿Tienes miedo, Danny?

Pues claro que tengo miedo. Tú sabes cómo es Sal. Cuando se le cruzan los cables, es capaz de matar a todo el que se le ponga por delante. Y no quiero que me mate a mí.

—Tú eres el único de tu bando que puede hablar con él —insiste Pasco—. Sal te respeta.

—Me odia.

—Pero te respeta. Espero que el hijo de Marty Ryan haga lo que le pido.

Y no hay más que hablar. Lo que Pasco Ferri espera, se cumple.

Así que Danny va en coche a Narragansett, aparca en la calle, un poco más abajo de la casa de Sal, y espera. Dicen que Sal está encerrado llorando su pena, pero tarde o temprano tendrá que salir.

Primero cae la niebla.

Cuando la bruma viene del mar, a veces llega de repente. Tan pronto está despejado el atardecer como un manto de plata lo cubre todo. La temperatura cae igual de deprisa y, cuando Danny ve que Sal sale de casa llevando algo bajo el brazo, hace frío y hay una niebla espesa.

Deja que se adelante un poco, luego sale del coche y lo sigue tres manzanas, en dirección al mar.

Un malecón recorre casi toda la playa de Narragansett. El paseo marítimo discurre paralelo al dique. En verano bulle de gente, pero ahora, con el frío y la niebla, está desierto. Solo Sal camina por él.

Va en dirección contraria a las Torres, lo único que queda del casino que se levantaba aquí en la década de 1880, cuando Narragansett era una próspera localidad turística frecuentada por los ricachones de Nueva York.

Las dos torres, rematadas por sendos conos puntiagudos de tejas negras, se alzan cada una a un lado de Ocean Road. Una pasarela en forma de arco, con una linterna abovedada, cruza la carretera. En noches despejadas, las Torres se distinguen con toda claridad. Ahora, en cambio, Danny apenas alcanza a verlas entre la niebla.

Sigue a Sal, que parece no darse cuenta de nada.

Aunque Danny lo duda. Antonucci sabe que tiene pintada una diana en la espalda; sabe que esquivó la muerte por los pelos aquel día, cuando estalló el coche bomba. Con una mano sostiene el fardo que lleva; la otra la tiene metida en el bolsillo de la chaqueta, y Danny da por sentado que empuña una pistola.

Sigue caminando en dirección al Monahan's, un chiringuito de playa, cerrado ahora, que se alza en la base de lo que antiguamente era el muelle de Narragansett.

Danny palpa la pistola que lleva en el bolsillo de su chaqueta, acorta la distancia, lo llama.

—¡Sal!

Antonucci se para, da media vuelta y atisba entre la niebla.

—¿Ryan?

Danny levanta las manos.

—¡Vengo en son de paz, Sal!

—¡En son de paz! ¡Y una mierda!

—¡Solo quiero hablar!

—Aléjate de mí o te vuelo la cabeza.

—No fuimos nosotros, Sal —dice Danny—. Te juro por Dios que no tuvimos nada que…

—¡Mentiroso hijo de puta! —Se saca la pistola del bolsillo y le apunta con ella.

Danny echa a correr.

Si esto fuera una película, contestaría algo ingenioso o sacaría la pistola y se liaría a tiros, pero es la vida real (o la muerte, mejor dicho), y Danny echa a correr tan rápido como se lo permite su cadera.

Tiene un arma apuntándole a la cabeza, amenazando con dar en el blanco, y siente las piernas tan rígidas y pesadas como postes de teléfono. Oye entonces la detonación y nota una ráfaga de aire cuando la bala pasa silbando junto a su cráneo.

No cree que Sal vaya a fallar otra vez: el asesino que lleva dentro le calmará los nervios y la próxima vez que dispare le dará de lleno en la espalda, así que Danny salta el malecón, se arroja a las rocas, metro y medio más abajo. Resbala y está a punto de caer por las piedras cubiertas de algas, pero los dioses del mar están de su parte y le conceden que la marea esté baja. Agachándose, se pega a la pared del malecón.

Puede que sean imaginaciones suyas o puede que de verdad oiga los pasos de Sal acechándole. El corazón le late tan fuerte que siente que va a delatarle, pero su cabeza sabe que las olas, que se estrellan contras las rocas un poco más lejos, mar adentro, hacen más ruido.

Aun así, si Sal lo ve, puede darse por muerto, atrapado entre el mar y la pared.

Como cualquier poblador de Rhode Island, Danny ha maldecido hora tras hora la niebla. Muchas veces se desorientó en su sopa espesa mientras faenaba, temiendo que el barco se estrellara contra los rocas, y dio gracias al cielo por que los faros de Point Judith y Beavertail horadaran la niebla y lo condujeran de vuelta a casa. Y ha habido veces en que, yendo por la autovía de noche o, peor aún, por una carretera comarcal cerca de la costa, ha tenido que bajar la ventanilla para seguir con la vista la línea amarilla del arcén y no salirse de la calzada.

Ahora, sin embargo, da gracias al cielo porque la maldita niebla venga del mar.

Agazapado en su escondite, oye gritar a Sal:

—¡Que te jodan, Ryan! ¡Que los jodan a todos! ¿Me oyes?

Danny le oye, pero no siente la tentación de responder, ni para hacerle saber que ha entendido, ni para lanzarle un desafío.

El mar le ha salvado la vida. No va a rechazar esa dádiva.

Espera media hora larga y luego, por fin, trepa por la pared. Cuando mira a un lado y a otro del malecón, no ve a Sal.

Vuelve al coche chapoteando con los zapatos empapados y regresa a casa.

CON LA URNA de las cenizas de Tony bajo el brazo, Sal baja hasta la escollera donde antes se alzaba el muelle de Narragansett. Destapa la urna, tira las cenizas al viento que sopla del mar y luego se arroja tras ellas.

Sal Antonucci salta desde las rocas allí donde casi todos los veranos se ahoga algún turista incauto, se tira al mar revuelto porque quiere morir.

En invierno no hay ni un alma por allí, nadie lo ve saltar. El agua está mortalmente fría; el mar, hambriento, tiende los brazos y se apodera de él. Sal forcejea con las olas cuando cambia de idea y resuelve que quiere vivir, pero ahora es el mar quien decide, no él.

El mar solo devuelve lo que no quiere.

Lo arroja hacia atrás y se agarra a las rocas resbaladizas, hasta que reúne fuerzas para encaramarse a ellas.

Ha decidido que merece la pena vivir para matar a Pat Murphy.

Y después a Liam Murphy.

Y por último a Danny Ryan.

—TIENES QUE IRTE de la ciudad —le dice Danny a Pat.

Pero Pat no quiere irse, ni aunque John, su madre y hasta Sheila le suplican que se vaya. Que se marche a New Hampshire, a Vermont o a Florida, a cualquier sitio con tal de que abandone Dogtown. Pero Pat, el capitán del equipo de fútbol, del equipo de hockey, del equipo de baloncesto, Pat el campeón nato, no quiere irse a ninguna parte.

—Entonces, escóndete —le pide Danny.

Mantente alerta, no bajes la guardia ni un segundo.

Eso le dice, a pesar de que sabe que no va a servir de nada.

Pat busca ya la muerte.

Lleva el martirio en la sangre, como todos los irlandeses. Caminan hacia la muerte como si fuera una mujer hermosa.

PAM VA A abrir la puerta.

—¿Y el inútil de tu marido? —pregunta Pat.

Ella señala con la barbilla hacia el fondo de la casa.

—En el dormitorio.

El cabronazo de Liam, piensa Pat, escondiéndose todavía. Pues se le va a acabar.

—Sé lo que piensas de mí —dice Pam.

—¿Sí?

—Lo mismo que pienso yo. Que soy una puta.

—Yo nunca he dicho eso.

—No, lo he dicho yo. Soy una puta, soy la zorra que ha provocado todo esto. Ojalá nunca hubiera venido. Ojalá no hubiera conocido a Liam.

Sí, ojalá, piensa Pat. Eso pensamos todos.

—¿Quieres pasar? —pregunta ella.

Liam sale del dormitorio abrochándose el cinturón, descalzo, con el pelo alborotado y barba de varios días.

—¿A qué debo este honor? —dice al ver a su hermano.

—Que te jodan.

—Qué más quisiera yo. —Liam le lanza una mirada a Pam y sonríe burlón. Se acerca a la encimera de la cocina, recoge un vaso sucio, se sirve dos dedos de whisky y le ofrece el vaso a Pat—. *Sláinte*.

Pat no está de humor.

—Tú empezaste todo esto, hermanito. Ya va siendo hora de que des la cara.

—Tiene gracia —contesta Liam—. Mi querida mujercita me estaba diciendo lo mismo hace un momento.

—Sal va a volver a la guerra, seguro. Se pondrá de parte de los Moretti. Nos vendría bien tener más hombres sobre el terreno, y a los chicos les levantará el ánimo verte en primera línea.

—Tú eres el comandante en jefe. Dime dónde tengo que ir y allí estaré.

—Podrías empezar por dejarte ver por el Gloc.

—Claro. —Liam se bebe el whisky de un trago—. Me calzo, recojo mis cosas y voy para allá ahora mismo.

—Aféitate primero.

—Sí, mi capitán. —Hace un saludo militar, deja el vaso, agita la mano al alejarse y vuelve a entrar en el dormitorio.

—¿Te apetece tomar una copa o algo? —pregunta Pam.

—No, gracias. Tengo que ir a ver a mi mujer. Métele prisa, ¿vale? No dejes que vuelva a la cama.

—¿Quieres que le diga que no volveré a acostarme con él a no ser que salga y finja ser un hombre? ¿Como una especie de Lisístrata, pero al contrario?

—No sé qué quieres decir con eso.

—Es igual. Oye, Pat... Por si sirve de algo, lo siento.

—Sí, ya.

Todos lo sentimos.

¿Y qué?

Sheila no está en casa cuando llega. Hay una nota en la mesa de la cocina. Dice que se ha ido a comprar y se ha llevado al niño. Pat se dispone a ir a buscarla, pero al salir la ve subir por la calle empujando el carrito del bebé.

Pat estira los brazos para levantar a su hijo.

El crío se pone a berrear tan fuerte que da risa, y Pat y Sheila se echan a reír.

—No te conoce —dice ella.

—Últimamente casi no paro por casa. —Pat le devuelve al niño.

Sheila no le contradice. Sostiene al bebé contra su pecho, le hace unos mimos y el llanto cesa.

—Esto acabará pronto —afirma Pat.

Ve que a ella se le llenan los ojos de lágrimas. Sheila, tan fuerte ella, tan dura, tan curtida. Todo esto la está minando.

Y entonces, de repente, dice:

—Vámonos, Pat. Marchémonos de aquí.

—No puedo, Sheel. Tengo que pensar en los chicos.

—¿Te importan más ellos que tu familia? ¿Que tu mujer? Si no lo haces por mí, hazlo por tu hijo. ¿Quieres que Johnny crezca sin su padre?

—No, claro que no.

—¿Entonces?

—No va a pasarme nada.

—¿Por qué? ¿Es que eres invulnerable? ¿Eres el Hombre de Acero, capaz de saltar edificios de un brinco...?

—Para ya.

—No, para tú. Antes de que sea demasiado tarde.

—Es lo que intento.

—No, lo que intentas es que esto continúe —replica Sheila—. Si ellos matan a uno de los nuestros, nosotros nos tomamos la revancha... No quiero quedarme viuda, Pat. No quiero criar sola a nuestro hijo.

—Eso no va a pasar.

—Pues vámonos —insiste ella—. Subimos arriba, metemos unas cuantas cosas en el coche y nos marchamos de este lugar.

—No es tan sencillo.

—Es exactamente así de sencillo. —Le corren lágrimas por la cara.

A él le cuesta mirarla.

—Sheila, tengo que irme...

—Pues vete, anda. Vete con tus chicos.

—No te enfades, ¿vale?

—Márchate.

—Te quiero.

—¿Sí? —Acerca el carro a la escalera de entrada y empieza a sacar las bolsas de la compra.

—Deja, ya las subo yo.

—Puedo hacerlo sola.

—Ya sé que puedes, pero...

—¡Vete!

Pat se aleja.

DANNY LLEVA APENAS cinco minutos en la calle cuando el coche de Jardine aparece detrás de él. El federal baja la ventanilla y dice:

—Sube.

—¿Estás loco? Me van a ver contigo. —Danny sigue andando.

—Sube —insiste Jardine—. ¿O quieres que vayamos a mi oficina?

Danny sube al coche.

—Arranca. Y vamos lejos.

Jardine obedece: sale a la 95 y cruza el puente rojo hacia Fox Point, un barrio poblado casi por completo por portugueses.

—La han jodido bien convirtiendo a Tony en la antorcha olímpica —comenta Jardine.

A Danny le encanta cuando los federales intentan hablar como mafiosos. Creen que así son más de fiar, cuando en realidad solo parecen gilipollas.

—No sé nada sobre ese asunto.

—A mí, que haya un gánster más o menos me la suda. Lo que intento decirte es que te has metido en un lío muy gordo. El avión de Aer Lingus está a punto de estrellarse y yo te estoy ofreciendo un paracaídas.

—Madre mía, ¿te importaría hablar como una persona normal?

—Vale. Dejándome de florituras retóricas, los italianos están muy muy cabreados. Nueva York, Boston, Hartford y hasta Springfield les han dado su apoyo después de lo del coche bomba. Están trayendo tal cantidad de gente que no tienen ninguna posibilidad de igualarlos. Vas a morir, Danny, a no ser que aceptes la mano que te tiendo. ¿Me he expresado con suficiente claridad?

—Sí.

Sabe que tiene razón, el hijoputa.

—Podemos irnos ahora mismo. Pasamos por tu casa, recogemos a Terri... No tenemos ni que parar a poner gasolina. Nos sentamos tú y yo con una grabadora y empiezas una nueva vida.

—No voy a traicionar a mis amigos.

—Pat Murphy es hombre muerto. Y Liam... Liam es un mierda, aunque eso tú lo sabes mejor que yo. En cuanto a Jimmy Mac... ¿Sabes qué te digo? Si me entregas a los Murphy, incluiremos a Jimmy en el trato. Le haremos una oferta irresistible.

—Quieres que delate al padre y al hermano de mi mujer.

—Pregúntale a Terri —contesta Jardine—. Pregúntale si cambiaría a su padre y a su hermano mayor por su marido y su hijo.

—Que te den.

—¿Qué pasa? ¿Es que te da miedo lo que puede contestar?

La verdad es que sí, piensa Danny.

Jardine, que lo intuye, sigue apretándole las tuercas.

—Escúchame, si John Murphy nos entrega a Pasco Ferri, por ejemplo, quizá podamos conseguirle un buen acuerdo.

Sí, ya, piensa Danny. A mucha gente le gustaría quitar a Pasco de en medio.

A Peter Moretti, sin ir más lejos.

—¿Y qué hay de mi padre? —pregunta.

—Lo que hiciera en sus tiempos es agua pasada. No te ofendas, pero a nadie le importa.

—Mi padre no volvería a hablarme si me convirtiera en un soplón

—dice Danny, más para sí mismo que para Jardine—. No volvería a mirarme a la cara.

—Entonces, hazte la misma pregunta. ¿A quién le debes más: a tu mujer y tu hijo o a tu viejo? Por lo que dice tu madre, Marty no se preocupa mucho por ti.

Danny no contesta. ¿Qué va a decir? El tipo tiene razón.

Como cualquier federal, Jardine sabe dosificar la presión. Ahora, el manual manda que siga presionando, que ponga a Ryan contra las cuerdas y lo obligue a tomar una decisión precipitada; que no ceje hasta que vayan a buscar a su mujer embarazada y cierren el trato.

Pero su instinto le dice otra cosa.

Le dice que afloje un poco, que le dé a Ryan un poco de espacio.

—Mira, piénsatelo —dice—. Pero no tardes mucho. No tienes tiempo. Y no voy a hacerle la misma oferta a tu viuda. ¿Dónde quieres que te deje?

Danny contesta que en Point Street.

Hay una larga caminata desde allí hasta su casa, pero necesita tiempo para pensar.

Todo lo que ha dicho Jardine es cierto.

Los italianos van a matar a Pat, se dice. Van a matar a Liam y a Murphy padre, luego matarán a Jimmy y después a mí.

La cuestión no es si lo harán, sino cuándo.

A no ser que haga algo para impedirlo.

Sí, ya, pero ¿qué?

A los Moretti no puedo recurrir, aunque quisiera. No van a volver a confiar en mí, y es lógico.

Puedo llevar a Terri y marcharme, pero entonces estará lejos de su familia cuando dé a luz. Y, aunque ella quisiera acompañarme, los federales me encontrarían.

O puedo aceptar la mano que me tiende Jardine.

Convertirme en un puto chivato.

En un informante, la maldición de los irlandeses.

En un hombre que traiciona a sus amigos.

No hay nada más ruin.

Sí, sí que lo hay, piensa: un hombre que no cuida de su mujer y su hijo.

PAT MURPHY ESTÁ sentado en el Gloc, bebiendo solo.

El cabrito de Liam no se ha presentado.

Sus chicos querían quedarse, pero los ha echado a patadas. Tiene mal beber. Se acaba el último trago, cierra el bar y sale. Ni siquiera ve el coche cuando, ahíto de whisky y remordimientos, echa a andar arrastrando los pies por Eddy Street.

Sal debía de estar esperándolo.

No usa una bomba ni una pistola, sino el pedal del acelerador de un Caddy robado. Lo pisa a fondo y se va derecho hacia Pat, que levanta la vista en el último instante y alcanza a sacarse del bolsillo la 38, pero no tiene tiempo de disparar. Antes de que lo haga, Sal se lo lleva por delante.

Luego da marcha atrás y vuelve a pasarle por encima, una y otra vez, y otra más. Por fin arranca a toda velocidad, con el cadáver de Pat trabado bajo el cárter del aceite y así sigue varias manzanas, hasta que por fin se da cuenta de que lo lleva arrastrando.

Sale de golpe de la ira que le nubla la mente, piensa un poco en lo que le conviene, se apea, mete lo queda de Pat Murphy en el maletero y se aleja.

Dejando trozos de Pat dispersos por Eddy Street.

• • •

A DANNY SE le quitan las ganas de todo.

La gente clama venganza y espera que sean él y sus hombres quienes se la cobren. Pero Danny dice que no. Todavía no: no se siente con fuerzas. Cualquiera pensaría que el asesinato brutal de su mejor amigo le haría hervir la sangre, pero llega un punto en que ya no puedes más y todo te la suda.

Se te rompe el corazón, lo tienes roto.

Liam, claro, se empeña en que se tomen la revancha y se pasea por el Gloc jactándose de cómo va a vengarse por lo que le han hecho a su hermano. No cierra el pico hasta que Danny le dice:

—No puedes matar a Sal.

—¿Por qué? —pregunta con aspereza.

Porque no puedes, piensa Danny. Porque Sal te da mil vueltas y porque hablas mucho pero a la hora de la verdad no tienes huevos. Pero dice:

—Porque muerto no podrá decirnos dónde está el cadáver de Pat, ¿no?

Lo habrá tirado en algún sitio, por supuesto, y no va a decirlo porque eso equivaldría a confesar un asesinato. La madre de Pat está hundida, como es lógico, pero el no poder enterrar a su hijo, el no poder hacerle un funeral como dios manda, la acongoja especialmente. Hasta que lo haga, no podrá…, ¿cómo se dice? Cerrar su duelo.

—¡Ni que fuera a decírnoslo, de todas formas! —grita Liam.

Sentada a la mesa, muy pálida, Pam lo mira fijamente, y Danny se pregunta qué está pensando, qué siente. Cassie se ha sentado junto a la barra y, con la mirada fija en el espejo, libra aún su batalla contra el alcohol, bebiendo a sorbitos una Coca-Cola light.

—Eso no lo sabemos —replica Danny.

—Claro que lo sabemos —responde Liam—. ¿Por qué iba a decírnoslo?

Porque se lo pida Pasco Ferri, solo por eso, se dice Danny.

No que se lo diga a la policía, claro, eso nunca, aunque la policía haya salido ya a decir que los principales sospechosos del asesinato son dos varones negros que al parecer iban drogados. Pero quizá Pasco esté dispuesto a persuadir a Sal de que se lo diga a él.

MARTY SE ENCARGA de llamar a su viejo amigo.

—¿Cómo han podido desmandarse así las cosas? —pregunta Pasco.

—Pasco, ¿puedes echarnos una mano?

Pasco llama a Sal.

Al principio, él lo niega todo.

—No sé de qué me hablas. Ojo, que no digo que no me alegre de que hayan matado a ese cabrón, pero tengo entendido que han sido unos negros.

—No somos animales —contesta Pasco—. Solo quieren enterrar a su hijo.

—Mucha gente quiere cosas y no las consigue. Yo quería una casa. Quería que mi amigo estuviera vivo. Tiene cojones que los Murphy vengan ahora a pedirme algo, a mí...

—Soy yo quien te lo está pidiendo, Sal.

Pasco Ferri no está acostumbrado a pedir las cosas dos veces, y Sal ya no tiene ganas de morir. Sabe que tiene que hacer lo que le pide Pasco, pero necesita salvar las apariencias, así que pone una condición.

—Si John Murphy viene a verme, si me lo pide él en persona, puede que le diga algunas cosas que he oído.

•   •   •

—¡Y UNA MIERDA! —grita Liam cuando se entera de lo que exige Sal—. Yo digo que lo secuestremos, que lo llevemos a un almacén y le conectemos unos cables de batería a los huevos y se los friamos hasta que nos diga dónde está Pat. Y luego que lo matemos.

A Danny le dan ganas de agarrarlo del cuello, de tirarlo al suelo y molerlo a hostias. Esto es culpa tuya desde el principio, cabrón, piensa. ¡Es culpa tuya!

—¿Eso es lo que crees que deberíamos hacer, Liam? —dice John—. Y, si me permites que te lo pregunte, ¿cómo vamos a hacerlo? ¿Cómo vamos a secuestrar a Sal?

Liam no sabe qué contestar.

—Mientras tanto —continúa su padre—, tu hermano se está pudriendo en algún sitio y nosotros no podemos enterrarlo como es debido.

—Pero, en cuanto enterremos a Pat —dice Liam—, me cargo a ese hijo de puta.

—Hazlo —dice su padre—. Si te digo la verdad, hijo, ya va siendo hora de que hagas algo.

ASÍ QUE JOHN Murphy va. Se presenta en casa de Sal y llama al timbre como si fuera un vendedor a domicilio. Cuando Sal abre la puerta, le dice:

—Gracias por recibirme.

Antonucci no contesta.

—Mi mujer no puede dormir —añade John—. Tiene sueños.

Sal también los tiene. Anoche soñó que Tony le decía que tenía que contar dónde estaba el cadáver de Pat Murphy. Que ninguno de los dos podría descansar hasta que lo hiciera. Se despertó sudando y llorando, y ahora aquí está John Murphy, en su puerta.

—No lo sé con seguridad, claro, ¿cómo voy a saberlo? Pero he oído rumores.

Le dice dónde ha oído que puede estar Pat.

—Pero esto no significa que estemos en paz —añade.

—Solo quiero enterrar a mi hijo como es debido —responde John.

Sal se limita a asentir con la cabeza y cierra la puerta.

JOHN MANDA A Danny, y Danny no puede evitar preguntarse por qué a él y no a Liam, por qué no manda a Liam a buscar el cadáver de su hermano, cuando la culpa de que hayan matado a Pat la tiene él, él y sus mierdas. Pero ya sabe la respuesta: sabe que nadie va a pedirle al niño bonito de Liam que haga algo tan difícil, ni que asuma su responsabilidad. Y Danny no va a preguntárselo a John porque bastante pena tiene ya el hombre.

¿Qué se puede decir, piensa, cuando John se ha comido su orgullo y ha ido en persona a ver a Sal Antonucci, cuando ha agachado la cabeza y ha ido a preguntarle al asesino de su hijo qué hizo con el cadáver? Hay que tener arrestos para hacer algo así. ¿Y cómo te afecta eso? ¿Cómo afecta a un hombre mayor que acaba de perder a su hijo? Danny está pasmado. Anonadado. Por fin entiende por qué es Murphy quien manda en los muelles y no su padre. Hace falta un hombre fuerte, fuerte de verdad, para hacer lo que ha hecho él.

Así que no le pregunta por lo de Liam, sino que se pasa a buscar a Jimmy Mac, porque sabe que su amigo querrá hacer esto por Pat.

Van por la noche, como le prometió John a Sal, a pesar de que les costará mucho más dar con la tumba. Mientras van por la carretera de Plainfield Pike en una furgoneta vieja, Jimmy pregunta:

—¿Alguna vez has pensado que tendríamos que hacer un viaje así?

—No, ni en sueños.

—Tenemos que matar a ese tío.

—Pero lo primero es lo primero, ¿no?

Y lo primero es enterrar a Pat. O, mejor dicho, desenterrarlo y darle sepultura como Dios manda. Aguantar el calvario que van a ser el funeral y el convite, y luego, quizá, pensar en matar a Antonucci.

Si no nos mata él primero, que seguro que lo intentará.

La tregua solo durará hasta que acabe el convite.

A la mañana siguiente, la guerra empezará otra vez y tendremos suerte si sobrevivimos, y no digamos ya si conseguimos matar a Sal.

Pero lo primero es lo primero.

Hay que encontrar a Pat.

La ruta que siguen los lleva entre bosques y luego por el viaducto que cruza la parte este del embalse de Scituate. Sal dijo que «había oído rumores» de que el cuerpo estaba cerca de un carril de bomberos, antes de que la carretera vuelva a bordear el embalse, a unos cien metros al sur de la calzada, a la derecha. Habrá unos pinos muertos y después otros vivos.

El cadáver está al pie del primer pino vivo.

Jimmy toma el carril de bomberos y va hasta los pinos muertos. Salen de la furgoneta y encienden las linternas.

—¿No había un sitio más horrible? —pregunta Jimmy.

Danny apunta con la linterna hacia el suelo, delante de él, y se acerca al primer árbol vivo que ve. Efectivamente, hay un trozo de tierra removida, tapado con pinochas a puntapiés.

—¡Trae las palas! —le grita a Jimmy.

Jimmy trae las palas y le da una, y Danny hinca la hoja en la tierra blanda, apoya el pie derecho en ella y empuja.

Siente que la pala choca contra algo duro y levanta la tierra.

Jimmy alumbra con la linterna y Danny ve que la pala ha chocado con la cabeza de Pat.

O con lo que queda de ella.

Tiene arrancados el pelo y casi toda la piel del lado derecho del cráneo, y la cuenca del ojo vacía.

Danny suelta la pala, da media vuelta, se inclina y vomita. Oye gemir a Jimmy:

—Ay, joder, joder, ay...

Luego oye sus arcadas. Limpiándose la boca con la manga, se vuelve y dice:

—Cuanto antes acabemos, mejor.

Cavan con todo el cuidado que pueden hasta dejar al descubierto el cadáver en su tumba casi a ras de suelo. Está en posición fetal; tiene casi toda la ropa arrancada y las piernas en carne viva, cubiertas de sangre reseca y tierra. El pie derecho cuelga de un solo tendón, y aún tiene los dedos de las manos cerrados como si intentara aferrarse a algo.

A la vida, quizá, piensa Danny.

Tienden en el suelo una manta vieja del ejército, ponen el cadáver de Pat encima, lo envuelven bien apretado, lo llevan a la furgoneta y lo meten en la parte de atrás.

Danny cierra el portón y vuelve a vomitar.

La última carrera de Patdannyjimmy los lleva a través de los bosques, de vuelta a Providence.

CUANDO APARCAN. CASSIE está esperando frente a la entrada de la funeraria Marley.

Danny ve que entra a avisar de que han llegado, al distinguir la furgoneta. Sabe que la familia está esperando y le dan ganas de decirle a Jimmy que siga adelante, que no pare, porque va a ser espantoso.

—¿Preparado? —le pregunta a Jimmy.

—No.

—Yo tampoco.

Sale de la furgoneta y, cuando entra en la funeraria, la familia al completo está allí: Terri, John, Catherine, Cassie y Sheila, que se obliga a mirarlo cuando cruza la puerta.

Danny le hace un gesto afirmativo con la cabeza.

Hasta Pam está allí, con Liam, que se pone en plan gallito. Se levanta de la silla y pregunta:

—¿Has encontrado a mi hermano?

—He hecho lo que tendrías que haber hecho tú, si es eso lo que me estás preguntando. —Danny lo aparta y se acerca a Sheila. Ella se levanta cuando le dice—: Es mejor que no lo veas, Sheila, de verdad.

—Es mi marido.

—Recuérdalo como era.

Oye que Cassie ahoga un gemido cuando Jimmy y dos operarios de la funeraria entran llevando a Pat.

Por si no bastara con eso, el grito de Catherine al ver el cadáver de su hijo envuelto en una manta es el sonido más horrible que Danny ha oído en su vida.

Nunca lo olvidará.

Intentan llevar el cadáver de Pat al ascensor para bajarlo al sótano y prepararlo para el entierro, pero Catherine se pone en medio, agarra la manta y trata de arrancarla para ver a su hijo. John hace intento de apartarla, pero no tiene fuerzas y enseguida se da por vencido, agacha la cabeza y se lleva la mano al puente de la nariz.

Es Cassie quien aparta a Catherine del cuerpo de su hijo, quien la sostiene y no permite que caiga de rodillas, quien la abraza con fuerza mientras solloza y grita y le da puñetazos en los hombros.

Sheila pasa junto a Danny, se acerca, toca la manta hasta encontrar la cabeza de Pat y la acaricia por encima de la tela.

—Mi marido…

Entonces se derrumba.

Danny la abraza.

EL VELATORIO ES un espanto.

El ataúd está cerrado, porque ni los operarios de Marley han conseguido remendar el cadáver para dejarlo presentable.

Danny se alegra, en el fondo: no quería pasar dos días allí sentado a ratos, viendo una cara cerosa y maquillada; presuntamente, la cara de su mejor amigo. Bastante deprimente es ya el puñetero ataúd de roble barnizado, con el rosario puesto encima.

Igual que es deprimente el goteo constante de visitas que acuden obedientemente y pasan unos instantes en silencio frente al ataúd y se acercan luego a dar el pésame a la familia, que aguarda sentada. Después, se dirigen a la fila trasera de sillas plegables y allí se sientan un rato, el que consideran adecuado para cumplir con su obligación antes de que les esté permitido escapar.

Eso querría Danny también: escapar.

El segundo día de velatorio, está volviendo del baño cuando se encuentra con Liam en el pasillo. Nota cómo le huele el aliento a alcohol cuando dice:

—Sé lo que estás pensando.

—¿Ah, sí? ¿Y qué estoy pensando?

—Que debería haber sido yo —contesta Liam como si arrojara el guante al suelo.

Danny no está de humor para gilipolleces.

—Pues sí, deberías haber sido tú.

—Vaya, por fin estamos de acuerdo en algo —replica Liam, y pasa a su lado dándole un empujón.

Jimmy los ha visto hablar desde el fondo del pasillo.

—Debimos acabar con él cuando tuvimos oportunidad.

—Ojalá me hubiera atrevido —contesta Danny.

Vuelve a la sala para sentarse junto a Terri.

—¿Qué te ha dicho Liam?

—Nada importante.

—¿El qué?

—Que ojalá hubiera sido él, en vez de Pat.

—Sí, ojalá.

El tiempo no pasa despacio para Danny; no pasa en absoluto.

Le desbordan los recuerdos.

Pat y él comiendo tostadas con mantequilla y azúcar. Pat, Jimmy y él leyendo cómics de Superman, cómics de Batman, y construyendo coches en miniatura. Una vez, jugando en una obra, encontraron una piedra que pensaban que contenía oro y creyeron que iban a hacerse ricos y estuvieron horas fantaseando con las cosas que comprarían —coches, casas nuevas para sus padres, un avión privado—, hasta que tuvieron que reconocer que sabían que no era oro de verdad, y aun así se pusieron tristes y volvieron a casa apesadumbrados. O cuando a Pat su tía le regaló un cazamariposas por su cumpleaños y fueron a cazar mariposas y Pat atrapó una monarca pero no tuvo valor para disecarla. O, cuando siendo un poco más mayores, subían a escondidas a la habitación del padre de Jimmy y sacaban sus *Playboys* de debajo de la cama. O aquella vez que Pat se puso detrás de la vieja mosquitera del armario de arriba y fingió que era un cura y que los confesaba, advirtiéndolos, eso sí, de que tenía que ser todo inventado o sería un sacrilegio. La primera confesión, la primera comunión, la confirmación... ¡Qué en serio se tomaba esas cosas! Incluso hablaba de hacerse cura, hasta que empezó a salir con Sheila en el instituto y se olvidó del asunto. Una vez, Danny le preguntó qué había pasado con su idea de irse al seminario y Pat se limitó a contestarle: «Tetas». Pat y Sheila,

Jimmy y Angie, Terri y él saliendo todos juntos, yendo al parque de atracciones de Rocky Point, a la playa, a Newport... Una vez fueron al frontón y Angie ganó trescientos dólares, y trataron de convencerla de que se gastara toda esa pasta invitándolos al restaurante Black Pearl, pero no quiso y metió todo el dinero en el banco. O aquella vez que estaban jugando al hockey en una cancha de baloncesto, en la calle, una noche muy calurosa de julio, y había un tío que tenía un palo tan curvo que solo podía tirar hacia arriba y, al lanzar un tiro, le dio a Liam en la boca y Pat soltó los guantes y se lio a golpes con él, y estuvieron peleándose hasta que llegó la policía y los echó de allí. Luego consiguieron que alguien les comprara unas cervezas y se sentaron al raso a bebérselas, se pusieron hielo en las manos magulladas y estuvieron riéndose y comentando la pelea, y Pat siguió cabreado por lo del palo curvo de aquel chico hasta que Danny le dijo que le habían dicho que Peter Moretti también tenía un palo curvo, y entonces Pat se rio por fin. O aquella vez que se pillaron los tres un pedo en el instituto y se metieron en una cabina telefónica a hacer llamadas de broma, pero se quedaron atascados dentro y no podían abrir la puerta, y tuvieron que llamar a Sheila para que fuera a sacarlos, y se partieron de risa cuando llegó y les dijo meneando la cabeza que debería dejarlos allí, que se lo tenían merecido, pero al final abrió la puerta y salieron los tres rodando como latas de conserva y se quedaron allí tirados, en el suelo del aparcamiento, riéndose sin parar. O la primera vez que Pat llevó a Sheila al aparcamiento de la playa y el muy idiota atascó el coche en la arena y tuvo que llamarlos a Jimmy y a él para que lo ayudaran a sacarlo empujando entre los tres, no fuera a ser que se enterara el padre de Sheila.

Danny se acuerda de esas cosas y al mismo tiempo trata de no acordarse del cuerpo desollado de Pat hundido en la tierra.

Sueña con él, sin embargo, la noche antes del entierro, de madrugada, unas horas antes de que vuelvan a darle sepultura. En el sueño, Pat le tiende los brazos como si le dijera: «Ayúdame, sácame de aquí, arráncame de la muerte». Y Danny intenta agarrarlo, pero la mano de Pat se desprende y él se queda con ella agarrada, y vuelve a casa apesadumbrado y deja la mano en la encimera de la cocina y le dice a Terri: es de tu hermano y no hay oro.

Es tan triste el entierro...

Le cuesta tanto afrontarlo que casi no tiene fuerzas para levantarse de la cama esa mañana.

Aun así, va a la playa a recoger a Marty y a Ned y luego vuelve a casa a buscar a Terri, y van juntos al cementerio.

Y allí está Liam, tieso como un palo por la rabia y los remordimientos, y a su lado Pam, que sabe que la gente la culpa de lo ocurrido y quizá se culpa también a sí misma. Cassie, sorprendentemente sobria dadas las circunstancias, consigue acabar la elegía sin echarse a llorar y dice:

—Era el mejor de nosotros y el último.

Típico de ella, hacer poesía de esto.

Típico de ella, estar en lo cierto.

Danny agarra a Marty del brazo para acompañarlo de vuelta al coche y llevarlo al convite, que va a ser tan angustioso como el entierro. Se emborracharán todos y contarán historias tristes sobre Pat, y Marty cantará canciones antiguas. Al echar a andar, Danny ve que Pam está a su lado. Lo mira y dice:

—Pat nunca me dijo una palabra desagradable.

Danny siente que un peso cae sobre sus hombros, siente que el otoño se torna en invierno en ese mismo instante.

Porque se han quedado sin líder.

John seguirá siendo el jefe nominalmente, claro, y puede que Liam intente sucederle, pero no podrá hacerlo, es imposible.

O sea, que solo quedo yo, se dice Danny.

Porque no hay nadie más.

Esto empezó un día de sol en la playa, piensa, y ha terminado cubriendo de tierra fría el ataúd de tu mejor amigo.

Anhela el verano y el sol y sueña con un mar cálido.

TERCERA PARTE

Los últimos días
de Dogtown

Providence
Marzo de 1987

… absortos, ciegos, enajenados, depositamos el
monstruo aciago en los sagrados altos de Troya.

Virgilio
Eneida
Libro II

VEINTICUATRO

PROVIDENCE ES UNA CIUDAD GRIS.

Cielos grises, casas grises, calles grises. Granito gris, tan duro como los peregrinos de Nueva Inglaterra que lo extraían a golpe de pico de las canteras para edificar su ciudad asentada sobre un monte.[*] Gris como el pesimismo que pende en el aire, como la niebla.

Gris como la pena.

Como la pena incesante y gris que siente Danny desde la muerte de Pat. Una tristeza que casi le reviste, como una ropa que se pusiera al levantarse, como si viera el mundo en el televisor en blanco y negro que tenía de niño.

---

[*] Referencia al Sermón de la Montaña («Ustedes son la luz del mundo; una ciudad asentada sobre un monte») y a una célebre homilía que John Winthrop, primer gobernador de la Colonia de la Bahía de Massachusetts, pronunció en 1630 en el barco que conducía a un contingente de colonos puritanos a Norteamérica: «Seremos como una ciudad sobre un monte; los ojos del mundo entero están fijos en nosotros». (N. de la T.)

Ahora, se sube el cuello de la chaqueta de cuero mientras camina hacia el Gloc. Ya no es Danny Ryan el estibador, el cobrador, el matón. Es Danny Ryan el sustituto de Pat, el que tiene que calzarse unos zapatos que le vienen grandes.

Porque alguien tiene que hacerlo y Liam no va a ser, ni de coña.

Liam, el cabrón de Liam, cómo no, quería echarse a la calle y liarse a matar gente. O, mejor dicho, quería que lo hicieran los otros. Porque él no iba a tomar parte en eso en persona, claro. Solo quería pulsar los resortes.

Fue Danny quien le apartó de ese abismo.

—Ahora no podemos devolver el golpe —le dijo.

—¡Han matado a mi hermano, joder!

—Ya lo sé —contestó Danny. También han matado a mi mejor amigo, pensó—. Lo que digo es que ahora mismo no tenemos hombres suficientes para lanzar una ofensiva.

Y él, además, está de luto, por el amor de Dios, tiene el corazón destrozado. Su mujer espera un hijo y también está sufriendo, y él tiene que cuidarla. Y luego están sus suegros. Catherine está rota de dolor y John… John está casi catatónico. Así no puede llevar el negocio, y mucho menos dirigir una guerra.

De modo que le toca a Danny.

Tiene que ser él quien se encargue de llevar el día a día: los muelles, el sindicato, el cobro de los préstamos, los hurtos de mercancías… Todo recae sobre sus hombros. Mil pequeñeces al día, desde asegurarse que se elija a los hombres indicados para cada turno, a ocuparse de que se cobren las deudas, se distribuya el dinero y se entreguen los sobres a los policías y los jueces que todavía les quedan. Tiene que asignar tareas, mediar en disputas, dictar sentencias.

Bernie lo ayuda con las cuentas, y Jimmy se encarga de muchas cosas, pero aun así sigue siendo él quien está al mando.

Quien tiene que dirigir la guerra.

El conflicto, de todos modos, remite durante un tiempo.

En parte, por cansancio.

Ambos bandos están maltrechos y agotados.

Y luego está la opinión pública.

La gente toleraba una guerra entre bandas porque son entretenidas, pero el asesinato brutal de Pat Murphy sobrepasó todos los límites. ¿Que a un tío lo atropellen y lo arrastren por la calle en plena ciudad? ¿Que queden trozos de su cadáver dispersos por el asfalto?

Eso sí que no.

El público está harto.

Los jefes de las grandes familias de Nueva York y Boston, y hasta de Chicago, avisaron de que había que echar el freno, dejarlo correr un tiempo, darse un descanso. No hagan en público cosas que deben hacerse en privado. Procuren que no salgamos en titulares durante un tiempo.

Casi lo mismo que le dijo Pasco a Danny por teléfono:

—Tengo entendido que estás sustituyendo a John hasta que vuelva a encontrarse con fuerzas.

—Estoy echando una mano.

—Necesito que te tomes las cosas con calma, tú ya me entiendes —añadió Pasco—. Hay ciertas personas que están empezando a preocuparse. Esto nos da mala imagen, y hay que tener en cuenta la puta ley RICO y los juicios…

Danny sabía a qué se refería. Los federales estaban arremetiendo contra el crimen organizado sirviéndose de la ley RICO, y todas las familias estaban acusando la presión. Que estallaran coches bomba y se atropellara a gente en la calle no contribuía a mejorar su imagen pública.

—Mensaje recibido —dijo Danny—. Pero ¿y Peter?

—Peter está de acuerdo. Imagino que no aceptarías reunirte con él.

—Eso ya es cosa del pasado.

—Lo mismo me contestó él. Te digo lo mismo que le dije a él: usa la cabeza, sé discreto. Si cierta gente tiene que intervenir en esto, los dos saldrán malparados. *Capisci?*

Danny lo entiende, en efecto: si Nueva York o Boston llegan a la conclusión de que estamos armando demasiado jaleo, tomarán cartas en el asunto. Se harán con el control por la fuerza y lo primero que harán será quitarnos de en medio a Peter y a mí.

De modo que se dan una tregua, una pausa para tomar aliento.

En marzo el tiempo es voluble en esta parte del mundo. Puede llover o nevar, puede haber cellisca, lloviznar o despejarse. Marzo debería marcar el fin del invierno: todo el mundo está harto del frío y quiere que se acabe, pero el mes de marzo suele obsequiarles con una buena borrasca, para joder un poco al personal. Piensa Danny: Conque quieren que llegue la primavera, ¿eh? Pues tomen primavera. Y les echa un quintal de nieve encima.

Que los jodan.

Ahora mismo solo hace viento, un viento frío y húmedo que sopla de la bahía de Narragansett. Danny se alegra de librarse de él al cruzar la puerta del Gloc.

Bobby Bangs, que está ya detrás de la barra, le sirve en el acto un café, lo que da idea de su nuevo estatus.

Jimmy está sentado en un reservado leyendo el *Journal*. Al ver a Danny, se levanta y lo sigue a la sala de atrás. Bernie aparece unos minutos después y se ponen a repasar las tareas cotidianas.

Es casi la hora de comer cuando salen y ven, sentados en un reservado, a dos chavales flacuchos, con vaqueros, chupa de cuero negro y pinta de estar nerviosos.

Danny mira a Bobby.

—Les he pedido la documentación —dice Bobby—. No hay problema. Tienen veintiún años.

—Solo queríamos ver al señor Ryan —dice uno con voz temblorosa.

Se levantan del asiento.

Jimmy los cachea, mira a Danny y menea la cabeza: no llevan armas.

—¿Los conozco? —pregunta Danny. Uno de los chicos le suena, está casi seguro de haberlo visto en un partido de hockey o algo así.

—Soy Sean South. Este es Kevin Coombs.

—¿Qué quieren?

—Queríamos saber si... Bueno, ya sabe, si necesita a alguien —dice Sean.

—¿Para qué?

—Para... cosas —contesta Kevin.

Cosas.

Sí, Danny podría darles cosas que hacer. Podrían quedarse una temporada, en periodo de prueba. Uno no se presenta allí y entra sin más. Primero tienes que conocerlo. Y no porque pueda ser un policía encubierto (que también), sino, sobre todo, porque no sea de fiar. Porque sea propenso a cagarla y te arme un follón.

Pero la verdad es que necesitan gente nueva. Los Moretti los superan en armas y efectivos, y los irlandeses de Dogtown necesitan renovar sus filas. Lo que le sorprende es que hayan acudido a él.

Que quieran ser de la banda de Danny Ryan.

Danny los tiene a prueba un tiempo: los manda a recados, a por café, a por dónuts. Cuando llevan un par de meses haciendo de recaderos sin cagarla, los coloca en la calle, de vigilantes. Luego empieza a mandarlos a hacer algunos cobros, advirtiéndolos de que no se les puede ir la mano. No se les va —emplean solo «violencia moderada», en palabras de Sean— y les encarga algunos más.

También los manda a hacer recados para Sheila Murphy, que está en casa, viuda y con un niño pequeño, y para Terri, que se siente gorda y desgraciada. Le duelen las piernas y la espalda y está deseando «que el crío salga ya de una vez». Así que Danny manda a los Monaguillos, como se conoce a Sean y Kevin, al supermercado, a la farmacia, a la tintorería, a todas esas vainas que estaría haciendo él si tuviera tiempo.

Terri se lo agradece, pero aun así le da la lata.

—¿Qué pasa, es que estoy casada con esos dos pardillos y no contigo?

—Son buenos chicos.

—Cuando nazca el bebé, que ya está tardando, no creas que voy a tener aquí a esos dos tarugos cambiando pañales. Eso te toca a ti, Danny Ryan. Fuiste tú quien me dejó preñada, no ellos.

—Me alegra que me lo digas, Terri. Es bueno saberlo.

Terri come cosas cada vez más raras.

Una noche, cuando llega a casa, se la encuentra sentada a la mesa de la cocina engullendo algo que no reconoce a simple vista.

—¿Qué es eso? —le pregunta.

—Un panecillo con judías verdes, queso fundido y mermelada de uvas —contesta ella como si estuviera clarísimo.

—Madre mía.

—Pues, si quieres uno, háztelo tú, porque yo no pienso levantarme.

Otra noche le da la tabarra con Madeleine. Están en la cama viendo el programa de Johnny Carson cuando de pronto le dice:

—Echo de menos a tu madre.

—Yo no.

—Pues yo sí. Me cae bien. Y sería estupendo tenerla aquí para que me ayude, cuando nazca el bebé.

—Sí, claro, como se le dan tan bien los bebés…

Pero ella sigue erre que erre.

—¿Es que nunca vas a perdonarla?

—¿Por qué?

—¿Por qué te lo pregunto o por qué tendrías que perdonarla?

—No sé. Las dos cosas.

—Porque soy tu mujer y tengo derecho a hacerte preguntas. Y porque el día de su entierro te arrepentirás de no haberla perdonado.

—No, qué va —contesta Danny—. No pienso ir a su entierro.

El caso es que Terri está cada vez más gorda y más rara, y la precaria paz entre irlandeses e italianos aguanta. Está claro que es una tregua temporal, no una paz duradera, pero aun así todos actúan con cierta mesura. Los irlandeses procuran quedarse en Dogtown y los italianos en Federal Hill, los hombres de ambos bandos mantienen las distancias y, aunque se miran con recelo, intentan evitar cualquier otro contacto, no sea que una palabra inoportuna haga saltar la chispa.

VEINTICINCO

EL BEBÉ NACE EN JUNIO, un día antes de lo previsto.

Danny dirá después que Ian salió disparado como si intentara hacer un doble jugada en segunda base.

Terri no estará de acuerdo con esa apreciación.

Está seis largas horas de parto, hasta que por fin, a las tres de la mañana, Ian decide hacer acto de presencia. Danny asiste al parto, está a su lado para darle ánimos, alcanzarle los cubitos de hielo para que se refresque la boca, ayudarla con la respiración rítmica y todas esas moñas. Ha visto bastante sangre en su vida, aunque nunca tanta, pero aguanta el tipo y allí sigue cuando las enfermeras envuelven al bebé y se lo ponen a Terri en el pecho diciendo:

—Aquí tienes a tu hijo.

Ian Patrick Ryan.

Dos kilos ochocientos gramos.

Con todos sus dedos de los pies y de las manos.

Danny experimenta verdadera felicidad por primera vez en su vida, seguramente.

Ni siquiera se enfada cuando esa misma mañana Terri —que se recupera con asombrosa rapidez— se empeña en que avisen a Madeleine.

—Hay que decirle que ha tenido un nieto.

—Yo no pienso hablar con ella.

—Pues baja a la cafetería y tráeme una tortilla.

—¿No has desayunado ya?

—Sí, pero voy a desayunar otra vez. Una tortilla con queso. Chedar.

Danny obedece.

MADELEINE CONTESTA AL teléfono.

—¿Terri? ¿Llamas para darme alguna noticia?

—Ian Patrick Ryan. Dos kilos ochocientos gramos. Enhorabuena, tienes un nieto.

—¿Y tú cómo estás?

—Estupendamente. Como si me hubiera sacado, no sé, una pelota de baloncesto del estómago.

—Me alegro muchísimo.

—¿Vas a venir a conocer a tu nieto?

—Me encantaría, pero no creo que a Danny le parezca bien.

—Quiero mucho a mi marido —dice Terri—, pero puede ser un poco gilipollas.

—Ya lo arreglaremos. A ver cómo van las cosas. Nunca se sabe.

—Te mandaré fotos.

—Sí, por favor.

Charlan un minuto más y luego cuelgan.

Madeleine se sorprende al descubrir que está llorando.

• • •

LA TREGUA DURA todo el verano, y es el verano del poco dormir, de los cólicos, de las tomas de madrugada y de los despertares tempranos, pero a Danny no le importa en absoluto. Son gajes de ser padre, supone, y aunque Ian no hace casi nada, aparte de vomitar, cagar y dormir, le encanta mirarlo, tenerlo en brazos, sentir su peso cuando se queda dormido.

Y Terri... Terri está en la gloria. Cansada, claro, pero feliz. Es una madre joven con un bebé sano y un marido que la quiere: lo que ha deseado siempre.

Ese año no hay vacaciones en la playa en agosto, naturalmente. Adiós a Dogtown junto al mar, esos tiempos se acabaron. Danny los echa de menos, añora esos días de calor y pereza, cuando aún eran todos amigos.

Antes de que empezáramos a matarnos los unos a los otros, piensa.

Todas las semanas, más o menos, van a visitar a Marty para que vea a Ian, y resulta que es un abuelo muy cariñoso, lo que no deja de tener su gracia.

Le encanta el bebé.

Ahora, claro, se dice Danny.

Lo llevan al Dave's Dock a comer fritura, pero la mayoría de las veces lo único que quiere Marty es tener a su nieto en brazos, y Danny se fija en que su padre ya no tiene el apetito que antes y está perdiendo peso.

A veces, en esas visitas, Terri y Danny dan un paseo por la playa, pasan por delante de la casa que ha vendido Pasco y piensan cada uno por su lado en cómo eran antes las cosas (madre mía, piensa Danny, ¿solo hace un año?), pero les duele tanto pensarlo que no dicen nada. Una o dos veces se pasan por el Spindrift y se comen una hamburguesa en la terraza, con Ian dormido en la silla del coche, a sus pies, pero estar allí ya no es tan divertido como antes.

La vida cambia, piensa Danny, es así.

Hay que seguir adelante.

O intentarlo, por lo menos.

Septiembre da paso a octubre, y luego llega Acción de Gracias y empiezan a aparecer los adornos navideños.

Ese año la Navidad es mustia.

En primer lugar, porque se cumple un año de la muerte de Pat y nadie tiene el ánimo para celebraciones. Y, luego, porque el dinero escasea. A pesar del robo de mercancías, sale más dinero del que entra, y no hay mucho remanente para invertir en grandes fiestas, aunque les apeteciera.

John celebra una fiesta de pacotilla en el Gloc, en Nochebuena, con canapés y galletas y Jimmy Mac vestido de Papá Noel, pero acaba siendo una velada deprimente, empapada en alcohol. La mayoría de los invitados, incluido Danny, se van pronto a casa, y los que no se van terminan borrachos como cubas, rabiosos y amargados.

El día de Navidad, Danny, Terry y el bebé van a casa de los Murphy a comer, y el ambiente es igual de triste. John está callado como un muerto y Catherine sigue empastillada y medio ida un año después de morir su hijo.

Sheila también está allí, con Johnny, y trata de parecer animada, pero su presencia hace más palpable la ausencia de Pat, y Danny la ve al borde del llanto un par de veces. Liam y Pam se han ido a Greenwich, con la familia de ella, y Danny se alegra.

Cassie también está en la comida, completamente sobria y desintoxicada. Esa misma mañana ha ido a una reunión, y también la víspera, porque las fiestas son duras para los adictos y los alcohólicos.

Intercambian regalos, se comen el jamón asado, se adormilan en los sillones delante del televisor, y luego Danny y Terri se despiden y se van a ver a Marty, que no ha querido salir de casa para ir donde los Murphy.

—Ha sido como si no estuviéramos —comenta Terri en el coche—. No le han hecho ni caso a Ian, menos Cassie.

En casa de Marty, la Navidad es un jolgorio.

Ned y él han abierto para la ocasión dos bandejas de pavo congelado para acompañar el whisky Bushmill y se han sentado delante del
televisor a ver un partido de fútbol que se la traía floja.

Aun así, Marty finge que se alegra de que Danny le regale otra
camisa de franela, y Ned se emociona de verdad con los guantes de
piel que le ha comprado Terri.

—¿Qué le están pareciendo las Navidades a Ian? —pregunta
Marty.

—Tiene seis meses —contesta Danny—. No se entera de que es
Navidad.

—Sí que se entera —dice Terri—. Y le está gustando.

—¿Se ha portado bien con él Papá Noel?

—Sí, le ha traído un coche —dice Danny.

No te digo.

Cuando llegan a casa, Terri pregunta:

—¿No quieres llamar a tu madre para felicitarle las fiestas?

—No, no quiero.

Terri, como no puede ser de otra manera, la llama. Se planta delante de Danny, que finge ignorarla, y llama a Madeleine a Las Vegas.
Le felicita las fiestas y le pone a Ian al teléfono para que oiga sus gor-
goritos.

Luego Danny la oye decir:

—Sí, está aquí. Quiere saludarte.

Le tiende el teléfono a Danny y lo mira como diciendo que, si quiere
follar con ella en los próximos cinco años, más vale que lo atienda.

Danny agarra el teléfono.

—Hola.

—Feliz Navidad, Danny.

—Sí, igualmente.

—Bueno, pues...

—Bueno.

Le devuelve el teléfono a Terri, que sigue hablando un rato más y luego cuelga.

—¿Tanto te ha costado?

—Sí.

En Nochevieja no hacen nada; total, para qué. Solo ven caer la bola de Times Square porque Ian los ha despertado.

Y entonces, en enero de 1988, la puta guerra empieza otra vez.

VEINTISÉIS

NO ES NADA DRÁSTICO, pero los Moretti empiezan a tocarles la moral.

No porque den algún golpe o se carguen a alguien; son pequeñas cosas. Primero, echan a un prestamista de los Murphy de su zona de operaciones, lo ahuyentan de un bar donde tenía montado su negocio.

Danny no reacciona.

Luego, tratan de colocar a uno de sus hombres en un puesto de mando del sindicato de estibadores. No lo consiguen, pero la intención está clara.

Danny tampoco reacciona.

Después, Peter manda a matones a intimidar a dueños de bares y locales nocturnos que están bajo el paraguas de los Murphy para que dejen de pagar a los irlandeses y les paguen a ellos.

Las guerras de bandas, como cualquier guerra, son en gran medida económicas.

Luchar cuesta dinero, y los chicos tienen que seguir ganándose la vida, pagar la hipoteca o el alquiler, poner comida en la mesa. No se metieron en esto porque quisieran formar parte del ejército, sino para hacer dinero y, si el dinero no llega, los soldados se van.

Los Moretti aumentan la presión, van estrangulando poco a poco a los irlandeses.

Son como esas serpientes —pitones o como se llamen, piensa Danny— que se te enrollan al cuello. Van a seguir apretando y apretando hasta que nos quedemos sin aire.

Y luego nos comerán.

—Nos están poniendo a prueba —le dice Liam en el Gloc—. Creen que eres débil. ¿Y es que no vamos a tomarnos la revancha por lo de Pat?

—Todavía no.

—Ese tendría que ser tu apodo —replica Liam—. Danny Ryan Todavianó.

Por una vez, Danny está de acuerdo con él, en parte. Algo tiene que hacer, así que manda a Ned Egan a dejarse ver en los sitios que han amenazado los Murphy, como arma disuasoria, un papel que le viene como anillo al dedo.

Es una maniobra defensiva, pero Danny sabe que también tiene que tomar la ofensiva.

Atacar el dinero de los Moretti.

EL HOTEL CAPRICORN, en Washington Street, es un tugurio.

Pero es un tugurio que a los Moretti les da dinero. En la planta baja hay un bar de copas que contrata a grupos de la zona y sirve bebida de garrafón; en la de arriba, un prostíbulo de cinco habitaciones. Así los clientes pueden charlar con las mujeres en el bar o saltarse los preliminares y subir directamente arriba.

Un servicio muy cómodo.

Los Monaguillos lo conocen bien.

—Solo vamos a robar a los clientes, no a las chicas —les advierte Danny—. Dinero, relojes, joyas… Tarjetas de crédito, no. Y nada de violencia.

Eso es importante.

De momento, los Moretti no han herido ni matado a nadie, y Danny no quiere ser el primero en derramar sangre.

Jimmy aparca en el callejón de atrás y Danny, Kevin y Sean suben por la escalera de incendios. Con la pistola metida bajo la chupa de cuero, abren a patadas la puerta desvencijada y entran gritando.

No es un burdel de película ni mucho menos. No hay mullidos sillones eduardianos, tapices eróticos ni madame con voz de latón y corazón de oro; solo un encargado de aspecto cansino detrás de un mostrador y cinco putas vestidas con lencería barata.

Mientras Danny apunta al encargado con la pistola, los Monaguillos recorren el pasillo, fuerzan las puertas y roban a los clientes el dinero y las joyas que llevan encima. Algunos piensan que es una redada policial y tratan de ponerse los pantalones atropelladamente, pero ninguno se resiste.

El encargado le dice a Danny en voz baja:

—¿Sabes de quién es este sitio?

—Sí, lo sé.

—Y aun así haces esto. —El hombre sacude la cabeza.

—Cállate.

Diez minutos después están fuera con un botín por valor de unos dos mil dólares. Pero eso no es lo que importa.

Lo que importa es devolver el golpe.

Ni siquiera se han tapado la cara: ninguna de las víctimas va a acudir a la policía.

Pagar la pensión compensatoria sale más caro que perder un reloj.

• • •

DAN EL SIGUIENTE palo en un restaurante chino del centro.

El local existía ya cuando los dinosaurios vagaban por la Tierra, y desde entonces todo el que sabe algo sabe lo del reservado de madera labrada.

Todos los reservados tienen columnas sencillas de madera, menos uno, que está adornado con caras como las de las máscaras de ópera china. Y los entendidos saben que, si te sientas en ese reservado, lo que te interesa no es el pollo con bambú y setas chinas, ni la bandeja de aperitivos variados. De hecho, lo que te interesa no está incluido en la carta.

Lo que quieres es subir al piso de arriba.

Así que, cuando Danny y los Monaguillos entran y se sientan en ese reservado, la encargada, una china cuarentona, se acerca y les dice:

—¿Buscan a chicas guapas?

—Tampoco hace falta que sean muy guapas —contesta Kevin.

No es la primera vez que la mujer oye esa respuesta.

Los lleva arriba.

Este burdel es más elegante: hay sofás de terciopelo rojo y sillas tapizadas. Las chicas, todas chinas, van vestidas a la manera oriental.

Si Susan Kwan se asusta al ver la pistola de Danny, no lo demuestra.

—¿Sabes con quién estamos? —le pregunta mientras lo acompaña al despachito del fondo.

—Sí, lo sé —contesta él—. Y no me importa. Abre la caja fuerte.

Ella obedece, pero dice:

—Entonces es que eres muy estúpido

—Eso me han dicho alguna vez. —Tiende la mano para que le dé el dinero—. ¿Las chicas ya han recibido su paga?

—Todavía no.

Danny agarra la mitad del dinero: la parte de la casa, que incluye la comisión de los Moretti. Cuando sale del despachito, sus hombres casi han terminado de recorrer las habitaciones desplumando a los clientes.

Kevin se lo ha pasado en grande.

—Uno de ellos era un juez. Una vez me mandó a un correccional.

Todo sale bien. Entran, salen y esta vez se llevan cerca de seis mil dólares en efectivo y joyas, y nadie resulta herido.

Danny sabe que Kwan tampoco va a acudir a la policía. Se irá directamente a Peter Moretti y le preguntará que para qué coño le paga.

Y describirá a los ladrones: a él y a los Monaguillos.

IGUAL QUE EL dueño de una tienda de chucherías, cuando entran en el local armados con bates de béisbol y destrozan las máquinas expendedoras de los Moretti.

O que el cajero del turno de noche de una licorería, de la que se llevan todo el tabaco procedente del atraco a un camión perpetrado por los italianos.

Y lo mismo el encargado de una tienda de ropa cuando Danny y sus chicos entran por la fuerza en el almacén y se llevan un perchero de trajes italianos de los caros.

Todos dicen lo mismo.

Danny Ryan.

—¿ES QUE VAS a dejar que se salga con la suya, joder? —le pregunta Paulie a Peter después de este último atraco—. ¿El puto Danny Ryan?

—¿Y qué quieres que haga? —responde su hermano.

—Cargártelo.

—¿Te acuerdas de lo que pasó la última vez que lo intentamos?

Que murieron los dos hermanos De Salvo.

Aun así, Peter pasea la mirada por la oficina, ve las caras de sus hombres —Frankie V, Sal Antonucci, Chris Palumbo— y ninguno está de su parte. Sabe que su gente está harta de que la atraquen, que espera que haga algo.

—Pues cárgate a alguien —dice Paulie—. Devuelve el golpe.

—¿Y qué dirán Nueva York y Boston? —responde Peter.

—A la mierda con Nueva York y Boston —dice Sal—. Hemos dejado en paz a esos asnos un año entero y mira lo que hemos conseguido.

Peter se vuelve hacia Chris.

—Si las grandes familias piensan que somos débiles —dice Chris—, vendrán y se nos tragarán enteritos.

Tiene razón, piensa Peter. Pero la respuesta no puede ser desproporcionada: los irlandeses no han matado a nadie.

Da la orden.

Pero procuren que no se les vaya la mano, les advierte.

DOMINIC MARCHETTI, UNO de los hombres de Paulie, espera frente al Spindrift hasta que Tim Carroll cierra el chiringuito y sale.

Lo agarra antes de que a Tim le dé tiempo a abrir la puerta del coche.

—Le debes dinero a Paulie —dice.

—¿Qué? No, qué va. Ya aclaramos eso. Yo estoy con los Murphy.

—¿Me vas a decir que no, mentiroso hijo de puta?

Dom es un tipo grande y fuerte. Tim, no.

Cuando le da una bofetada, la cabeza de Tim rebota contra el coche con un ruido espeluznante.

Dom es uno de esos tipos que, cuando empiezan, no saben parar. Paulie lo sabía y no debería haberlo mandado, o puede que por eso precisamente lo haya mandado a él. El caso es que a Dom se le va la mano.

Pega tres puñetazos en la cara a Tim, que ya está semiinconsciente, lo deja caer al suelo y, de propina, le da un par de pisotones en la espalda. Entonces se acuerda de a qué ha venido.

—Dile al cabrón de Danny Ryan que pare de una puta vez.

TIM CASI NO puede repetirle el mensaje a Danny.

Está tendido en la cama del hospital, con la mandíbula inmovilizada con alambres, el pómulo roto, dos vértebras fracturadas y una posible lesión cerebral duradera.

—¿Quién fue? —pregunta Danny—. ¿Lo reconociste?

—Dom Marchetti —farfulla Tim.

—¿Por fin vas a hacer algo? —le pregunta Liam a Danny.

DANNY CRUZA A largas zancadas el restaurante.

No hay mucha gente en Il Fornaio a esas horas de la noche, solo algunos clientes fijos que están tomando café con cannoli. Dom Marchetti está sentado solo en un asiento corrido pegado a la pared, inclinado sobre un plato de pasta alla puttanesca.

Intenta levantarse al ver acercarse a Danny con la 38 en la mano, pero tiene tan encajada la barriga contra la mesa que no consigue ponerse en pie a tiempo ni sacar el arma.

Danny le pega con la pistola a un lado de la cabeza tres veces seguidas, fracturándole el cráneo y el hueso orbital. Dom se hunde en el asiento y levanta los brazos para intentar protegerse de los golpes, pero Danny se los aparta, le mete el cañón entre los dientes, en la boca, y amartilla el arma.

Otro hombre de Peter que está sentado en un reservado con su novia hace amago de levantarse, pero cambia de idea al ver a Ned Egan apostado junto a la puerta. Los camareros se quedan parados, con cara de horror pero quietos. Son gente de Providence: saben que no deben intervenir.

—¿Quieres morir, Dom? —pregunta Danny—. ¿Quieres que te mate ahora mismo?

El otro gime algo.

Danny desamartilla la pistola y se la saca de la boca. Luego da un paso atrás y vuelca la mesa. Platos, vasos, cubiertos y comida caen sobre Dom.

—Díganle a Peter que la próxima vez que quiera decirme algo, que venga él a decírmelo —dice dirigiéndose a toda la concurrencia.

Luego sale.

Ned espera un segundo y lo sigue.

La guerra fría entre los Murphy y los Moretti ha terminado.

La auténtica guerra vuelve a empezar.

VEINTISIETE

PERDÍ LOS ESTRIBOS Y NO tendría que haberlos perdido, se dice Danny. El problema es que los Moretti tienen muchos hombres y los Murphy muy pocos.

A no ser que consigamos más.

Pero no quedan irlandeses que reclutar.

Él tiene su propia cuadrilla, aunque sea pequeña. John tiene como media docena de hombres aptos para la lucha, y Liam más o menos los mismos. Él puede sacar a un par de tipos de los muelles, pero no son verdaderos matones.

Tarde o temprano perderán la guerra.

Danny, aun así, tiene una idea a la que lleva dándole vueltas un tiempo.

Cuando entra en el Gloc, el esmirriado de Bobby Bangs le tiene listo el café. Y un bagel tostado con mantequilla.

Danny se lleva el desayuno a la sala de atrás.

—¿Te has vuelto judío o qué? —le pregunta Liam al ver el bagel.

—Sí, puede ser.

—Los judíos no tuestan los bagels —responde Liam—. Ni les ponen mantequilla, sino queso de untar.

—¿Puedo comerme mi bagel tranquilo?

Liam va mucho por Miami, por eso se cree que lo sabe todo sobre los judíos. Que lo sabe todo, en general.

Danny se sienta en el reservado con John Murphy y Bernie Hughes.

—Necesitamos más hombres.

—A lo mejor podemos mandar aviso a Irlanda —dice John.

—Esa película ya me la sé —responde Danny—. Sabemos cómo termina. Lo que nos hacía falta, tener que cuidar de una panda de extranjeros que no saben ni por dónde se andan. No, yo estoy pensando en otra cosa.

—¿En qué? —pregunta Liam.

—En hablar con Marvin Jones.

Sabe cómo van a reaccionar y se queda aguardando su respuesta.

Dice la gente —ese ente proverbial, dispensador de la sabiduría popular— que el día que John Murphy se siente a hablar con los negros será el día que los cerdos críen alas. No hay racista como un viejo racista irlandés, piensa Danny. Él no tiene muchos amigos negros —mejor dicho, ninguno—, pero no porque tenga prejuicios, sino porque solo se relaciona con los suyos.

Cuando iba al instituto solía jugar al baloncesto contra chavales negros y no le caían bien; más que nada, porque los machacaban en la cancha, pero también porque eran unos bocazas y andaban siempre pavoneándose y vacilando a los demás. Jugaban «como si estuvieran en la selva», ¿no decía eso su entrenador? Todo eran mates y uno contra uno y jugadas que los chavales irlandeses no sabían hacer, así que Danny y sus compañeros, con el pundonor de los perdedores, se jactaban de jugar al «baloncesto de equipo», el que enseñaba Naismith. O sea, a perder.

—¿Y de qué exactamente quieres hablar con Marvin? —pregunta John.

—De una alianza —responde Danny—. Necesitamos personal y armas.

—Tenemos a Ned —dice Liam—. A Jimmy Mac y a los Monaguillos...

No, piensa Danny. Yo tengo a Ned, a Jimmy Mac y a los Monaguillos.

Pero dice:

—Marvin tiene unos veinte hombres. Con ese número, podríamos plantarles cara a los Moretti. Y puede que así reculen.

—¿Qué? ¿Es que quieres la paz? —pregunta Liam.

—¿Tú no?

—¡No! Quiero a Sal Antonucci muerto. Y a los Moretti.

—Entonces sal ahí y mátalos tú mismo, Liam —replica Danny, y espera un par de segundos para que el otro encaje el golpe. Luego dice—: O cállate la puta boca.

Liam se calla.

—Antes jugaba al baloncesto con Marvin —dice Danny—. Lo conozco un poco.

Es verdad en cierto modo, se dice, si es que se le puede llamar así a que Marvin te pase por encima y te haga un mate. Además, lo ha visto muchas veces por ahí. ¿Y quién no? El tipo maneja casi todo el cotarro de la prostitución y el juego en South Providence, así que está siempre en la calle.

Además, dicen por ahí que Marvin quiere quitarles a los italianos el negocio de las drogas.

—Los zulús ya se han quedado con la mitad de nuestro barrio —dice John.

Eso Danny no puede negárselo. Los irlandeses que podían permitírselo se fueron a vivir al extrarradio —a Cranston, a Warwick o a South County— cuando empezaron a llegar los negros.

—¿Qué vas a ofrecerles? ¿La otra mitad? —pregunta su suegro.

—No voy a ofrecerles nada que sea nuestro. Voy a ofrecerles lo de los Moretti.

—No sé —dice John—. Arrimarnos a los negros…

—Los tiempos cambian —dice Bernie—. Y tenemos que adaptarnos. Si no, acabaremos siendo dinosaurios.

—¿Qué tienen de malo los dinosaurios? —pregunta Liam.

—¿Has visto muchos por ahí, Liam? —responde Bernie.

Danny consigue permiso para hablar con Marvin.

A LAS DOS de la tarde, el Top Hat Club está casi desierto, solo están Marvin y sus chicos, sentados en un reservado del fondo. Danny es consciente de que prácticamente es el único blanco que ha entrado alguna vez aquí, sin contar a los policías que vienen a por su sobre una vez al mes.

—¿Qué quieres? —le espeta uno de los hombres de Marvin, cortándole el paso.

—Hablar con Marvin.

—¿Quién eres?

—Danny Ryan.

—Espera aquí.

Lo ve acercarse a su jefe y decirle algo al oído. Marvin se levanta y se acerca a él. Qué alto es el hijoputa. Y además está cuadrado y viste bien: traje gris, camisa y corbata rojas.

Le ha ido bien, se dice Danny. Mejor que a mí.

—Danny Ryan —dice Marvin—. He oído hablar de ti.

—Hemos jugado juntos al baloncesto alguna vez.

—¿Ah, sí? No me acuerdo.

—No me extraña.

—¿Y ahora también has venido a jugar al baloncesto?

—Algo así.

Danny le plantea el asunto. Al fin y al cabo, los dos quieren lo mismo: sacar a los cerdos de los italianos de South Providence. Marvin lleva años compitiendo con los Moretti por ver quién le vende heroína a su gente. Está convencido de que debería ser él quien se la venda. John Murphy, le dice Danny, está dispuesto a respaldarle.

—¿Es una oferta en firme? —pregunta Marvin.

—Podría serlo. John quiere que nos reunamos.

Marvin sonríe.

—Vale —dice—. Con una condición.

—¿Cuál?

—Murphy tiene que invitarnos a cenar. En el Gloc.

Danny intenta acordarse de cuándo fue la última vez que un negro entró en el Gloc y no se acuerda. Seguramente porque en el Gloc nunca ha entrado un negro, o no entra desde hace mucho tiempo. Bueno, no, Liam trajo una vez a una negra, por tocar las narices, más que nada, pero era una modelo que había salido en el *Vogue*, así que aquello tuvo un pase.

Danny le devuelve la sonrisa a Marvin.

—De acuerdo.

Luego va a informar a John, que se queda pensando un momento y pregunta:

—Los negros ¿qué comen?

—Pues no sé —contesta Danny—. Comida.

—Ya sé que comida, pero ¿cuál? ¿Comida *soul*?

A Danny le hace gracia, porque seguramente John se está acostumbrado todavía a llamar solo «negros» a los negros, ¿y ahora se interesa por su gastronomía?

—No sé qué es comida soul. ¿Chuletas de cerdo? ¿Berzas?

—¿Qué son las berzas?

—No lo sé. Solo las conozco de oídas.

JOHN SE DECIDE por unos chuletones con patatas asadas, y es mejor así, porque los cocineros del Gloc prácticamente no saben hacer otra cosa. Está todo ya dispuesto en una mesa larga: la carne, las patatas envueltas en papel de aluminio, las judías verdes y una ensalada. Varias botellas de vino, whisky y cervezas en cubos llenos de hielo.

—¿Crees que debería haber comprado refrescos de esos con sabor a uva? —pregunta John cuando llega Danny.

—¿Qué?

—Me han dicho que a los negros les gustan.

—¿Quién te lo ha dicho?

—Kennedy, el del cine. Dice que, cuando pone una película que sabe que les gusta a los negros, compra un montón de refrescos de uva.

—Será para los críos —contesta Danny.

Ni siquiera sabía que se seguían fabricando refrescos con sabor a uva. No ha vuelto a probarlos desde que se bebió uno de un trago por una apuesta que hizo con Jimmy y se le salió por la nariz.

Unos minutos después, Bobby Bangs asoma la cabeza y dice:

—Ya están aquí.

—Que pasen —contesta John.

Y que empiecen a volar los cerdos, piensa Danny.

Tres tipos acompañan a Marvin, los tres haciendo el papel de negro cabreado, con el ceño fruncido y el bulto de la pistola bien visible bajo la chaqueta. Marvin echa un vistazo a la mesa, le da un billete de cien pavos a unos de sus subalternos y dice:

—Vete al KFC.

El tipo se va y John llena el silencio haciendo las presentaciones.

El hombre de Marvin vuelve, y ahora, además de los chuletones y las patatas asadas, hay varios cubos de pollo frito en la mesa. Danny prefiere el pollo a la ternera, que está demasiado hecha, pero, como no quiere parecer desleal, se sirve un chuletón.

Marvin no se anda por las ramas.

—Bueno, ¿qué estamos haciendo aquí? —pregunta.

—Queremos que nos ayudes contra los Moretti —responde Danny—. Ahora mismo, ellos controlan el negocio de las drogas en South Providence.

—Eso es neocolonialismo —dice Marvin—. El hombre blanco vendiendo drogas en una comunidad negra.

Esto causa cierto revuelo entre los irlandeses, que no quieren reconocer que ahora el barrio es una comunidad negra y no tienen ni idea de lo que es el neocolonialismo.

—Nosotros también queremos echar a los Moretti —se apresura a decir Danny.

—Pero nosotros no queremos sustituirlos por un panda de asnos —dice uno de los hombres de Marvin.

A Danny no le molestan los insultos contra los irlandeses: destripaterrones, asnos, arpas, micks… Le trae sin cuidado que los llamen así. Pero Marvin lanza una mirada a su subalterno —«tú cállate la puta boca, imbécil»— y el hombre baja la mirada. O sea, que él tampoco cree que pueda derrotar a los Moretti sin nosotros, se dice Danny.

—Nosotros no tenemos ningún interés en vender drogas.

—No —dice Marvin—, lo que les interesa es reducir las fuentes de ingresos de los Moretti. Lo que los debilita a ellos, los fortalece a ustedes.

Danny asiente con un gesto.

—Los italianos los están haciendo morder el polvo —añade Marvin.

—Son duros —contesta Danny.

Marvin se encoge de hombros como diciendo «no tanto». Como si se hubiera cargado a tipos más duros que los italianos. Y puede que lo haya hecho, piensa Danny. Se dice por ahí que Marvin Jones ha liquidado a unos cuantos rivales: negros, jamaicanos, puertorriqueños...

—Entonces, ¿qué quieren?

—Nuestros sindicatos —dice Danny—. Nuestros muelles.

Marvin se lo piensa y luego dice:

—Nosotros también queremos puestos en los muelles.

—No —responde Danny.

—¿No?

—Ustedes se quedan con la droga, con las chicas y el juego. Los muelles son nuestros.

Danny sabe que está corriendo un riesgo que podría dar al traste con el acuerdo, pero no tiene sentido cambiar a Peter Moretti por Marvin Jones, y de todos modos no puede meter a negros en los sindicatos porque los sindicalistas no lo aceptarían, y Marvin lo sabe. Está casi seguro de que solo quiere ponerlo a prueba, ver hasta dónde puede apretarle las tuercas.

—Muy bien, Danny Ryan —dice Marvin—. Ya tienes unos zulús.

Se ríe de su propia broma y los demás se ríen con él. Hasta Bernie Hughes se ríe por lo bajo.

Para Danny es una victoria.

Y no porque haya triunfado en la sala de atrás, aunque eso eleve su posición. Lo que le importa es que los irlandeses de Dogtown sobrevivan a esta guerra. La alianza con Marvin cambiará el equilibrio de fuerzas, quizá lo suficiente para que Peter se siente a negociar.

Pero lo más sorprendente de la cena es que Marvin Jones y John Murphy hacen buenas migas.

Cuando John empieza a contar sus batallitas, Danny intenta que se calle, pero Marvin le detiene con un gesto: quiere oírlas. Y se queda allí sentado, como si fuera su nieto, mientras John habla por los codos de los viejos tiempos. Danny se alegra de que su padre no esté allí para meter baza o arrancarse a cantar.

Cuando John se levanta para ir a orinar, Danny dice:

—Disculpa a mi suegro.

—No —contesta Marvin—. Un respeto.

John vuelve secándose las manos en los pantalones. Cuando se sienta, Marvin le dice:

—Así es como lo veo yo, señor Murphy...

Danny nota que a John le agrada que lo llame «señor Murphy».

—Sin ánimo de ofender —continúa Marvin—, los irlandeses eran los esclavos de los británicos, igual que nosotros hemos sido los esclavos de los americanos.

Danny teme que John salte al oír esto, pero su suegro le contesta:

—Cuando mi abuelo llegó aquí, había carteles que decían Prohibida la entrada a perros y a irlandeses.

—Lo que yo le decía —dice Marvin.

Bobby Bangs trae otra ronda de bebidas.

—De esa porquería de la casa, no —le dice John—. Trae de mi reserva particular.

Así que Danny se queda allí sentado y observa con incredulidad cómo John y Marvin beben whisky irlandés añejo y se cuentan historias. Están ya los dos como cubas cuando John dice:

—¿Puedo preguntarte una cosa, Marvin?

El otro dice que sí con la cabeza.

—¿Te gustan los refrescos de uva?

—¿Es que tienes? —pregunta Marvin.

—No.

—Entonces, ¿por qué lo preguntas?

•   •   •

NO TODOS LOS hombres de Marvin apoyan la nueva alianza.

A su primo Demetrius, por ejemplo, no le gusta ni un pelo.

—Que se maten entre sí. Eso es bueno. Cuantos menos blancos haya, mejor. ¿Para qué vamos a meternos en esto?

—¿No queremos echar a los italianos de nuestros barrios? —replica Marvin.

—Eso podemos hacerlo solos.

—Pero tardaremos menos si nos ayudan los irlandeses. Además, necesitamos su protección. Tienen jueces, senadores del estado, policías. Nosotros no tenemos nada de eso.

—¿Te fías del viejo Murphy?

—Él ya no es quien manda —responde Marvin—. Ryan es quien lo lleva todo. Una cosa te digo, primo: ese cabrón quiere pirarse. Se lo noto en los ojos. No quiere tener tajada en las drogas ni en los chanchullos. Si nos libramos de los italianos, Danny Ryan nos dejará a nuestro aire. Que se quede con sus sindicatos y sus muelles. Eso es calderilla comparado con la droga.

—Lo sé, pero es que odio a los blanquitos.

—Pues mejor, vamos a cargarnos a unos cuantos.

AL PRINCIPIO, PETER Moretti se toma a cachondeo la alianza entre Marvin Jones y los irlandeses de Dogtown.

Cuando empiezan a llegar rumores a la oficina de American Vending, los chicos no paran de contar chistes sobre los «irlandeses morenitos». Dicen que John Murphy se va a dejar el pelo a lo afro y que por fin los irlandeses tendrán una buena polla.

A Peter le hace tanta gracia, que manda que dejen un cargamento de sandías delante del Gloc y envía una caja de patatas al local de Marvin, y todos se echan unas risas, hasta que uno de los chistosos, un camello que pasaba heroína, aparece muerto, desplomado encima del volante de su Lincoln, y empieza a circular una ocurrencia de Marvin: «Los italianos se lo toman todo a guasa, hasta que los dejas sin penne».

A los chicos de American Vending se les corta la risa.

Peter manda a Sal y a Frankie a «cazar a algún mico» y acribillan a balazos desde un coche a un camello de Marvin en Cranston Street.

Marvin responde matando a un hombre de Sal frente al piso de su amante.

A los periódicos les encanta.

Ahora tienen una guerra a tres bandas sobre la que escribir y ellos hacen su agosto.

No como en casa de Danny, donde cada vez entra menos dinero y se les hace más cuesta arriba pagar los pañales, la leche de fórmula, la silla de seguridad del coche y todos esos gastos que da tener un crío. A Terri eso la está afectando, y encima está un poco desquiciada de pasarse todo el día en casa con el bebé. No entiende, además, que si Danny tiene ahora más responsabilidades no gane más dinero.

—Estoy casi decidida a hablar con mi padre —le dice una noche cuando él llega a casa.

—Pues olvídalo —responde Danny.

Que su mujer dé la cara por él no va a ayudarlo a ascender, precisamente.

—Pero fuiste tú quien organizó lo de Marvin Jones —replica Terri mientras intenta darle una cucharada de un asqueroso puré de verduras a Ian, que se resiste a abrir la boca.

—Tú no tendrías que saber eso.

—Lo sabe todo el barrio. No se habla de otra cosa.

—En boca cerrada no entran moscas.

—¿Qué quieres decir con eso? —pregunta ella, enfadada con él y con su hijo, que parece creer que esquivar la cuchara es un juego divertidísimo—. ¿Qué moscas? Lo único que digo es que ahora que..., ahora que falta Pat...

—No quiero hablar de eso.

—Yo tampoco, pero alguien tiene que estar llevándose ese dinero. Y Sheila no es, que lo sepas. Ella también las está en apuros. Así que ¿quién se lo queda? ¿Liam? ¿Y qué hace él para ganárselo?

—Liam no se está escaqueando.

Danny no sabe muy bien por qué defiende a su cuñado, al gilipollas de Liam, delante de su propia hermana. Sí, está siempre rondando por allí, pero lo único que hace es quejarse de que no venguen a Pat, y a la hora de la verdad no hace nada.

—Yo lo único que digo es que mi padre está en deuda contigo y lo sabe —dice Terri.

Sí, puede que lo sepa y puede que no, piensa Danny. Si lo sabe, lo disimula muy bien cuando él saca a relucir el tema.

—Acabamos de enterrar a Pat —le dice su suegro.

—Con todos mis respetos —responde Danny—, Pat lleva muerto más de un año. Y yo me he hecho cargo de casi todo.

—Por la familia.

—Sí, claro, pero también tengo que pensar en los míos.

En tu hija, John, y en tu nieto. Claro que Terri nunca ha sido tu preferida, no como Cassie. Terri es la hija mediana obediente, como leyó Danny en un libro que se compró Terri; la hija a la que nadie presta atención porque siempre hace lo que debe.

—Si necesitas más dinero, Danny, adelante, gánalo —le dice John—. Yo no voy a impedírtelo.

Ya, pero tampoco vas a ayudarme, se dice Danny. Aun así, capta el mensaje: John no va a auparlo en el sindicato ni en los muelles ni va a darle la parte que tenía Pat en las ganancias del juego y los chantajes. Lo que le está diciendo su suegro es que ahora tiene su propia cuadrilla, aunque sea pequeña, así que adelante: búscate la vida y que te vaya bien.

Gracias por nada, John.

VEINTIOCHO

SAL ANTONUCCI Y FRANKIE V entran en el Mustang Club.

Normalmente, un par de mafiosos italianos no entrarían ni muertos en un bar gay, pero el Mustang está en territorio de Sal y una vez al mes se pasa por allí a recoger su sobre.

La norma tácita al respecto es ir siempre acompañado de otro tío. No para que te proteja, sino por guardar las apariencias, para no dar pie a chismorreos desagradables.

Entran y el barman les da el sobre, y resulta que esa noche es Noche de Chicas; o sea, que a las lesbianas les hacen descuento en las bebidas.

Así que, además de los maromos de costumbre, con chalecos y zahones de cuero, hay un montón de marimachos, como dice Frankie V —entre ellas, una banda de moteras cuyas chupas proclaman que son, cómo no, las Amazonas—, bailando al son de música disco ensordecedora.

—Lo que hay que ver —comenta Frankie—. Vámonos de aquí cagando leches.

—Venga, vamos a tomar una copa.

—¿Estás de coña o qué?

—No, venga —dice Sal—. ¿Cuántas veces se ve esto? ¿Eh?

—Yo espero no volver a verlo nunca —contesta Frankie asqueado.

—Solo una copa. Para tener algo que contar —insiste Sal.

Pide ginebra Seagrams a palo seco para los dos y se gira en el taburete para mirar a las Amazonas. Sabe lo que son las amazonas, una especie de gigantas o algo así, y estas podrían serlo: muchas son achaparradas, bolleras bajitas y fornidas, pero algunas son altísimas y de espaldas anchas, y Sal no puede evitar preguntarse cómo será follarse a una de ellas.

Frankie, que no puede estarse callado, se pone a rajar sobre el asco que le da todo esto: los maricones, las tortilleras... Le dan ganas de vomitar, dice. Habría que quemar este sitio con todo el mundo dentro.

Una de las moteras mira a Sal. Él no desvía la mirada y un segundo después la chica se acerca con una de sus amigas, que parece muy baja comparada con ella.

—¿Ustedes qué son? ¿Mirones? —pregunta la alta—. Porque gais no son.

—Pues claro que no somos gais —responde Frankie.

—Si quieren mirar a los animales, vayan al zoo —les espeta ella.

—Solos estamos tomándonos una copa tranquilamente —responde Sal.

—Pues vayan a tomársela a otro sitio. Aquí no los queremos.

La gente empieza a mirarlos con cierto nerviosismo. El barman se acerca y le dice a la alta:

—Déjalo, Meg.

Meg arquea una ceja, sonríe con sorna y dice:

—Ah, ya entiendo. Estos son los macarroni a los que les tienes que pagar.

—Cuidado con lo que dices —le advierte Frankie.

—Me parece que has bebido más de la cuenta —le dice Sal—. ¿Por qué no te largas y nos dejas en paz?

—Lárgate tú, chupapollas.

—¡Vaya, menuda lengua! —exclama Frankie—. ¿Con esa boca le comes el coño a tu novia?

—¿Qué sabrás tú de comer coños? —le suelta Meg. Luego vuelve a girarse hacia Sal—. Claro que tú de chupar pollas sí que sabes un rato, ¿verdad? Me parece que me he equivocado contigo. Seguro que tienes una de esas mansiones horteras que tienen los italianos, con flamencos rosas en el césped.

—¿Vas a dejar que te hable así? —pregunta Frankie.

—Y un vestidor bien grande —añade ella.

Sal le lanza un derechazo a la mandíbula con todas sus fuerzas, y ella se desploma.

Pierde el conocimiento antes de tocar el suelo.

—¡Muy bien! —grita Frankie.

Algunas otras Amazonas empiezan a acercarse, listas para el desquite, pero Frankie saca la pistola. Sal se queda parado junto a la mujer, cuya cabeza descansa ahora sobre el regazo de su amiga. No parece ya tan enfadada, tan dura.

Está... guapa, piensa Sal.

—¿Te sientes muy hombre? —le dice su amiga—. ¿Ya has demostrado lo macho que eres?

Sal sabe lo que está diciendo en realidad y se siente mal.

—Yo no pego a mujeres —masculla.

—¡Eso no es una mujer, joder! —dice Frankie—. Es una anormal, una cosa, un...

Sal le da un puñetazo. En el último instante frena un poco el golpe, pero aun así es un directo a la cara, y a Frankie se le va la cabeza hacia atrás, y Sal comprende enseguida que ha cometido un error. Que esto va a traer cola.

Le ha puesto la mano encima a un socio. Mal asunto.

—VETE A TOMAR por culo de aquí —dice Peter, sentado a una mesa del Central Diner mientras intenta comerse unos huevos a gusto.

—Te digo que ese tío es un finocchio —insiste Frankie V.

—¿Sal Antonucci, maricón? Venga ya —dice Paulie.

—Vale, no me creen. Pero me pegó un puñetazo. Pegó a un socio y quiero que se tomen medidas.

—Se pasó, eso nadie lo niega —dice Peter—. Pero ahora mismo tenemos problemas más importantes.

—¿Cuáles?

—¿Cómo que cuáles? ¿Qué tal un montón de negros que se han escapado de la plantación? Sé que estás al tanto de lo que pasa, Frankie. Te he visto en los entierros.

—¿Y qué? ¿Es que vas a dejar que Sal me pegue porque es tu mejor matón y te da miedo que vuelva a enfadarse?

—Mira, Frankie, si quieres matar tú a Marvin Jones, adelante, por mí no hay problema —replica Peter.

Eso le calla la boca a Frankie.

Cuando se marcha, Paulie pregunta:

—¿Qué opinas? Sobre lo de que Sal sea maricón, digo.

—Qué va, ni hablar.

—No sé. ¿Te acuerdas de cómo se puso por lo de Tony?

—Tony y él habían compartido celda.

—Pues eso.

—¿Quieres saber lo que opino de que Sal sea maricón? —pregunta Peter—. Voy a decírtelo muy clarito. Me importa un bledo. Cuando los morenos hagan una salva de disparos sobre la tumba de Marvin Jones, entonces puede que me importe. Pero, hasta que llegue ese día, por mí Sal puede comerse todas las pollas que quiera.

Aun así, le pide a Sal que vaya a hablar con él.

Esa tarde, en American Vending, le dice:

—Joder, todos los tíos que conozco tienen ganas de untarle el morro a Frankie V por ser tan bocazas. No soporto a ese cabrón, pero no deberías haberle pegado, Sal.

—Ya lo sé. Es este mal genio que tengo. Si tienes que ponerme una multa, pónmela. La pagaré.

—Frankie está en su derecho de exigir algo.

—Lo sé.

—Mira, discúlpate con él —le dice Peter—. Mándale alguna chuchería a esa gorda de su mujer. No sé, una pierna de cordero. Yo estoy dispuesto a olvidarme del asunto.

—¿Sí? —pregunta Sal, temiéndose lo peor. Peter es como un elefante: no olvida nada, nunca.

—Aunque me gustaría que hicieras algo por mí.

Ahí está.

—¿Qué, Peter?

—Ese negro de mierda, el tal Marvin…

EL TIRO DE Danny choca contra el aro con un ruido metálico y no entra.

—No cambias, Ryan —dice Marvin cogiendo el rebote al vuelo—. Jugabas de pena entonces y ahora también.

Se gira, lanza y encesta.

—La regularidad tiene sus ventajas —contesta Danny. Agarra la pelota bajo el aro y hace una bandeja sin mucho esfuerzo—. Además, creía que no te acordabas de mí.

Aunque hace frío, está sudando bajo la sudadera gris. Le pasa a Marvin la pelota.

—No me acuerdo. Solo me estoy metiendo contigo.

Lanza un tiro en suspensión.

Canasta.

—¿Alguna vez te he hablado de mi madre, Ryan? —pregunta cuando Danny vuelve a agarrar la pelota—. La mujer se levantaba todos los putos días al amanecer, se iba a limpiarles la mierda a otros, a fregarles los suelos, a restregarles el váter. Sus hijos no teníamos casi nada, pero nunca pasamos hambre.

Danny sujeta la pelota debajo del brazo y le escucha, aliviado por poder tomarse un descanso.

—¿Sabes quién era mi padre? —pregunta Marvin—. Harold Jones.

—¿El cantante?

—Sí, el mismo.

Se pone a cantar una balada *soul* que Danny ha oído en la radio mil veces. Coño, pero si Terri y él solían ponérsela mientras folla-ban...

—Un cantante de un solo éxito —añade Marvin—. ¿Vas a que-darte ahí jadeando o vas a tirar?

Danny tira. Clang.

—¿Cómo era? —pregunta.

—Ni puta idea. «Papá era un bala perdida».[*] Te lo cuento para que sepas que mi madre ya no le limpia el váter a nadie. Ya no friega sue-los. Ahora el váter se lo limpian a ella. En la casa que le he comprado.

—Vale.

—¿Y tú? —Marvin recoge el rebote de Danny—. ¿Tus padres?
—Gira sobre sí mismo y lanza.

Canasta otra vez.

---

[*] *Papa Was a Rolling Stone*, canción *soul* que popularizaron The Temptations. (N. de la T.)

—Mi viejo es el estereotipo básico del irlandés. —Danny atrapa la pelota—. Un alcohólico amargado. La que se largó fue mi madre.

—Eso sí que es distinto.

Sí, ya lo creo que era distinto, se dice Danny.

Lanza y consigue encestar.

—Parece que se te está pegando algo de los negros —comenta Marvin.

—¿Te suena el nombre de Larry Bird?

Marvin se ríe.

—Siempre ponen el mismo ejemplo.

—Será porque no necesitamos otro. —Lanza otra vez, agarra su propio rebote y hace una bandeja.

—Un negro habría hecho un mate.

—A un blanco no le hace falta —replica Danny, y le pasa la pelota—. Se comenta por ahí que Peter Moretti ha dado orden de quitarte de en medio.

—Ya me he enterado. Se lo ha encargado a Sal Antonucci.

—Sal es peligroso, Marvin. No te descuides.

—No me da miedo Sal Antonucci.

Pues debería, piensa Danny.

VA A GOSHEN a llevarle la compra a Marty.

Sería mucho más fácil que el viejo se fuera a vivir a Providence en invierno, pero es un cabezota (quién lo iba a decir) y se emperra en quedarse en la casita, que casi no tiene aislamiento. Así que una vez por semana, como mínimo, Danny tiene que bajar a llevarle la compra y a asegurarse de que no la ha palmado.

Y es un riesgo ir hasta allí en coche, o a cualquier otra parte, con la que está cayendo. Pero no puede uno vivir con miedo, se dice Danny. Tomas algunas precauciones razonables, miras por el retrovisor, procuras tener la pistola siempre a mano y no descuidarte, y sigues haciendo tu vida.

La playa está muerta en abril. Está todo cerrado a la espera de que vuelva el verano: las caravanas, el puesto de perritos calientes, la heladería... Hasta la lavandería.

De camino, Danny para en el aparcamiento de la playa, sale del coche y se mete en la arena. Con el cielo despejado, Block Island parece muy cerca, casi como si se pudiera llegar nadando hasta allí. El agua es de color verde botella y un festón de espuma recorre el filo de las olas. Danny observa cómo un barco de pesca pertrechado para faenar sale del puerto de abrigo y de pronto desea ir montado en él, desea que su vida sea tan limpia y nítida como el agua. Saltar a ella y que el frío, la sal y el oleaje limpien su piel de la película que últimamente parece recubrirla a todas horas.

Siente el impulso de meterse en el mar, de lanzarse de cabeza bajo una ola y nadar más allá de la rompiente.

De morir congelado.

Es solo una sensación pasajera, un pensamiento, nada serio.

Tienes mujer y un hijo a los que cuidar, se dice. Tienes a Dogtown y a tu viejo. Todos dependen de ti.

No seas llorica, se dice.

Deja de compadecerte.

Da media vuelta, vuelve al coche y dos minutos después está en casa de Marty.

—¿Me has traído las latas de carne? —pregunta su padre.

Está sentado en su sillón, con la tele puesta y el volumen alto, un zumbido constante de fondo. En una mesita, junto al sillón, hay un vaso de whisky.

—No, papá —contesta Danny—. Te las traigo todos los días, pero hoy, no sé por qué, he decidido no traértelas.

—Muy gracioso.

Danny saca la compra y guarda algunas cosas en los armarios. Los productos frescos los mete en la nevera.

—¿Quieres que te prepare algo?

—No.

—¿Has comido?

—No tengo hambre.

—Tienes que comer.

—Me han dicho que te has metido en la cama con los negros.

—De momento solo nos estamos metiendo mano —contesta Danny. Abre una lata de estofado de carne, busca una cuchara limpia en el escurreplatos y echa la carne en una sartén—. ¿Por qué? ¿Algún problema?

La respuesta de su padre le sorprende.

—No. Es lo más inteligente.

Danny saca una espátula de plástico del cajón. El cajón está pegajoso por el salitre y cuesta cerrarlo. Enciende el fuego y remueve el estofado en la sartén.

—Gracias.

El estofado se calienta enseguida. Danny lo echa en un plato, agarra un tenedor y se lo pasa a Marty.

Su padre pone una sonrisilla maliciosa y sucia.

—¿Qué pasa? —pregunta Danny.

—Me he enterado de una cosa.

Quiere alargar la cosa, piensa Danny, hacer que dure, disfrutar del hecho de saber algo que él, para variar, no sabe.

—¿De qué te has enterado, papá?

—Sal Antonucci es homo.

¿Homo?, piensa Danny. Tarda un segundo en recordar lo que quiere decir esa palabra.

—¿Quién te ha dicho eso?

—Se lo oyó decir Ned a un tipo en un bar. Frankie V lo pilló en un garito de maricones y Sal le pegó un puñetazo.

—¿Y qué hacía Vecchio en un garito de maricones?

—Había ido a recoger su sobre.

—Ya. No me lo creo.

—Ni yo intento convencerte —responde Marty—. Me has pedido que te dijera de qué me he enterado y te lo estoy diciendo.

—Come.

Santo Dios, piensa Danny mientras le ve dar vueltas a la comida en el plato.

¿Sal, gay? Ni siquiera importa que sea cierto. Si Ned se lo ha oído decir a un tipo en un bar, es como si lo fuese. Y si hasta Marty, en su sillón, se ha enterado...

Se imagina perfectamente a Frankie V haciendo correr la voz: «Seguramente no debería decirte esto, pero creo que debes saberlo, que quede entre tú y yo...». Se lo habrá pasado en grande. Y si es verdad que Sal le dio un puñetazo, Frankie habrá ido corriendo a contárselo a Peter. Pero ¿con qué intención? ¿Confiando en que Peter lo escoja a él, en vez de a su mejor matón? ¿A que haga lo que debe?

—Por Dios, papá, ¿puedes hacer el favor de meterte una puta cucharada en la boca?

—Te he dicho que no tengo hambre.

—¿Hay que llevarte al médico?

—Odio a los médicos.

Y ellos a ti, responde Danny para sus adentros. Los pones a parir y te comes con los ojos a las enfermeras.

—Me das la tabarra con la carne y ahora no te la comes.

—Ya me la comeré después.

Danny sabe que Marty le está invitando a marcharse.

Le he traído la compra y la lotería y me ha contado ese cotilleo, así que ya he cumplido con mi propósito, se dice. Tiene prisa por volver a quedarse solo con su amargura.

—Volveré el jueves.

—Si quieres.

Danny lo besa en la frente y se vuelve hacia la puerta.

—Danny…

—¿Qué?

—Ten cuidado.

VEINTINUEVE

EL CHAVAL ES GUAPÍSIMO.

Bueno, no es un chaval (eso sería pasarse); es un hombre, pero joven, y es guapísimo.

Sal sabe que este es el último sitio donde tendría que estar ahora mismo, con los rumores que corren sobre él, pero ha tomado la precaución de ir hasta Westerly. Mientras iba en el coche se decía que no iba a ir allí; mientras aparcaba, que no iba a entrar; y, al entrar en el bar, que no iba a quedarse.

La pelea con Judy ha sido brutal. Cuando ha llegado a casa, esa tarde, estaba sentada a la mesa de la cocina con una copa de vino tinto y lo ha mirado como si le hubiera hecho una porquería.

—¿Qué pasa? —le ha preguntado Sal.

Estaba ya medio borracha.

—Hoy he ido a la peluquería.

—¿Y qué?

—Que estaba sentada en la silla y a mi lado había dos *chiacchierone* hablando. ¿Y a que no sabes de qué hablaban?

Sal estaba cansado.

—No sé, Judy. ¿De qué?

—De ti.

Le dio un vuelco el estómago.

—Tuve que quedarme allí sentada y oír cómo se reían contando que alguien había pillado a Sal Antonucci, a mi Sal, chupándole la polla a un tío en el aseo de un bar de maricas.

—Eso no es verdad.

—¿Sabes, Sal? Creo que siempre lo he sabido. Había algo en ti... Y además estaba lo de Tony...

—Tony era mi amigo.

—Era más que tu puto amigo, joder. O no, era justo eso —replicó Judy—. Lo aguanté mientras no se enterara nadie, tenías tus necesidades, pero...

—Cállate de una puta vez.

—¿O qué? ¿Vas a pegarme? Adelante, pégame. O a lo mejor prefieres darme por el culo. Es lo que te gusta, ¿no? Venga, puedes follarme por el culo, Sal. Por lo menos así follarás conmigo alguna vez.

—Te he dado dos hijos.

—O a lo mejor me equivoco, Sal. A lo mejor lo que te gusta es que te den, no dar tú. ¿Eso es lo que quieres? ¿Quieres que te dé por el culo?

Sal la golpeó.

Una bofetada con la mano abierta que la hizo caer de la silla.

Judy se llevó la mano a la cara y lo miró con furia.

—Largo de aquí. Vete a buscarte un tío, maricón.

Él salió de casa y montó en el coche. Tomó la 95 y se dirigió hacia el sur, sin ninguna intención de venir aquí.

Pero aquí está, con dos copas ya en el cuerpo, y el chico es guapísimo. Alto, esbelto, con el pelo rubio oscuro un poco largo. Camisa de seda estampada, vaqueros ceñidos, zapatos bonitos. Es la primera vez que lo ve por aquí. Ha venido una veintena de veces, como mínimo, y nunca lo había visto.

El chico se da cuenta de que lo está mirando y le sostiene la mirada.

Sonríe.

Sal se acerca.

—¿Cómo te llamas?

—Alex.

—¿Puedo invitarte a una copa, Alex?

—Puede, si me dices tu nombre.

—Chuckie.

Alex se ríe.

—Qué va. Te lo acabas de inventar.

—Sí, quizá.

—Bueno, vale, Chuckie Quizá. Creo que puedes invitarme a un Martini seco.

Media hora después están fuera, en el callejón, Sal con la espalda pegada a la pared y la bragueta abierta y Alex de rodillas, haciéndole una mamada.

Sal hunde los dedos en el espeso pelo del chico.

No tendría que estar aquí, pero qué gozada, y el chico es tan guapo...

DANNY ACUNA A Ian en brazos, lo mece suavemente mientras le canta bajito «Mammas Don't Let Your Babies Grow Up to Be Cowboys».

Esta noche les está costando que se duerma. Terri lo ha intentado todo: lo ha arropado bien porque pensaba que a lo mejor tenía frío y luego le ha aflojado las mantas porque pensaba que quizá tenía calor, lo ha mecido en su sillita y lo ha tumbado en el suelo delante del televisor, pero el crío no paraba de llorar, de retorcerse y patalear.

Ni siquiera con «Mammas Don't Let» se ha quedado dormido, y eso que suele ser una táctica infalible: normalmente, se queda frito antes de que Willie Nelson acabe de cantar el primer estribillo. Esta noche, no, y Danny le ha dicho a Terri que él se ocupaba para que ella, que estaba agotada, pudiera darse una larga ducha caliente.

Pone la canción otra vez —y van treinta y siete—, y empieza a canturrear sin dejar de mecer al niño. Por fin nota que Ian se relaja, que su cuerpo se vuelve más pesado y su respiración se hace suave y rítmica, y disfruta de tener a su hijo en brazos un rato antes de llevarlo a la habitación. Lo deja con mucho cuidado en la cuna y sale de puntillas.

TERRI ACABA DE salir de la ducha, con el pelo y el cuerpo envuelto en sendas toallas.

Tiene una expresión rara en la cara.

Como si estuviera asustada.

—¿Qué pasa? —pregunta Danny.

—Me he notado algo —dice—, en el pecho.

LA MUJER ES al mismo tiempo rolliza y escultural. Con su tocado de plumas, avanza elegantemente por la pradera de césped, como un hermoso pájaro exótico.

Madeleine la observa.

Las modelos llevan las creaciones más icónicas de Manny Maniscalco. Ella se aseguró de que las chicas que iban a lucir los grandes diseños de Manny en la fiesta posterior a su funeral tuvieran un cuerpo que les sacara todo el partido.

A algunos miembros de la élite de Las Vegas —a los empresarios serios, a los menos asociados con el Strip— les parece vulgar y grotesco este festejo celebrado en la finca de Manny, con *showgirls* semidesnudas paseándose por el jardín, luciendo palmito. Sobre todo porque ha sido idea de una mujer que, cuando estaban casados, engañaba constantemente a su marido.

A Madeleine le trae sin cuidado lo que piensen.

Sabe que a Manny, un hombre extremadamente feo, le gustaba por encima de todo rodearse de belleza; sobre todo, de belleza femenina.

Por eso ha querido hacerle este regalo de despedida.

Se fue a vivir a la finca cuando se enteró de que Manny estaba en estado terminal. Habían mantenido el contacto durante esos años; hablaban por teléfono y de vez en cuando quedaban para cenar. Una de las últimas veces que cenaron juntos, ella vio claramente que estaba enfermo y consiguió que le contara lo que le pasaba. Cuando, semanas después, los médicos le dijeron a Manny que no podían hacer nada más por él, Madeleine se instaló sin más en su casa para hacerse cargo de su cuidado, sabedora de que quería morir en casa y no en el hospital.

Se aseguró de que tuviera enfermeras veinticuatro horas al día para que le administraran la medicación y le asearan, pero pasaba gran parte del tiempo sentada a su lado. Le hacía compañía durante las largas noches en vela, le enjugaba la frente y le daba la mano.

Hablaban y se reían recordando el pasado, los viajes que habían hecho, sus cenas, los espectáculos que vieron, los personajes que habían conocido.

Cuando murió, fue Madeleine quien le cerró los ojos.

Rompió a llorar, y luego se rehízo y empezó a planear el funeral y la suntuosa fiesta de despedida.

Todos los peces gordos han venido, porque Manny era un hombre muy respetado y querido en las altas esferas de Las Vegas y sus muchos círculos entrelazados. El alcalde, el congresista, empresarios, gente del mundo del espectáculo y de los casinos y capos de la mafia charlan amigablemente en el césped mientras toman canapés, beben vinos selectos y cuentan anécdotas sobre el difunto.

Y cuchichean sobre Madeleine, porque las noticias sobre el testamento de Manny son ya la comidilla en los mentideros de Las Vegas. Dicen que ella no se despegó de él durante sus últimos días para engatusarlo y aprovecharse de su estado de debilidad, y que hizo venir a un abogado para que, en presencia suya, cambiara el testamento.

Pero no es verdad.

Madeleine se llevó una sorpresa mayúscula cuando el abogado la informó de que Manny se lo había dejado todo: las acciones de Maniscalco Manufacturing, diez millones en bonos y valores de bolsa, propiedades inmobiliarias y más millones en metálico. Ahora todo es suyo: la finca, la mansión, los caballos, las cuadras, las canchas de tenis, la piscina…

El abogado se la llevó aparte y le aseguró que Manny no había cambiado el testamento recientemente; de hecho, no había cambiado ni una coma desde el día de su divorcio.

—Me dijo que usted le trajo belleza —le contó el abogado.

Así que Madeleine, rica ya por su propio esfuerzo, es ahora riquísima. Puede permitirse gastar el medio millón de dólares que le ha costado esta fiesta.

La *big band* de una sala de espectáculos está tocando «All the Things You Are», uno de los temas favoritos de Manny, y poco antes una gran estrella de la canción con espectáculo propio en Las Vegas ha cantado «My Funny Valentine».

Uno de los cómicos preferidos de Manny —uno de esos «cómicos faltones»—, se ha encargado de hacer el brindis: «Cuando Madeleine dijo "Sí, quiero", el cura le preguntó "¿En serio?". A Manny le encantaban los caballos, ¿saben? Y es lógico, porque tenía la misma cara que ellos. Uy, no les digan a los caballos que he dicho eso».

El circo de Las Vegas al completo está aquí, gracias a Madeleine: músicos, cantantes, cómicos, malabaristas, acróbatas y, cómo no, *showgirls*. Circulan entre los invitados, haciendo sus trucos o exhibiendo su belleza, y ella está segura de que a Manny le habría encantado esta fiesta.

Está admirando a una de las chicas cuando se le acerca Pasco Ferri.

El viejo capo de la mafia ha venido de Florida a presentar sus respetos y en representación de otros capos que no creían que debieran dejarse ver en público. Era un buen amigo de Manny y Madeleine lo conoce desde hace años.

—Una fiesta preciosa, Maddy.

—Creo que a él le habría gustado —contesta ella—. Cuéntame, ¿qué tal está mi hijo?

—No hablo mucho con él.

—Ya somos dos.

—Es un buen chico, Danny.

—No es un chico. Ya tiene un hijo.

—Sí, me he enterado. Enhorabuena.

Madeleine se encoge de hombros.

—Todavía no conozco a mi nieto.

—Danny es como su padre —dice Pasco—. Igual de terco. ¿Has oído hablar del Alzheimer de los irlandeses? Se les olvida todo, menos los rencores.

—Estoy preocupada por él. Ese asunto con los Moretti... Si pudieras hacer algo, Pasco, lo que sea, te lo agradecería. Ya sabes que yo puedo abrir ciertas puertas aquí. Tengo influencia en la comisión de juego, por ejemplo.

—No he venido a hacer negocios, Maddy. Solo a presentar mis respetos.

—Por supuesto.

Como si presentar sus respetos no fuera una forma de hacer negocios.

La fiesta decae finalmente, los invitados se van marchando poco a poco. El equipo de limpieza comienza a hacer su trabajo: desmonta mesas, pliega carpas, recoge la basura.

ESA NOCHE, MADELEINE, tumbada en la cama, acaricia la mejilla del joven.

Es suave, casi aterciopelada.

—Ha sido agradable —dice.

Kelly sonríe. Dientes blancos, rectos, perfectos.

—Esperaba algo un poco mejor que «agradable».

—¿No te ha parecido suficiente halago que gimiera tu nombre? —pregunta ella—. ¿Necesitas más refuerzo?

No debería necesitarlo, se dice. Es un chico encantador y lo sabe. El quarterback del equipo de fútbol de la universidad local. Las animadoras y las estudiantes se lo deben de rifar, y aun así, por lo que sea, se dice Madeleine, le gusta venir a acostarse conmigo.

Y no es solo por los regalos que le hace, por la ropa y los relojes; es que, por algún motivo, le gustan las mujeres maduras.

Menuda suerte la mía, piensa ella.

No se hace ilusiones de ser la única ni quiere serlo, y desde luego no quiere que se enamore de ella. Lo único que quiere es poder echar un polvo de vez en cuando con alguien de fiar y con un buen cuerpo, y Kelly cumple todos esos requisitos.

Tiene un físico perfecto.

Lo suyo ha sido estupendo, y le gustaría que continuara, pero él está empezando a volverse un poco dependiente.

Y arrogante.

Justo en ese momento, como para confirmárselo, le dice:

—He hecho que te corras como un cohete, ¿y solo se te ocurre decir que ha sido «agradable»?

Madeleine se apoya en el codo y lo mira.

—Kelly, ¿sabes cuál es la diferencia entre un vibrador y tú?

Él parece sorprendido y un poco asustado.

—Que el vibrador es giratorio —concluye Madeleine— y su mantenimiento es más barato.

Está a punto de añadir algo más cuando suena el teléfono.

Es Terri.

Está llorando.

TREINTA

SAL SABE QUE TIENE QUE hacer algo y deprisa.

Ahora mismo tiene el apoyo de Peter, pero no va a durarle siempre. Moretti es el típico jefe que solo tiene en cuenta lo que has hecho por él últimamente y, ahora que se rumorea que es gay, querrá que haga algo por él cuanto antes. Ya hay tíos que vuelven la cara cuando Sal entra en una habitación. Los oye murmurar cuando pasa a su lado en un bar, ve por el rabillo del ojo sus sonrisas socarronas, sabe que Frankie V se está despachando a gusto.

El muy cabrón… Sal intentó disculparse, pero Frankie no quiso escucharle. Le mandó a su casa una cesta espléndida: prosciutto, bresaola, soppressata, abbruzze, auricchio, aceitunas de Cerignola, aceite Biancolilla, una botella de chianti Ruffino… Frankie se la devolvió sin abrir.

¿Qué coño quiere?

El tío los tiene bien puestos. Ir por ahí diciendo que soy maricón… Después de cargarme a Marvin, a lo mejor también me lo cargo a él.

El problema es que Marvin es imprevisible. Si sabes que han dado orden de matarte, lo lógico es que te comportes de determinada manera: que procures ocultarte, pasar desapercibido; incluso que te marches de la ciudad.

Marvin no ha hecho ninguna de esas cosas. Al contrario: se deja ver a todas horas, se pavonea por ahí, va a los bares, a cenar, pasa ratos charlando en la esquina o en los parques, como si le estuviera desafiando.

Como si le dijera: «¿Quieres matarme? Pues tan difícil no es encontrarme, ¿no?».

En parte, lo de esconderse a plena vista es una táctica y Sal lo sabe: procuras quedarte en sitios públicos porque sabes que tu presunto asesino no querrá liquidarte delante de testigos. Pero, aun así, Marvin le está poniendo en evidencia, le está haciendo quedar mal.

Sobre todo, cuando le manda un kilo de brownie a la oficina de American Vending con una nota que dice: Tengo entendido que para mojar te gusta el chocolate. Se lo manda allí aposta, sabiendo que va a humillarlo delante de los chicos y que Peter se verá obligado a hacer algo.

Se supone que la gente le tiene miedo a Sal Antonucci.

Si pierde el factor miedo, lo pierde casi todo.

Cualquier aficionado podría intentar matarlo.

Así que, si no le queda más remedio que liquidar a Marvin delante de testigos, tendrá que procurar que sean testigos que no se vayan de la lengua.

O sea, los propios hombres de Marvin.

Podría acribillarlo a plena luz del día delante de ellos y ninguno le diría una palabra a la policía. Irían a por él por su cuenta, claro, porque, negros o blancos, esa es la ley.

Decide cargarse a Marvin en la cancha de baloncesto.

Y al estilo negrata.

Desde un coche.

• • •

TODO LO QUE sabe Sal, lo sabe también Marvin.

Y si Sal tiene ganas de cargarse a Marvin, las mismas ganas tiene Marvin de cargarse a Sal. Porque él también ha oído rumores. Sobre él. Que se está ablandando, dicen. Que ha llegado tan alto que se le ha olvidado lo que es vivir con los pies en el suelo. La fama que uno tiene en la calle es como cualquier otra mercancía: hay que refrescarla de vez en cuando o pierde su fuerza.

Por eso procura que Sal tenga oportunidades de sobra de venir a por él.

Para recordarle a su gente por qué Marvin es Marvin.

—**HASTA LOS NEGRATAS** saben que Sal es maricón —comenta Paulie, sentado en la oficina—. Todo el mundo se ríe de nosotros.

—Los negros no saben nada —contesta Peter mirando la caja de brownie, encima de la mesa—. Solo saben lo que han oído.

—Pues eso —dice su hermano—. Todo el mundo ha oído los rumores. ¿Y qué dirán en Peoria?

—¿Qué?

—Es una frase hecha —dice Paulie—. Como «¿Qué va a pensar la gente?». «¿Qué dirán en Peoria?».

—¿Dónde cojones está Peoria?

—Ni idea. ¿Y eso qué importa, joder?

—Importa porque ¿por qué coño va a importarnos lo que digan allí? —responde Peter.

—No nos importa.

—Entonces, ¿por qué...? —Peter se da por vencido.

A Chris está empezando a dolerle la cabeza.

—Nos importa lo que piensen ciertas personas en Boston

—dice—. Y en Nueva York. Que hay un marica entre los jefes de la familia. Que no somos capaces de cargarnos a una panda de destripaterrones, y que ahora hasta los morenos se ríen de nosotros.

Mantener una familia autónoma en la minúscula Rhode Island ha sido siempre un problema, se dice Chris. Estamos encajados entre Boston y Nueva York, que querrían adueñarse de nuestro territorio y convertirnos en una rama más de sus organizaciones. Por eso los de Rhode Island siempre hemos tenido que ser más duros, más estrictos, más violentos. Si los peces gordos de Boston o Nueva York piensan que flaqueamos, intentarán aprovechar la ocasión.

Esta guerra por intentar comerles un poco de terreno a los irlandeses va a acabar con nosotros.

—Entonces, ¿qué propones que hagamos? —pregunta Peter.

—Sal tiene que cargarse a Marvin...

—¿En una cita? —dice Paulie.

—Muy gracioso, Paulie —contesta Chris—. Luego, ya veremos lo que hacemos con Sal.

—¿Qué quieres decir? —pregunta Paulie—. Es un marica.

—Eso es lo que dice Marvin. Si Marvin no está, no puede seguir diciéndolo. Frankie V también lo dice, así que...

—O sea, que según tú tendríamos que cargarnos también a Frankie para tapar lo de Sal.

—Lo que estoy preguntando es cuál de los dos es más valioso —responde Chris—. ¿Cuál de los dos es mejor soldado? ¿Cuál de los dos gana más?

—¿Cuál de los dos es maricón?

Santo Dios, qué zoquete es, piensa Chris.

Peter, en cambio, lo entiende perfectamente. Entiende que es la imagen lo que importa, no la realidad.

—Entonces, crees que deberíamos darle a Sal luz verde para que liquide a Frankie.

Chris se encoge de hombros.

—¿Qué harías tú con un tío que va por ahí diciendo que eres homosexual?

Peter hace como que aprieta un gatillo.

Chris vuelve a encogerse de hombros.

—Pero Sal es maricón —insiste Paulie.

—¿Y qué, joder? —pregunta Chris.

—¿Estás de coña? Que lo que hacen es asqueroso. Que me da ganas de vomitar.

—¿Me estás diciendo que nunca has dado por culo a una tía? —dice Chris.

—Eso es distinto.

—¿Por qué?

—Porque una tía es una tía —dice Paulie.

—Vamos a esperar —dice Peter—, a ver si Sal nos resuelve lo de Marvin. Luego decidiremos qué hacer.

Típico de Peter, piensa Chris, posponer las cosas. Pero hasta cierto punto es lo más sensato: si Marvin mata a Sal, no tendremos que elegir entre Frankie V y él.

Paulie toma un pedazo de brownie.

—¿Qué cojones...? —dice Peter.

—¿Qué?

—¿Te vas a comer eso?

—¿Por qué no? —dice su hermano metiéndose el bizcocho en la boca—. Está bueno.

SENTADO AL VOLANTE de un Caddy robado, Sal ve la pista de baloncesto un tramo de calle antes de llegar a su altura.

Los negros saltan como monos de un lado a otro, con sus sudaderas con capucha. El problema es saber cuál de ellos es Marvin.

Al parar junto a la cancha, se acuerda de que Marvin juega de puta madre.

Entonces ve que un tipo vestido con sudadera gris hace un regate que deja al defensa del otro equipo clavado en el sitio, y luego salta y hace un mate.

Marvin.

Sal baja la ventanilla.

MARVIN INTUYE SU presencia.

Al colgarse del aro, lo ve.

—¡Un arma! —grita Demetrius.

Marvin suelta el aro y al tiempo que cae saca la pistola que lleva en el bolsillo de la sudadera y dispara.

Algo le golpea el pecho.

Está ya muerto cuando cae al suelo.

SAL RECORRE TRES manzanas antes de darse cuenta de que está herido.

El puto mono le ha dado en el brazo.

La adrenalina embota el dolor, pero está sangrando a lo bestia. Necesita que le curen la herida cuanto antes, pero no puede ir al hospital que está a dos minutos de allí porque, si se presenta en urgencias con una herida de bala, llamarán a la policía. Tira la pistola por la ventana y luego toma la 95 y se dirige al norte. Un médico de Pawtucket les debe dinero.

Quizá consiga llegar allí antes de desangrarse.

DANNY ESTÁ SENTADO en la sala de espera.

Las salas de espera de los médicos son el purgatorio, piensa. Una espera infinita para la salvación, que quizá llegue y quizá no. El tormento de la esperanza: la esperanza de que no sea un tumor; la esperanza de que, si lo es, sea benigno; la esperanza...

Hasta el nombre que figura en la puerta da pavor.

Oncólogo.

El médico de familia los ha mandado aquí. Dijo que este tío era muy bueno.

Pero ¿qué significa eso exactamente?, se pregunta mientras hojea un ejemplar manoseado de *Good Housekeeping*. Todas las revistas que hay son revistas de mujeres. Pues claro, idiota: aquí solo viene gente con cáncer de mama.

Pero ¿qué significa que el médico sea «bueno» si es al cáncer a lo que se enfrenta? ¿Puede conseguir que no sea cáncer? ¿Puede cambiar lo que ya está ahí? ¿Decirle a una mujer joven con un bebé y toda la vida por delante que aún le queda mucho tiempo por vivir?

Mira una receta de hamburguesa *sloppy joes* y vuelve a echar un vistazo al reloj. El tiempo no se mueve. Es lo que tiene el purgatorio.

Lo que le enseñaron las monjas sobre la eternidad.

Por fin se abre la puerta y aparece el doctor.

—¿Señor Ryan?

Danny se levanta.

—Pase, por favor.

Lo sigue a un cuartito. Terri está allí sentada y no tiene buena cara: sus ojos están húmedos, enrojecidos. El médico le indica una silla al lado de ella, se sienta detrás de la mesa y levanta una radiografía para que él la vea. Señala con el bolígrafo una «masa» en el pecho izquierdo de Terri.

Danny se acuerda entonces de un instante en la playa, el día que llegó Pam trayendo tanta muerte consigo.

«A mí me gustan tus tetas».

«Respuesta acertada».

El médico está diciendo algo de una biopsia.

—Si es positiva, habrá que operar para extirpar la mama.

—¿Y luego qué? —pregunta Terri—. ¿Quimioterapia?

El doctor pone una de esas sonrisas voluntariosas que se gastan los médicos con sus pacientes.

—¿Qué les parece si eso lo decidimos cuando llegue el momento, si es que llega? Mientras tanto, no hay que perder la esperanza.

—Es cáncer —dice Terri en el coche.

—Todavía no lo sabemos —responde Danny.

—Yo sí lo sé.

—Lo ha dicho el médico: no hay que perder la esperanza.

La esperanza, piensa.

El purgatorio.

Acaba de dejar a Terri descansando en la cama cuando Jimmy Mac aparca fuera. Cuando Danny baja, Jimmy pregunta:

—¿Te has enterado de lo de Marvin Jones?

DANNY ASISTE AL velatorio de Marvin.

Le parece lo correcto.

La policía decidió casi de inmediato que el asesinato de Marvin había sido un ajuste de cuentas entre bandas. Dijeron que estaban siguiendo pistas, detuvieron a unos cuantos miembros de bandas rivales y les apretaron las tuercas, pero ninguno sabía nada y todos tenían coartada.

La gente de Marvin tampoco sabía nada, y ninguno de los hombres que estaban en el lugar de los hechos vio nada.

Así que, por lo que respecta a la policía, todo se reduce a eso: basura que saca basura. Ahora esperan la inevitable revancha. O sea, otra vez, basura que saca basura.

El nombre de Sal Antonucci no se ha mencionado en ningún momento.

Y Sal ha desaparecido del mapa.

Danny llega a la casa que Marvin le compró a su madre en Friendship Street. Hay gente reunida en la acera, en los anchos escalones y en el espacioso porche delantero de la casona victoriana, completamente reformada.

Unos cuantos miran a Danny, el único blanco presente.

Danny entra.

Marvin yace en un ataúd abierto, en el cuarto de estar, donde se han dispuesto varias filas de sillas plegables, todas llenas en ese momento. La mayoría de los presentes son mujeres vestidas de luto que lloran en voz baja, con el pañuelo pegado a la cara.

Danny se acerca al féretro.

Marvin recibió un balazo en el corazón, así que tiene la cara intacta: bella todavía, aún orgullosa, casi arrogante en la muerte. Marvin Jones se creía invencible, piensa Danny; creía que nada podía tocarlo. Puede que lo creamos todos, hasta que algo nos alcanza.

Se acerca a la madre de Marvin.

—La acompaño en el sentimiento.

Es tan guapa como su hijo, tiene la misma presencia.

—Gracias. Lo siento, pero ¿quién eres?

—Me llamo Danny Ryan.

—¿De qué conocías a Marvin?

—Jugábamos juntos al baloncesto.

—Ah. Pero no te había visto antes.

—No, señora.

—Bueno, gracias por venir.

Danny ve a Demetrius parado en la puerta de la cocina. Se acerca a él y le dice:

—¿Podemos hablar?

—En el patio.

El patio es amplio y frondoso, con un gran roble y arces que lo dejan casi en sombra. Hay una mesa y sillas de hierro forjado bajo un arce, y una barbacoa con tejadillo junto a la valla.

—Siento lo de Marvin —dice Danny.

—Lo que sientes es haber perdido un peón —replica Demetrius—. Yo no soy un peón.

—¿Qué quieres decir?

—Quiero decir que esa guerra es cosa tuya. Con nosotros no cuentes.

—¿No quieres que Sal pague por lo de Marvin?

—Yo quería a Marvin, pero nos metió en una guerra de blancos. Intenté advertírselo.

—¿Y qué? ¿Entonces, se lo tenía merecido?

—Algo así —contesta Demetrius.

—Qué duro es eso.

—El mundo es duro, chaval.

—¿No quieren dominar su barrio? —pregunta Danny.

—Y vamos a dominarlo. Pero para eso no tenemos que hacer nada. Ustedes son cada día menos. Nosotros, cada día más. Solo tenemos que esperar. Si quieren acelerar las cosas matándose unos a otros, por mí encantado, mamón.

—Tú sabes lo que quería Marvin.

—¿Ah, sí? ¿Lo sé? —pregunta Demetrius—. Vamos a entrar a preguntárselo, a ver qué dice. Mi primo ha muerto por tu culpa, blanquito. Creo que es mejor que te marches.

Danny cruza la casa de nuevo y vuelve al coche.

CHRIS PALUMBO SABE dónde está Marvin Jones —en el cementerio North Burial Ground—, pero de Sal no puede decir lo mismo.

Ha pasado una semana. Si estuviera muerto, su cadáver habría aparecido ya. Así que se está escondiendo. Si se hubiera escondido para huir de la policía, se habría puesto en contacto con alguien de la familia para avisarlos de que está vivo y pedir ayuda. De modo que también se está escondiendo de la familia.

Muy sensato por su parte, piensa Chris: esperar a ver por qué se decanta Peter respecto al asunto de que sea gay. Yo podría ahorrarle la espera y las molestias: Peter toma todas las decisiones basándose en una sola premisa —qué le conviene más a él— y lo que más le conviene es quedarse con Sal, aunque para eso tenga que hacer como que no se entera de que de vez en cuando se pasa a la acera de enfrente.

O sea, que Peter le dirá a Frankie que cierre la boca de una puta vez si no quiere que se la cierren para siempre y, si llega el caso, le dará permiso a Sal para quitarlo de en medio.

Chris estaría encantado de decírselo a Sal si supiera dónde encontrarlo.

Para el coche frente a la casa de Sal, sale y llama al timbre.

Judy abre la puerta.

—Sal no está aquí.

—¿Volverá pronto?

—No, si san Antonio escucha mis oraciones —contesta ella—. ¿Entras, Chris, o vas a quedarte ahí como un pasmarote?

Él entra y la sigue a la cocina.

—Me estaba tomando un sambuca —dice Judy.

—A mí también me vendría bien un trago.

Ella le sirve una copita.

—¿Tienes idea de dónde puede estar Sal? —Chris se sienta en un taburete junto a la encimera y da un sorbo al potente anisado.

—No.

—¿Tiene…? No te ofendas, Judy. ¿Tiene alguna querida?

Ella se ríe.

—Qué más quisiera yo. Casi me da miedo que me haya pegado el sida.

—Así que te has enterado.

—Cree una que conoce a un hombre y en realidad no sabe nada de él.

Chris deja el vaso y se levanta.

—Si llama, ¿me avisarás?

—Le odio, pero no quiero que muera.

—Judy...

—Llevo metida en este mundo toda la vida, Chris. Sé cómo son las cosas.

—Nadie quiere hacerle daño.

—No me vengas con esas.

Él levanta la mano.

—Es la verdad.

Sale de la casa convencido de que Judy no sabe dónde está su marido y de que tampoco se lo dirá si lo averigua.

DANNY ESTÁ SENTADO en la sala de atrás del Gloc.

—Es una pena —dice John—. Me caía bien ese chiquillo.

—Marvin no era un chiquillo —contesta Danny.

—No lo decía porque fuera un crío. Pera era todavía muy joven. ¿Qué se sabe de Sal?

—Nada.

Ha mandado a los Monaguillos a tantear el terreno, pero no han averiguado nada.

Es muy preocupante: con Marvin muerto y los negros fuera del terreno de juego, no hay nada que impida a Peter arremeter contra ellos.

Sal, de todos modos, es decisivo y Peter querrá contar con él.

—¿Has mirado en las tiendas de animales? —pregunta Liam.

—¿Qué?

—Por si alguien ha comprado una remesa de jerbos —dice Liam

con una sonrisilla sarcástica—. Por lo visto a los gais les gusta metérselos por el culo.

—Muy gracioso —contesta Danny—. Graciosísimo.

—Siempre dije que Sal era de la acera de enfrente —afirma Liam—. Es…, ¿cómo se dice? Su talón de Aquiles.

—Tengo que irme a casa —dice Danny.

—¿Cómo está Terri? —pregunta John—. ¿Qué tal lo lleva?

—Mañana le hacen la biopsia.

—Rezaré un rosario.

Sí, eso, John, reza un rosario. Seguro que ayuda.

Danny se levanta.

—¿Quieres hacer algo útil, Liam? Vete a buscar a Sal.

—Tú no te preocupes por Sal —contesta Liam, todavía con esa puta sonrisa de suficiencia en la cara.

—Claro que me preocupo.

Se preocupa por todo.

Sobre todo, por Terri.

La ingresan esta tarde. Cassie va a quedarse con Ian por la noche. La operación será a primera hora de la mañana.

Son curiosas las palabras, se dice Danny mientras vuelve andando a casa.

La mayor parte del tiempo no significan nada. Y luego, de repente, una sola palabra lo cambia todo, y yo daría cualquier cosa por oírla, por oír esa palabra que antes no tenía ningún significado para mí.

Benigno.

LIAM VIERTE UN poco de coca en la mesa baja de cristal.

—Me tratan todos como si fuera una mierda.

—¿Quién? —pregunta Pam, cansada de las quejas y el victimismo de su marido.

—Danny, el primero. Y todos los del Gloc. Hasta mi padre piensa que soy un inútil.

¿Por qué será?, piensa Pam, pero sabe que es mejor no decir nada. ¿Quizá porque tú empezaste todo esto e hiciste que siguiera adelante cuando tuviste oportunidad de ponerle fin? ¿Quizá porque has jurado a los cuatro vientos vengar a tu hermano y luego no has hecho nada más que vaguear y ponerte ciego? ¿O porque todo el mundo —Danny, la gente del Gloc y tu padre— sabe que te cagas de miedo ante Sal Antonucci y que no vas a hacer nada más que hablar?

Que es lo único que haces bien, Liam.

Hablar.

—Ahora es cuando mi amante esposa debería decir: «No eres un inútil, Liam, se equivocan todos, ya lo verán» —dice él.

Pam esnifa una raya.

—No eres un inútil, Liam. Se equivocan todos. Ya lo verán.

—Que te jodan.

—No serás tú. Últimamente estás demasiado drogado para que se te levante.

—O a lo mejor me estoy follando a otra.

—Pues bendita sea, la pobre. Le deseo buena suerte.

—¡Yo te quería! —grita él de repente—. ¡Lo dejé todo por ti!

Aprieta el billete de dólar enrollado, se inclina sobre la mesa y esnifa otra raya.

Y luego otra.

Luego se limpia la nariz.

—Ya lo verás. Lo verán todos. Ninguno de ellos podía con Sal. Ni Danny, ni Marvin, ni nadie. Solo Liam. Ya lo verás. Lo verán todos ustedes. Espera y verás.

—Lo que tú digas, Liam.

¿De verdad nos hemos quedado sin cocaína?, se pregunta.

¿De verdad?

• • •

SAL SABE QUE no debería haberlo hecho.

Sabe que no debería haber llamado a Alex.

Pero necesitaba un sitio donde esconderse, un lugar donde recuperarse y, sobre todo, donde encontrar un poco de consuelo.

Un poco de belleza en esta vida tan perra.

Tumbado en la cama, mira por la ventana del pisito de Westerly donde vive Alex. La vista no es gran cosa —la estación de tren de enfrente—, pero es apacible.

Ya tiene el brazo bien. La bala se lo atravesó limpiamente, sin romper el hueso ni seccionar ninguna arteria, y el médico, aunque estaba acojonado, se lo cosió y le dijo que se marchase.

Sal abandonó el coche en Providence y tomó el tren para ir a Westerly, desde donde llamó a Alex.

No estaba seguro de cómo iba a reaccionar, pero Alex le dijo que claro, que podía ir a su casa. Cuando llegó y le vio el brazo, preguntó:

—¿Qué te ha pasado?

—Que estaba donde no debía —contestó Sal—. Oye, necesito un sitio donde esconderme unos días…

—Claro. No hay problema.

Alex no solo lo había acogido, también le había hecho de enfermero. Lo metió en la cama, le llevó Tylenol y sopa, lo ayudó a meterse en la ducha y a lavarse para que no se le mojara el vendaje. Y un par de días después, cuando Sal se encontraba mejor, le hizo el amor con ternura.

Después, tendido a su lado, mientras dibujaba filigranas con el dedo sobre su muslo, le preguntó:

—Bueno, ¿a qué te dedicas?

—¿Que a qué me dedico?

—Sí, ya sabes, cómo te ganas la vida.

—Tengo negocios. Un concesionario de coches, una empresa de transporte...

—Eres de la mafia.

—No, qué va.

—¿Qué piensan tus compañeros de que seas gay?

—Yo no soy gay.

Alex se rio.

—Pues hace unos minutos sí que lo eras.

—No, es solo que... me gustas.

—Tú a mí también.

Sal sabe que va a tener que marcharse tarde o temprano; pronto, seguramente. Echarse a la calle y afrontar lo que le toque.

He hecho lo que quería Peter, se dice. Solventé su problema con Marvin Jones, así que seguramente me respaldará en lo de Frankie V y acallará los rumores. Frankie tendrá que agachar la cabeza y comer mierda, o tendré que matarlo.

Y Peter dejará que lo mate.

Porque ¿qué es más ofensivo: ser gay o que te acusen falsamente de serlo?

Claro que también puede ser que la haya cagado. Ahora que Marvin está muerto, Peter ya no me necesita y puede que me eche a los perros.

Alex ha ido al 7-Eleven a comprar algo para desayunar, así que Sal se levanta y usa su teléfono.

—¡Joder, Sal! —exclama Chris—. ¿Dónde estás?

—¿En qué situación estoy?

—¿Qué quieres decir?

—Ya lo sabes.

—¿Te refieres a esas sandeces que ha ido contando Frankie? Nadie se lo cree. Venga, hombre.

—Si vuelvo, voy a tener que cerrarle la boca.

—Haz lo que tengas que hacer, Sal.

O sea, que ya está, piensa al colgar. Van a hacer la vista gorda con lo de que soy gay y además tengo luz verde para cargarme a Frankie.

Muy bien.

ALEX LLAMA DESDE la cabina de teléfono que hay frente al 7-Eleven.

—Sigue aquí.

—Te has ganado dos de los grandes.

—Ahora son cinco —contesta—. Los dos mil eran por acogerlo. Quiero otro tres mil por... lo demás.

—Me estás pareciendo muy avaricioso, capullo.

—Llevo una semana teniendo que follar con ese cerdo. Hasta le he hecho sopa de pollo. Tres mil es un ganga.

—Está bien. ¿Cómo sabré cuándo va a bajar?

—Subiré las persianas.

LIAM VUELVE A subirse al coche y vigila el apartamento.

No se fía de que el tal Alex vaya a hacer lo que le ha dicho.

Dar con él no fue difícil. En Rhode Island no hay muchos bares gais; solo tuvo que pasarse por un par de ellos para encontrar el garito de Westerly donde varias personas reconocieron a Sal por su descripción.

Después solo fue cuestión de encontrar a un chapero al que le viniera bien ganar un dinerillo extra y que fuera lo bastante guapo como para atraer a Sal.

O sea, el tal Alex.

•   •   •

—ME VOY —DICE Sal.

—No hace falta que te vayas —contesta Alex.

—Sí, tengo que irme.

—¿Vas a volver?

—¿Quieres que vuelva?

—Sí. Por eso te lo he preguntado.

—Entonces, volveré.

Alex lo besa.

Sal baja las escaleras.

Alex sube las persianas.

LIAM APOYA EL rifle en la ventanilla bajada y espera.

Le tiemblan las manos.

No seas cobarde, se dice. No seas lo que dicen que eres. Hazlo por tu hermano.

Ve salir a Antonucci del portal y le apunta al pecho.

Tragando saliva, aprieta el gatillo.

SAL SE SIENTA y se apoya contra la pared. De repente está muy cansado; es como si sus piernas no quisieran sostenerlo más.

Se palpa la pechera de la camisa, caliente y húmeda.

Levanta la mano y ve que la tiene empapada de sangre.

Piensa...

Santa María, madre de Dios,

ruega por nosotros, pecadores,

ahora y en la hora de nuestra...

• • •

DANNY ESTÁ FRENTE a la máquina expendedora del hospital, tratando de decidirse entre unas galletas con trocitos de chocolate o una chocolatina Hershey, cuando Jimmy Mac se acerca a él por detrás.

—¿Te has enterado? —pregunta.

—¿De qué?

—Sal Antonucci —dice Jimmy cruzándose el cuello con un dedo.

—Joder. ¿Cuándo? ¿Quién ha sido?

Jimmy se encoge de hombros.

—Se lo han cargado en Westerly. Estaba saliendo de un portal y alguien le ha disparado desde el otro lado de la calle.

Esto podría cambiarlo todo, se dice Danny. Ahora que no tiene a Sal, tal vez Peter esté dispuesto a negociar la paz. Puede que incluso dé marcha atrás y se conforme con dejar las cosas como estaban.

O quizá salga por el otro lado y quiera tomarse la revancha por lo de Antonucci.

—Avisa a todos de que no se descuiden —dice Danny—. Que procuren no pisar la calle una temporada.

—Eso vale también para ti, Danny.

—En el hospital no van a venir a por mí.

—Pero en el aparcamiento, sí. Ned estará vigilando. Dale un beso a Terri de mi parte. Y de parte de Angie.

—Se lo daré.

Danny decide que no tiene hambre y sube a la habitación de Terri. Le han puesto un sedante y está amodorrada.

—¿Has comido algo? —le pregunta ella.

—Sí.

—¿Cómo está Ian?

—Está con Cassie, así que estupendamente.

—Tengo miedo, Danny.

—Ya lo sé. Pero no va a pasarte nada.

—¿Me lo prometes?

—Te lo prometo.

Porque ¿qué otra cosa va a decirle?

—ERES EL *CHIACCHIERONE* con más potra que he visto nunca —le dice Chris a Frankie—. Sabes que Peter estaba dispuesto a darte boleto.

—¿Tenía o no tenía yo razón? —pregunta Frankie—. Porque, a ver, ¿dónde estaba Sal cuando le dispararon? Saliendo de casa de un chapero. Caso cerrado.

Llevan a Alex metido en el maletero del coche que conduce Chris. Tuvo la precaución de dejar su apartamento, pero no de marcharse del barrio. Chris y Frankie lo encontraron en el aparcamiento del mismo bar en el que lo conoció Sal.

Van a llevarlo a un sitio apartado, junto a una cantera abandonada, para tener una charla con él. Chris deja la autovía y toma una carretera secundaria.

Chris tiene razón, piensa Frankie. El que se haya cargado a Sal me ha hecho un favor de la hostia. Ha vuelto a mezclar toda la baraja y ahora Peter va a tener que ofrecerme otro acuerdo. Solo tengo que jugar bien mis cartas. Aunque es alucinante que estuviera dispuesto a dejar que me liquidaran para proteger a un finocchio. Esta cosa nuestra ya no es lo que era.

Chris para a un lado de la pista de tierra, junto a la cantera. Los altos juncos se mecen con la brisa, entre ellos y el agua. Salen del coche, sacan a Alex del maletero y le arrancan la cinta aislante de la boca.

—Si gritas, te pego un tiro —le dice Chris enseñándole la pistola—. No vamos a hacerte daño. Solo queremos hacerte unas preguntas.

Joder, piensa Frankie, el menda está tan asustado que se ha meado encima.

—¿Quién te pagó para tenderle una trampa a Sal? —pregunta Chris.

—Nadie —contesta Alex.

—¿Qué pasa? ¿Es que lo hiciste gratis?

—Yo no le tendí una trampa. No he tenido nada que ver con eso.

—Podemos hacer dos cosas —dice Chris—. O nos dices la verdad, o sea, todo lo que sabes, y te llevamos de vuelta a la ciudad y sigues con tu vida, o te hacemos más daño del que te puedas imaginar y tiramos tu cadáver al estanque. Yo que tú escogería lo primero, pero tú mismo.

Alex se lo cuenta todo.

Que Liam Murphy se le acercó en un bar gay y que le ofreció dos mil dólares por seducir a Sal. Que él llamó a Liam cuando Sal se presentó en su casa y que volvió a llamarlo cuando estaba a punto de irse. Y que subió las persianas para avisarlo de que bajaba.

—Así que fue Liam Murphy quien apretó el gatillo —dice Chris.

—No lo sé.

—Pero estaba allí.

—Sí, eso seguro. En un coche, al otro lado de la calle. En el aparcamiento de la estación.

—¿Nos estás diciendo la verdad, Alex?

—Lo juro. —Empieza a llorar—. Por favor, no me maten.

—Tranquilo —dice Chris—. Ni siquiera nos caía bien Sal. ¿Dónde iba a darte Liam el resto del dinero?

—En el bar. Pero no apareció.

—Qué sorpresa —comenta Frankie.

—La próxima vez, pide el dinero por adelantado —le aconseja Chris—. El dinero por delante, siempre.

—Tengo una pregunta más —dice Frankie—. Necesito saberlo. Sal... ¿era pícher o cácher?

—¿Qué?

—Que si te lo follabas tú o él a ti —pregunta Chris.

—Él a mí.

—Bueno, algo es algo.

—¿Has acabado? —le pregunta Chris.

—Sí.

—Vamos a hacer una cosa —le dice Chris a Alex—. Me gustaría soltarte, pero le tendiste una trampa a uno de los nuestros y hay ciertas normas para estas cosas.

—Por favor, haré lo que sea. Los chuparé la polla a los dos.

—Por apetecible que suene eso —responde Chris—, tenemos que responder ante nuestro jefe y...

—Aunque por otro lado... —dice Frankie.

—¿Qué?

—Si metemos a este desgraciado en un autobús y promete no volver nunca más, podríamos decir que nos lo cargamos y ya está. ¿Quién va a enterarse?

—Así nos ahorraríamos tener que cavar la tumba. ¿Qué te parece, Alex? —pregunta Chris—. ¿Estarías dispuesto a hacer eso? ¿Subirte a un autobús y desaparecer?

—Yo... tendría que cambiarme de pantalones.

—¿En serio? —dice Frankie—. Serías el único tío en la estación de autobuses que no oliera a meados. Pero, sí, supongo que podemos pasarnos un momento por tu casa.

—Pero tendrás que ir otra vez en el maletero —añade Chris—. No te ofendas, pero no quiero que me apestes el coche.

—De acuerdo.

Lo levantan y lo meten en el maletero.

Antes de cerrar, Chris le dice:

—Puede que paremos en el McDonald's, así que no hagas ruido.

—¿Quieres algo? —pregunta Frankie—. ¿Un cuarto de libra?

Alex dice que no con la cabeza.

Cierran el maletero. Luego Chris quita el freno de mano, empuja el coche hacia el agua y ven cómo se hunde.

Veinte minutos después, llega otro coche a recogerlos.

—¿Sigues queriendo parar en el McDonald's? —pregunta Frankie.

—Sí, me apetece comer algo —contesta Chris.

LIAM LLEGA CIEGO a casa.

Puesto de coca hasta las trancas.

—Lo he hecho —le dice a Pam.

—¿El qué? —Está cansada, no le apetece escuchar otro de sus monólogos de cocainómano.

—Lo que todo el mundo decía que no haría. Lo que todo el mundo decía que no podía hacer. Eso.

—¿Puedes concretar un poco, Liam?

Se sienta en el sofá, junto a ella. Se inclina y susurra:

—He matado a Sal Antonucci. Yo. Lo he hecho. El inútil, el inepto de Liam, el que no sirve para nada.

Le cuenta toda la historia.

Pam le escucha. Luego dice:

—O sea, que sobornaste a un marica para que lo sedujera y le has pegado un tiro desde el otro lado de la calle. Qué machote eres, Liam.

Él la amaga con el puño.

—Atrévete, capullo de mierda, y te pego una paliza —le dice Pam.

Se levanta y va a darse una ducha.

FRANKIE SE REÚNE con Peter.

—¿Tú sabes lo que es la historia? —le pregunta Peter.

—¿La historia?

—Sí.

—No sé. Son las cosas que han pasado.

—No —contesta Peter—, son las cosas que la gente dice que han pasado. Así que permíteme contarte la historia de Sal. No era maricón, era un buen padre y un buen marido, y los negros lo han matado para vengar a Marvin Jones.

—Lo ha matado Liam.

—¿Ves? No comprendes lo que es la historia —dice Peter.

—Lo que no entiendo es por qué.

Serás imbécil, piensa Chris. Si Liam mató a Sal, Peter tendrá que responder y la guerra seguirá. Y no queremos que la guerra siga, por lo menos así. Si, en cambio, fue algún negrata, podemos pasar meses buscándolo sin que a nadie le importe. O nos cargamos a uno cualquiera y se acabó.

—No hace falta que sepas por qué, Frankie —dice Chris.

—Pero ya le he dicho a un montón de gente que Sal era maricón.

—Pues vas a tener que decirles que no lo era —responde Peter—. Y esa gente tendrá que creerte o hacer como que te cree, porque así es la historia. Capito?

—Capito.

Frankie se levanta y se va.

—¿Te fías de él? —pregunta Chris.

—No.

—En algún momento habrá que hacer algo al respecto.

TREINTA Y UNO

LA PALABRA «DIAGNOSTICADO» NUNCA LE ha dicho gran cosa a Danny.

A la gente le diagnosticaban toda clase de dolencias: sinusitis, neumonía, enfermedades mentales. Ahora, ese término tiene para él un significado muy concreto: tienes cáncer.

Ha sido una mala noticia tras otra, a cual peor, una ola imposible de detener. Primero, el descubrimiento del bulto, que podría haber sido benigno, pero no lo era, era maligno. Luego, la operación, que podría haber sido una tumeroctomía, pero no, fue una mastectomía. Y, por último, el tumor, que podría haber estado en fase uno o incluso en fase dos.

Pero no, estaba en fase tres.

Cada encrucijada del camino los ha ido llevando hacia un lugar más oscuro.

La vida se convierte en una monótona ronda de sesiones de quimioterapia, vómitos y cansancio que él contempla con impotencia. Lo único que puede hacer es sujetarle la cabeza a Terri, traerle paños mojados, vigilar a Ian mientras ella descansa, hacer la comida lo mejor que puede.

Una comida que Terri solo picotea.

Danny ve cómo adelgaza.

Ella bromea al respecto:

—Fíjate, al final he perdido los kilos que engordé con el embarazo.

Él dice lo que se espera que uno diga en estos casos: «vamos a ganar esta batalla»; «descubren nuevos tratamientos constantemente». Todo el mundo dice lo que se supone que debe decir, los tópicos de siempre; «es una luchadora», por ejemplo.

Sí, piensa Danny. Pero en toda lucha hay dos rivales, y uno de los dos pierde.

Aun así, intenta «ser positivo».

Lo bueno es que la guerra con los Moretti se ha parado. No oficialmente, porque no ha habido conversaciones de paz ni negociación de ningún tipo, pero Peter no se ha vengado por lo de Sal y los italianos no han vuelto a atacarlos.

Parece que han llegado a un alto el fuego.

Liam se atribuye todo el mérito.

Inunda la sala trasera del Gloc con sus fanfarronadas:

—Sin Sal, no tienen nada que hacer. El que se haya cargado a Sal... y, ojo, que no estoy diciendo quién ha sido..., ese ha ganado la puta guerra. Están acabados.

En privado, sobre todo cuando está drogado —o sea, siempre—, va contándole a todo el mundo «en confianza» cómo mató a Sal Antonucci.

—Cruzó la calle hacia mí con la pistola en esa manaza que tenía y ¡bam!

—Sí, como si fuera Solo ante el peligro —le dice Pam a Danny una noche, mientras oye a su marido—. Ahí tienes a Gary Cooper.

—Aunque sea cierto, debería tener la boca cerrada —contesta Danny.

—¿Cómo está Terri?

—Bien.

—Es una luchadora —dice Pam.

Danny mira a Liam.

—¿Cuánta coca se está metiendo?

—Con él, los colombianos tienen el pleno empleo asegurado —responde ella.

—¿Por qué sigues con él, Pam?

—No lo sé.

Y es verdad que no lo sabe. Tiene alternativas. El otro día, sin ir más lejos, estaba haciendo la compra y se le acercó un agente del FBI.

—Una mujer con su formación y su experiencia —le dijo Jardine—, de buena familia... ¿Qué hace con un mierda como Liam Murphy?

Ella no contestó.

—¿Y encima ahora se mete coca? —añadió Jardine—. Se lo veo en los ojos. Donde no la veo, en cambio, es en la trena. ¿Una chica tan guapa como usted? ¡Uf! —Meneó la cabeza.

—Solo intento hacer la compra —respondió ella.

—Como la mujercita obediente de un mafioso. Seguramente él ya la habrá puesto a recortar cupones, porque, por lo que tengo entendido, no les va muy bien. Lo que intento decirle es que usted tiene alternativas. —Le dio su tarjeta—. Llámeme. Podemos encontrar una solución. Usted es de Connecticut, no pinta nada en Rhode Island.

Pam no dijo nada, pero guardó la tarjeta al fondo del monedero.

Ahora le dice a Danny:

—Puede que sea porque, si le dejo, todo esto no habrá servido para nada.

Él se acuerda del instante en que la vio por primera vez, saliendo del mar. Tan bella, tan resplandeciente.

Ahora, no tanto.

No tiene valor para decirle que, de hecho, todo esto no ha servido para nada.

—¿Cuánta coca te estás metiendo tú? —le pregunta.

—Demasiada.

—Quizá deberías buscar ayuda.

—¿Qué? ¿Ir con Cassie a esas reuniones horribles? No, gracias. Además, estoy consumiendo menos. ¿Qué te crees, Danny, que no me miro al espejo? ¿Que no sé qué aspecto tengo?

Danny no va mucho a la playa.

Normalmente, solo baja a llevarle la compra a su padre y a veces, de paso, se da un chapuzón. Esas escapadas son paréntesis culpables para escapar del dolor de la enfermedad de Terri. A veces se pasa por el Dave's Dock a tomarse a toda prisa una caldereta, o por el Aunt Betty's a comprar un poco de marisco cocido que remueve dentro de la bolsa de papel marrón para cubrirlo de sal y vinagre, y a lo mejor se toma una cerveza en el Blue Door.

Luego vuelve a casa avergonzado por haber tenido ese rato de asueto.

Un día le pregunta a Marty:

—¿Por qué crees que Peter hace como que fueron los negros los que mataron a Sal?

—Piénsalo —contesta su padre—. Peter y Sal se odiaban. Tarde o temprano, Sal iba a intentar algo contra él. Así que Liam le hizo un favor.

—¿Crees que la guerra ha terminado?

—Terminar, no termina nunca. Viene y va, como la marea. Hay periodos de paz y periodos de guerra. Cuando hay paz, la disfrutas mientras puedes y, cuando hay guerra, intentas sobrevivir. No se puede hacer otra cosa.

Tiene razón, supone Danny.

Vuelve a Providence y ve a John en el Gloc.

—¿Qué tal está mi hija? —le pregunta el viejo.

—Ve a verlo tú mismo —le responde Danny, porque John no se ha pasado por casa desde que a Terri le diagnosticaron el cáncer—. Seguro que le encantaría verte.

—No quiero molestarla, necesita descansar.

—No es contagioso, John.

A Murphy se le humedecen los ojos.

—Es que es muy duro, Danny, ¿sabes?

Más duro es para ella, piensa él. Que te den, viejo cobarde, cabrón egoísta.

—Sí, bueno... Seguro que le encantaría que fueras a verla.

Catherine, en cambio, va casi demasiado. Les lleva guisos (lo que es una gran ayuda, Danny tiene que reconocerlo), limpia y se encarga de la ropa, pero a Terri la saca de quicio.

Y a él también.

—¿No puedes hacer que coma, Danny? —pregunta.

—Lo devuelve todo, Catherine.

—Pero tiene que comer. Se está consumiendo, la pobrecita. La culpa la tienen esos puñeteros medicamentos. Para mí que son peor que el cáncer.

Cassie también viene mucho, pero se lleva de maravilla con su hermana. Ven juntas la tele, juegan con Ian o charlan sin más. Suele estar en casa cuando llega Danny, y él se lo agradece.

A Terri la hace reír:

—No sé, hermanita, ahí tumbada, con una aguja en el brazo, poniéndote ciega de drogas legales... Me das un poquito de envidia.

Y cuida del bebé tan bien como cuida de Terri: lo tiene en brazos, le da de comer y lo baña, todo con un sentido del humor tierno y suave que tranquiliza al crío, que es puro nervio.

—¿Nunca piensas en tener uno tú? —le pregunta Danny una vez.

Ella niega con la cabeza.

—No, esto no es para mí.

—Tienes buena mano.

—No, no es para mí.

Danny prefiere no insistir.

Llega el primer cumpleaños de Ian.

Es una fecha importante y Terri quiere que hagan una fiesta, pero Danny tiene sus dudas.

—¿Te sientes con fuerzas?

—No —contesta ella—. Pero ¿cuántos cumpleaños suyos voy a ver?

—No digas eso.

—Quiero que mi hijo tenga una fiesta de cumpleaños.

—Cumple un año. No va a enterarse.

—Pero yo sí —responde Terri.

Con eso dan por zanjado el asunto.

Terri quiere que celebren la fiesta en casa, lo que no tiene mucho sentido porque su piso es muy pequeño y ha invitado a toda la familia. Danny sale a comprar una tarta helada, un montón de fiambres y embutidos, pan, cerveza, vino y refrescos para Cassie.

Se apretujan todos en el piso: John y Catherine, Sheila y Johnny, Cassie, Jimmy Mac y Angie, Liam y Pam, y Bernie Hughes. Danny va por la mañana a recoger a Marty y Ned. Los Monaguillos se pasan un rato y le llevan a Ian un camión de juguete, aunque es todavía muy pequeño para usarlo, pero aun así es un detalle.

Ponen una sola vela en la tarta helada y Terri la sopla por Ian, que acto seguido se restriega la tarta por la cara, más que comérsela. Cantan «Cumpleaños feliz» y abren los regalos y se lo pasan bastante bien, pero Danny nota que Terri está cansada, y Cassie, que también se da cuenta, dice que tiene que irse ya, dando a entender a los demás que es hora de marcharse.

HAY UN MIEMBRO de la familia que no está presente, y es Madeleine.

Terri la ha invitado a escondidas, sin decírselo a Danny, pero ha declinado la invitación de mala gana, por no causar problemas entre la pareja.

Aun así, hace una pequeña fiesta por su cuenta, con una tartita, una vela y los regalos que le ha comprado a Ian. No son regalos para un niño de un año, sino para uno de tres, porque calcula que dentro de dos años habrá conseguido reconciliarse con su hijo y podrá ver a su nieto.

Un camión de juguete grande.

Algo de ropa.

Y el poni que ahora pasta en la pradera junto a los purasangres de Manny.

Sentada frente a la tarta, con la vista fija en ella, piensa en las llamadas telefónicas que ha hecho a la mejor oncóloga de Rhode Island y al hospital.

—Quiero que Terri Ryan reciba el mejor tratamiento que haya. No importa lo que cueste —les dijo—. Mándenme a mí las facturas. Solo una cosa: ni ella ni su marido deben enterarse. Díganles que el seguro lo cubre todo o algo así.

—No estoy segura de que eso sea muy ético desde el punto de vista médico —repuso la doctora.

—Me importa muy poco que lo sea o no. ¿Qué es necesario para que lo hagan? ¿Una donación para el hospital? ¿Un pabellón nuevo, quizá? ¿Hay alguna organización benéfica que les interese especialmente?

Lo consiguió al fin, como siempre lo consigue todo.

Solo espera que sea suficiente.

Canta «Cumpleaños feliz» y sopla la vela.

EL VERANO PASA y llega septiembre.

El mes preferido de Danny. Las playas están vacías, el agua aún caliente y el cielo azul.

Y Terri se está muriendo.

Los médicos, la quimio y las operaciones no han podido parar el puto cáncer.

Otra palabra que aprende Danny: metástasis.

El cáncer se ha extendido al hígado.

Los médicos le dan unos meses.

Como si fuera un regalo, piensa Danny, como si estuviera en su mano dárselos. Como si fueran diosecillos que administran la vida y la muerte.

Septiembre da paso a octubre y luego, de pronto, llega Acción de Gracias y la familia se reúne para celebrar un cena deprimente en casa de los Murphy, en la que todo el mundo intenta fingir que Terri no está muriéndose. John parlotea sobre la Navidad; dice en broma que Liam come tanto que debe de tener una pierna hueca —el mismo chiste malo de siempre— y todos hacen como que no oyen vomitar a Terri detrás de la puerta del baño.

Cassie no puede soportarlo.

Arrincona a Danny en el pasillo.

—Odio a mi puta familia.

—Nadie sabe cómo enfrentarse a esto, Cassie.

—¿Y por eso fingimos que no está pasando? —contesta ella, y entra en el cuarto de baño a ayudar a su hermana.

Danny y Liam están fuera, en el patio, pasándose la pelota —a eso ha quedado reducido el tradicional partidillo de fútbol— cuando Liam le dice:

—¿A que no adivinas quién se ha puesto en contacto conmigo?

Danny no está de humor para adivinanzas.

—Dímelo y ya está.

—Frankie V. Me llamó anoche. Dice que quiere que nos sentemos a hablar.

Lo primero que piensa Danny es que es una emboscada: Frankie quiere tenderles una trampa. Irán a la reunión y los recibirán a balazos, le dice a Liam.

—No creo —contesta él—. A mí me parece que merece la pena probar.

—Pues prueba, entonces.

—Frankie solo irá a la reunión si vas tú también. Oye, que a mí tampoco me gusta, pero por lo visto ahora el jefe eres tú.

—¿Y tu padre?

—Frankie no ha pedido que esté presente. Quizá sea mejor que lo dejemos al margen hasta que sepamos algo más.

Danny se lo piensa.

Frankie podría estar haciendo de emisario de los Moretti, tanteando el terreno para un posible acuerdo de paz. Si es así, vale la pena arriesgarse.

—De acuerdo —dice—. Pero tiene que venir él a nuestro territorio. Yo elegiré el lugar y la hora y le avisaremos con tres cuartos de hora de antelación, nada más.

—Veré si acepta.

—Si no, no hay reunión —concluye Danny.

Está empezando a hacer frío y vuelven a entrar. Terri está sentada en el sofá del cuarto de estar, muy pálida, pero aun así sonríe cuando entran y dice:

—Por fin he encontrado una dieta que de verdad funciona. Debería ir a la tele.

—Estás muy guapa —dice su madre.

Porque nadie sabe qué decir.

Se quedan un rato más, Danny se come un trozo de pastel de calabaza y luego se van a casa y los acuesta a los dos: a su mujer y a su hijo.

AL DÍA SIGUIENTE, se sienta con su cuadrilla: Jimmy Mac, Ned Egan y los Monaguillos.

Ned, que casi nunca abre la boca, dice:

—No, no voy a dejar que te metas ahí. Se lo he prometido a tu padre.

Danny también tiene sus dudas.

Tengo un hijo pequeño y mi mujer está enferma de cáncer, piensa. Si me pasa algo, ¿qué será de ellos? Pero dice:

—Ned, si puedo llegar a un acuerdo razonable con los Moretti, tengo que hacerlo.

—A la mierda el acuerdo —contesta Kevin—. Yo digo que vayamos a por ellos, que les demos caña y acabemos con esto de una vez.

—Danny no ha pedido tu opinión —replica Ned—. Tú no tienes voto.

—La cuestión no es si voy a ir o no —responde Danny—. Eso ya lo he decidido. La cuestión es cómo vamos a asegurarnos de que no haya peligro.

Ned plantea sus exigencias: la reunión no puede ser en un restaurante ni en un bar, porque la mayoría tienen vínculos con los italianos. Tiene que ser al aire libre, en un sitio con una vía de entrada y otra de salida y buena visibilidad desde todos los puntos. Un lugar donde Ned y los demás puedan esperar cerca en un coche, por si hay que huir. Se les ocurren varias opciones, pero ninguna cumple todos los requisitos:

o no hay suficiente visibilidad o no hay buen ángulo para disparar, o el sitio es demasiado «italiano».

Por fin, Danny propone el faro de Gilead.

—Ese parquecito que da al faro. Tiene un aparcamiento muy grande y una vía de entrada y otra de salida. Del lado del mar, no tenemos que preocuparnos. Pueden cubrir todos los ángulos.

Ned mira a Jimmy Mac.

—Habrá que ir a echar un vistazo.

—Pero si hemos ido mil veces —dice Danny.

—Pues una más no hará daño —contesta Ned, y se levanta.

Jimmy también se pone en pie.

Danny se va a casa a ver cómo están su mujer y su hijo.

A LAS DOS de la madrugada del día siguiente, está sentado en el asiento del copiloto del coche de Jimmy, aparcado en la cuneta de la carretera que lleva al faro, aguardando a ver pasar el coche de Liam.

Liam ha avisado a Frankie con tres cuartos de hora de antelación de que se reuniera con él en el rompeolas, donde lo recogería para llevarlo a la reunión. Ned ya está en su coche, en el aparcamiento. Kevin Coombs está tumbado entre la maleza, armado con un rifle con mira telescópica nocturna.

Sean está en otro coche. Dará a Liam un minuto de ventaja, más o menos, y luego irá tras él para ver si alguien lo sigue.

El BMW de Liam pasa de largo.

Danny ve a Vecchio en el asiento del copiloto.

NED VE LLEGAR el coche pijo de Liam.

Aguarda, vigila, luego sale del coche, se acerca y sube a la parte de atrás del BMW.

—Voy a cachearte —le dice a Frankie.

—No voy armado.

—Tengo que asegurarme.

—Haz lo que tengas que hacer —contesta Frankie y luego, como no podía ser menos tratándose de él, añade—: Pero si me tocas la polla más de una vez, me debes una cena.

Está limpio.

Jimmy espera cinco minutos y luego entra en el aparcamiento. Sale del coche y Liam ocupa su lugar. Ned acompaña a Frankie a la parte de atrás del coche de Jimmy y se sienta a su lado. Le apunta a la braqueta con la pistola y dice:

—Si te veo hacer algo raro, aunque sea un pestañeo, te vuelo las pelotas.

—Relájate, Ned —dice Liam.

Ned no se relaja.

Frankie V siempre ha sido un gallito, un fanfarrón, piensa Danny, pero ahora no lo parece. Parece asustado.

—¿Les importa que fume?

—Sí —contesta Ned—. Podría ser una señal.

—¿Puedes esperar? —le pregunta Danny a Frankie.

—Parece que no me va a quedar más remedio. Siento mucho lo de la enfermedad de tu mujer.

Danny no contesta.

Liam le dice a Vecchio:

—Dile lo que me dijiste a mí.

Danny mira al italiano como diciendo: «Está bien, te escucho». Lo que quiere oír es que Frankie está allí para proponerles negociaciones de paz.

Pero no es eso lo que oye.

—Heroína —dice Vecchio.

—¿Qué pasa con ella?

Los Moretti están esperando un alijo de los grandes, eso es lo que pasa. Cuarenta kilos de heroína procedente del Triángulo de Oro, a un precio de mercado de 150 000 dólares el kilo; o sea, sus buenos seis millones. Y eso antes de cortarla y ponerla en la calle, donde el valor podría duplicarse o incluso triplicarse. El cargamento más grande de la historia, suficiente para que se coloquen todos los yonquis de Nueva Inglaterra. La droga llegará en un carguero al puerto de Providence y la gente de Vecchio está encargada de la recogida y la distribución.

—Es suyo si lo quieren —dice.

—Venga ya —contesta Danny.

¿Qué pretende este tío? ¿Regalarnos unos millones? ¿A santo de qué?

Mira a Liam y se encoge de hombros, incrédulo.

—Escúchale —dice Liam.

Danny se inclina hacia Vecchio como si dijera: «Vale, cuéntame el resto, véndeme la moto».

—Creo que Peter quiere quitarme de en medio —dice Frankie—. Me culpa por lo de Sal. Ni que hubiera hecho algo malo. Ni que hubiera contado algo que no era cierto.

—Ve al grano —dice Danny.

—Necesito dinero para largarme. Tengo a mis hijos en la universidad. Si me piro, ¿quién va a pagar sus gastos? Tengo dinero ahorrado por si vienen mal dadas, pero estamos hablando de años, si es que consigo sobrevivir. Tengo familia, por el amor de Dios. Mi madre no está bien…

Va a sacar todo el arsenal, se dice Danny: los hijos, la familia, la madre enferma… ¿Y qué? ¿Se supone que ahora tenemos que compadecernos de este cerdo? Que se joda. Que le den por culo a este cabrón.

Frankie sigue hablando, pero Danny apenas le escucha. Su propuesta está muy clara: él les da información detallada sobre el cargamento de heroína, ellos lo roban, Frankie se queda con su parte y todos felices y contentos.

—Te aseguro que esto será el fin de los Moretti —añade—. La guerra les ha hecho mucho daño, están todos a dos velas. Cuentan con este golpe para recuperarse.

—Si es tan importante y los Moretti no se fían de ti, ¿cómo es que te han puesto al mando?

—¿Es que crees que tienen valor para acercarse a la droga? No, son unos cobardes. Mejor que se arriesgue Frankie y nosotros nos quedamos con los beneficios. La misma mierda de siempre. Pues no, ni hablar: el bueno de Frankie va a pensar en lo que le conviene, por una vez.

Danny mira a Liam y dice:

—Es una trampa. Si vamos a por ese cargamento, nos meteremos de lleno en una emboscada.

—No, te lo juro por mis hijos —le asegura Frankie.

—Yo le creo —dice Liam.

—¿Tú estás loco o qué? —pregunta Danny—. ¿Te enseña unas baratijas y te subes al coche con él?

—Podríamos ganar esta guerra.

—Los Moretti están en las últimas —dice Frankie—. Esto acabará con ellos. Tendrán que acudir a ti y llegar a un acuerdo. Recuperarán los muelles, todo. Y el dinero de la droga… Para mí solo quiero diez kilos. Bueno, cinco.

A Danny todo esto le da mala espina.

Para empezar, no se fía de Vecchio. Sigue pensando que puede ser una emboscada. Y lo de la droga no le gusta nada. Es un negocio chungo y, si te pillan, te encierran de por vida. Sabe, además, que Liam no va a conformarse con robar la heroína y tirarla al mar, en plan Motín del Té, para que los Moretti se queden sin los millones que necesitan para mantenerse a flote. Nadie tira por la borda seis millones de dólares, nadie. Liam querrá poner la droga en la calle y forrarse.

Así que a Danny no le gusta el asunto, no le gusta ni un pelo.

Liam, en cambio, se pone cachondo con solo pensarlo, y se le nota.

—Tengo que pensármelo —dice Danny.

—Yo no puedo venir a más reuniones —contesta Frankie—. Joder, si se enteran de que estoy aquí, puedo darme por muerto.

—Vete al otro coche un momento —le dice Danny.

Ned se lleva a Frankie.

—¿Qué tienes que pensarte? —pregunta Liam.

—¿Estás de coña o qué? —Danny le explica todo lo que hay que pensarse. Luego añade—: Yo no soy traficante de droga.

—¿Y si después de este golpe podemos retirarnos? —pregunta Liam—. Tú no tienes ganas de seguir en esto y, si te digo la verdad, yo tampoco. Tienes que pagar las facturas del médico, y ojalá te queden muchas que pagar todavía. Yo creo que deberíamos hacerlo, repartirnos el dinero, darle a mi viejo su parte. Y luego yo me piro a Florida, tú te llevas a tu familia a California y vivimos a nuestro aire. Lejos de Dogtown.

—No sé.

—¿Y qué pasa con Terri? Con ese dinero, puedes pagar a los mejores médicos del mundo, el mejor tratamiento.

Las monjas solían decir que el diablo suele presentarse disfrazado de ángel. Que las peores cosas que haces las haces por un buen motivo. Que las cosas más abominables las haces por tus seres queridos.

Danny le dice a Liam que cierre el trato.

BERNIE HUGHES DEJA claro en el Gloc que se opone.

Taza de té en mano, con la bolsita todavía dentro, se levanta, melancólico y taciturno, y dice con su voz plácida:

—Llevo en esto desde el principio, cuando casi no estábamos más que John, Martin y yo, y en estos cincuenta y tantos años nunca nos hemos ensuciado las manos con las drogas.

Liam mira a Danny como diciendo: «¿Y este qué coño dice?».

—Lo nuestro son los sindicatos —añade Bernie—, los chanchullos de la construcción, los préstamos, el juego. Hemos robado mercancías en los muelles, hemos atracado camiones, pero nunca nos hemos dedicado a la prostitución, ni le hemos vendido veneno a la gente para que se lo meta por vena. ¿Por qué? Porque vamos a confesarnos los sábados y a comulgar los domingos y porque sabemos que tendremos que responder de nuestros pecados ante el Señor.

Bebe un largo trago de té.

—Y también por motivos prácticos —prosigue—. Tenemos buena relación con la policía, con los jueces y los políticos, que son razonables porque saben cómo son las cosas. Pero con las drogas no transigen, y la relación que tenemos con ellos se iría a pique.

—Vaya, vaya, nos ha salido un Don Corleone —masculla Liam.

—Por esas razones —dice Bernie—, me opongo al pacto que has hecho con Vecchio y te insto encarecidamente a que reflexiones. Danny Ryan, tú eres un hombre sensato.

—Solo será esta vez —dice Danny.

—El alma no se alquila. Solo se vende.

—¿Tú qué eres, un contable o un cura? —le suelta Liam.

—Son cosas parecidas —responde Bernie, y se vuelve hacia John—. ¿Qué opinas tú?

—A mí tampoco me gustan las drogas —dice John—. Es un mal negocio que siempre les hemos dejado a los macarroni y a los negros. Pero necesitamos el dinero, y el mundo de ahora es así. Yo digo que lo hagamos.

—¿Esa es tu decisión final? —pregunta Bernie.

—Sí.

Bernie asiente con un gesto y vuelve a sentarse.

• • •

LA NOCHE DEL golpe, Danny está sentado en la cama con Terri viendo una teleserie estúpida.

Ella está medio dormida por las pastillas para el dolor.

—Tengo que salir —dice Danny.

—¿Adónde vas?

—Cosas de trabajo. Cassie está abajo, si necesitas algo.

Terri levanta su vaso vacío.

—¿Puedes traerme agua antes de irte?

Danny se lleva el vaso al baño, lo llena y lo deja sobre la mesita de noche. Luego se inclina y la besa en la mejilla.

—Te quiero.

—Y yo a ti.

Danny entra un momento a ver a Ian.

Está profundamente dormido. Bien.

Cassie está leyendo.

—No sé a qué hora voy a volver —le dice él, y es cierto: si vas a robar el mayor cargamento de heroína que ha entrado nunca en Nueva Inglaterra, no sabes cuándo volverás, ni si volverás.

—¿Qué está pasando, Danny?

—Nada.

Cassie se ríe.

—Estoy loca, pero no soy idiota. Se nota en el ambiente que está pasando algo muy gordo.

—¿Cómo te has enterado?

—Liam es incapaz de guardar un secreto, igual que es incapaz de dejar la polla quieta —responde ella—. Tenemos alma, Danny Ryan. Hay que cuidarla o la perdemos.

—Vale.

—Tengo un mal presentimiento. He intentado decírselo a mi padre, y a Liam. Dicen que estoy loca, pero no es eso, Danny, no es eso.

—No va a pasar nada —le asegura él, aunque sabe que no es verdad.

Sabe que Cassie tiene razón, que Bernie tiene razón. Sabe que se dirige a un precipicio, pero no puede impedir que sus pies sigan avanzando —izquierdo, derecho, izquierdo, derecho— hacia el abismo. Es como si algo lo empujara hacia delante, algo ajeno a sí mismo, algo que escapa a su control.

—Echo de menos a Pat —dice Cassie.

—Yo también.

Por muchos motivos, se dice Danny. Entre otros, porque ojalá fuera él quien tuviera que tomar estas decisiones y no yo.

—No lo hagas, Danny.

—Tengo que hacerlo.

Porque soy Danny Ryan, el buen soldado, piensa mientras sale de casa. El bueno de Danny, que siempre hace lo que hay que hacer.

UN PAR DE minutos después, Jimmy Mac pasa a recogerlo, con Kevin Coombs en el asiento del copiloto. Van hasta Atwells Avenue, donde Frankie V los espera en su Caddy. Jimmy se sienta al volante. Danny y Kevin montan detrás y Kevin clava el cañón de su 45 en la parte de atrás del asiento delantero.

—Cualquier cosa —dice Danny—, lo más mínimo, y te revienta de un balazo.

Kevin sonríe y asiente con un gesto. Cuesta no tener la impresión de que desea que las cosas se tuerzan. Le gusta tanto que salpique la sangre que debería llevar un impermeable, en vez de una chupa de cuero.

—Todo va a salir bien —dice Vecchio.

«Todo va a salir bien», repite Danny para sus adentros. No, seguro que algo se tuerce, siempre sale algo mal, así ha sido siempre. El trato ha sido chungo desde el principio, y lo que mal empieza, mal acaba, es así de sencillo.

Además, no se cree ni por un segundo que Peter Moretti vaya a confiarle a Vecchio seis millones de dólares en mercancía. Es posible que los Moretti no quieran acercarse a la heroína, eso Danny lo entiende, pero seguro que la tienen bien vigilada. Por gente armada.

Así que sería una estupidez robar el alijo en el puerto. Sería absurdo. La heroína está almacenada en paquetes, debajo del falso fondo de unos cuantos cajones de herramientas baratas importadas de algún país de Europa del Este. Después de descargarlos del barco, meterán los cajones en un tráiler. Los Moretti esperan que Frankie y su cuadrilla lleven el tráiler hasta un taller de reparación de camiones no muy lejos de allí, en Fox Point, para descargar la mercancía.

La gente de Moretti estará allí, a la espera.

Hay un descampado junto a Gano Street, pasada la salida de la Interestatal 195, a unos cincuenta metros del río Seekonk. Ahí es donde pueden dar el golpe. Jimmy obligará al camión a desviarse de la calzada y a meterse en el descampado y a partir de ese momento tendrán aproximadamente un minuto para secuestrarlo.

¿Qué podría salir mal?

Muchas cosas.

Los Moretti podrían tener un coche o dos siguiendo al camión, lleno de hombres armados. O todo esto podría ser una emboscada y quizás haya un puto ejército esperándolos en el descampado. O puede que los hombres de Vecchio, que no están al tanto del asunto, opongan resistencia.

Danny le preguntó por esa posibilidad hace unos días.

—No se resistirán —contestó Frankie.

—¿Y si se resisten?

—Mala suerte para ellos, supongo —dijo el italiano haciendo como que apretaba un gatillo.

A Danny no le tranquiliza mucho, que digamos, que Frankie tenga la sangre fría de cargarse a su propia gente.

No, no se fía de él en absoluto.

Frankie solo lleva a dos tipos: uno para que conduzca el camión y otro para que monte guardia dentro, con la mercancía. Dice que no saben qué hay debajo de las herramientas. El conductor llevará una 38 en la sobaquera, y el de dentro del camión una escopeta del calibre 12.

Puede ser, piensa Danny. O puede que haya seis tíos dentro con armas automáticas y que empiecen a disparar en cuanto abramos el portón.

Por eso ha traído un buen arsenal. Él lleva una MAC-10 y Jimmy una escopeta del 12. Ned ha preferido llevar su revólver del 38, porque es lo que usa y no hay más que hablar.

—Bueno —dice Danny—, vamos a ello.

ESTÁ SENTADO EN el asiento del copiloto del coche, aparcado al lado de Gano Street, al norte del descampado.

Un Dodge Charger del 84, recién robado. Jimmy tiene debajo del salpicadero un escáner de radio sintonizado con la frecuencia de la policía. Él está sentado al volante y Ned en el asiento de atrás.

—¿Saldrá bien esto? —pregunta Danny.

—¿Quién va a conducir? —dice Jimmy.

—Tú.

—Entonces, saldrá bien.

Es solo un atraco más, se dice Danny. Lo has hecho decenas de veces, no hay nada distinto ni hay por qué agobiarse, es lo de siempre.

No, no lo es, se dice. No es un cargamento de cartuchos de ocho pistas o de chaquetas de esquí. Son seis millones de dólares en heroína. Hay gente que mata por esa cantidad de dinero y gente que muere. Esto podría acabar en matanza en un abrir y cerrar de ojos.

Han pasado de largo junto al descampado un par de veces y no han visto a nadie. Nada indica que sea una emboscada.

Pero eso no significa que no lo sea, se dice Danny.

El plan es apoderarse del camión y largarse con él, pero no saldrá bien si los Moretti tienen a gente siguiéndolo. Así que Danny tiene otro plan, que no le ha contado a Frankie.

El problema de ese plan alternativo es que depende de Liam. De que Liam llegue a tiempo. Si está borracho o drogado, o si se raja —lo que es muy posible—, se irá todo a la mierda.

Danny se gira y ve el coche de Sean aparcado a veinte metros detrás de ellos. Se puede decir lo que se quiera sobre los Monaguillos —y se pueden decir muchas cosas—, pero saben trabajar. No tiene ninguna duda de que harán lo que les ha pedido que hagan.

Vuelve a recostarse en el asiento. Ahora ya solo queda esperar.

LA UNA. LA una y cuarto, la una y media.

¿Dónde coño se ha metido Vecchio con el camión?, se pregunta Danny.

De pronto se le ocurre una idea: ¿es posible que los Moretti hayan usado esta recogida para tenderle una trampa a Frankie? Puede que la heroína no exista y que Frankie esté ya envuelto en cadenas en el fondo del río Providence.

Es una posibilidad.

Puede también que los federales supieran lo del alijo y hayan intervenido. El escáner policial no ha detectado ninguna actividad fuera de lo normal, pero no la detectaría si se trata de una operación federal y han mantenido al margen a la policía local de Providence, lo que sería buena idea.

O quizá Vecchio se haya llevado el camión por su cuenta, aunque eso no tendría sentido. Si esa era su intención, ¿para qué iba a meternos a nosotros en el asunto?

O quizá...

—Danny. —Jimmy le da un codazo y señala unos faros que se acercan.

Unos faros altos.

Un camión.

—¿Es ese? —Danny se pone una media negra en la cabeza para taparse la cara.

—Más vale que lo sea —contesta Jimmy haciendo lo mismo. Enciende el motor y arranca—. Agárrense.

Que nos agarremos dice, piensa Danny mientras Jimmy pisa a fondo el acelerador, se mete en el carril de sentido contrario y va derecho hacia el camión.

El claxon del tráiler se oye, estruendoso, por encima del rugido del motor.

Es un juego: juegan a ver quién se achanta antes, y Jimmy no va a achantarse. Va riéndose el hijoputa, como un kamikaze, y Danny casi se mea encima a medida que el camión se va haciendo más y más grande, hasta que ocupa todo su campo de visión. Entonces, Danny levanta los brazos, se tapa la cara y...

El camión da un bandazo y se mete en el descampado.

Jimmy vira y se le pone delante para cerrarle el paso.

Salen de un salto del coche y corren a la cabina con las armas en alto y varias bolsas de basura negras remetidas en el cinturón.

Por el rabillo del ojo, Danny ve que Sean atraviesa el coche en el descampado, paralelo a la calzada, y que Kevin saca el cañón de la AR-15 por la ventanilla. Y menos mal, porque no había un coche de seguimiento, había dos. Kevin abre fuego cuando hacen intento de meterse en el descampado.

El destello rojo de los disparos hiende la noche.

De los otros dos coches llueven disparos.

Danny se imagina el balazo que atraviesa la oscuridad y abre un agujero en su cuerpo. Si te pegan un tiro una vez, no lo olvidas. Aunque tu cabeza lo olvide, tu cuerpo lo recuerda: siente aún el impacto, el dolor, la vida que se le escapa con la sangre. El cuerpo tiene memoria. Y los músculos y los nervios de Danny están ahora tensos como la cuerda de un arco. No puede evitarlo.

Pero los tipos de los coches de seguimiento no esperaban que los atacaran con rifles automáticos y arrancan, se alejan.

No irán muy lejos, se dice Danny. Se quitarán de nuestro alcance y se quedarán vigilando el camión para intentarlo otra vez cuando arranquemos. Saben que aquí nos tienen acorralados.

Además, la policía llegará en cualquier momento.

Así que hay que moverse.

Apunta con la MAC-10 al conductor del tráiler.

—¡Fuera! ¡Abajo!

Frankie V va en el asiento del copiloto. Ned rodea la cabina y le apunta con la escopeta.

El conductor vacila.

—¿Quieres morir por unas cuantas herramientas? —le grita Danny.

—¡Haz lo que te dice! —oye decir a Frankie.

El conductor se apea. Frankie sale por el otro lado.

Ned lo empuja hacia la parte de atrás del camión.

—Dile al de dentro que o tira el arma o te vuelo la cabeza —le dice Danny.

—¿Lo has oído, Teddy? —grita Frankie—. ¡Haz lo que dice! ¡No merece la pena!

Mientras Jimmy le cubre, Danny abre las puertas traseras del camión.

Teddy está de pie, con las manos en alto y la escopeta a sus pies. Danny agarra el arma y la tira al suelo; luego le hace señas a Teddy de que salga. Cuando sale, Ned los cubre mientras Danny y Jimmy suben al tráiler.

Frankie parece sorprendido: ese no era el plan.

Danny sabe que tiene que darse prisa.

Jimmy y él descerrajan los cajones, echan fuera las herramientas y empiezan a sacar paquetes de heroína envueltos en plástico. Danny los va contando en voz alta y metiéndolos en las bolsas de basura.

—¡Dos minutos! —grita Jimmy.

Danny ha calculado que disponen de tres minutos como máximo para sacar la droga. Lo que no puedan llevarse en tres minutos, tendrán que dejarlo; así son este tipo de trabajos, es parte de su disciplina. Mejor irse ligeros que llevárselo todo y que te atrapen.

Si estás muerto o en la cárcel, el dinero de poco va a servirte.

Pero consiguen sacarlo todo.

—¡Cuarenta! —grita Danny.

—¡Dos minutos treinta y cinco! —responde Jimmy.

Saltan del camión.

Danny oye acercarse las sirenas: es la policía local de Providence, que acude al aviso del tiroteo. Seguramente piensan que es un ajuste de cuentas entre bandas, así que no se darán mucha prisa. Danny tira al suelo la MAC-10; necesita las dos manos para llevar las bolsas de basura.

No vuelve a subir al coche, sino que cruza el descampado en sentido contrario a la calle.

Sean arranca a toda velocidad y se va.

Ned clava el cañón del revólver en la espalda de Vecchio.

—Tú vienes con nosotros.

—¿Qué? Esto no forma parte del… —dice como un puto memo.

—Pues ahora sí —replica Ned—. Muévete.

Cruzan el descampado, pasan por encima de una barandilla baja, atraviesan un tramo estrecho de hierba y llegan a las rocas que bordean el río. La rampa de salida de la 195 en sentido oeste se alza sobre ella, ocultándolos en parte.

Danny mira atrás y ve las luces de dos coches patrulla entrar en el descampado.

Ahora todo depende de Liam, piensa.

Lo que no es muy tranquilizador.

—¿Qué cojones están haciendo? —pregunta Frankie.

—Cállate.

—Esto no estaba…

—He dicho que te calles. —Danny mira río abajo.

Vamos, Liam, ¿dónde estás? Entonces ve la lancha, una vieja Cobia de 6,7 metros de eslora con motor fueraborda Yamaha.

Liam va al volante.

Pasa bajo el puente de la carretera.

—¡Vamos! —dice Danny.

—No pienso subirme a esa lancha —contesta Frankie.

Ned le apunta a la cabeza.

Vecchio sube a bordo.

Danny y Jimmy echan las bolsas dentro y suben de un salto. Luego, Danny ayuda a subir a Ned y mira a Liam.

—Yo manejo el volante.

Liam se aparta.

Danny agarra el timón, arranca, vira en redondo y se dirige río abajo, hacia la bahía de Narragansett y luego hacia el mar.

Jimmy está cortando las bolsas. Mete un dedo en un paquete y prueba el polvo.

—Es caballo.

—Más vale que lo sea —dice Liam. Estira el cuello para mirar a Danny y grita para hacerse oír por encima del ruido del motor—: ¿Nos cargamos ya a Frankie?

—¡Déjalo en paz!

—Si lo atrapan, nos delatará.

—Un trato es un trato —responde Danny.

Tardan más de lo que querría, porque avanzan contra el viento y el oleaje, pero por fin atraviesan la bocana este del rompeolas y entran en el puerto de abrigo; luego, Danny aminora la velocidad y atraviesa suavemente el canal hasta llegar a un atracadero en Potter's Wharf, un pequeño puerto deportivo situado frente a Gilead, al otro lado del canal.

Sacan las bolsas de la lancha, se acercan a un furgoneta y echan las bolsas detrás. Danny coge cinco paquetes de heroína, los mete en otra bolsa y se la da a Vecchio. Luego, le da las llaves de un coche y señala con la cabeza un Chevy Nova que hay al fondo del aparcamiento.

—Es robado, pero hemos cambiado la matrícula. Desaparece, Frankie. Te estarán buscando.

Vecchio se acerca al Nova y sube a él.

—Deberíamos haberlo tirado a la bahía —dice Liam.

—Sube al coche. —Cabrón sanguinario, piensa Danny.

Tardan veinte minutos en llegar a Mashanuck Point.

Han alquilado un bungaló en Exit Street, a un par de calles de donde vive el padre de Danny, una casita anodina, idéntica a tantas otras que hay en el cabo. La mayoría están vacías en invierno; solo hay algunos ermitaños como Marty Ryan, y puede que algunos universitarios que allí pagan poco de alquiler.

Al llegar al bungaló, se ponen a repartir el alijo. Danny va a dejar aquí su parte, diez kilos. Repartirá los beneficios con Jimmy, Ned y los Monaguillos, aunque se quedará con la tajada más grande. Liam agarra los otros veinticinco kilos para llevarlos a Providence y repartirlos con su padre.

Levantan un panel del techo, esconden allí los diez paquetes de heroína y vuelven a colocar el panel.

—Creo que deberíamos dejar aquí la mercancía un tiempo —dice Danny—. No va a valer menos dentro de un mes o dos.

Vender la droga poco a poco, piensa, dejar que el dinero se enfríe y luego utilizarlo para llevarse a su familia de Dogtown y empezar de cero en otro sitio, dedicándose a algún negocio limpio. Su parte será más de un millón de dólares, dinero de sobra para empezar una nueva vida.

Eres un hipócrita, se dice: quieres usar dinero sucio de la droga para «limpiarte», servirte del sufrimiento de otras personas para aliviar el tuyo, cometer un pecado mortal para salvar tu alma.

Pero qué se le va a hacer, si no queda más remedio. Porque Ian no va a crecer en medio de esta mierda.

No tiene por qué enterarse nunca de que su padre era un traficante.

Pero tú sí lo sabrás, piensa Danny.

Hay otra cosa que le inquieta, además.

El golpe ha salido demasiado bien.

No debería haber sido tan fácil.

CHRIS PALUMBO VA en coche hasta Hope Valley, donde solo hay agricultores y cacahuetes, y aparca junto a una laguna en medio de la nada.

Que es más o menos donde han quedado.

Phillip Jardine llega unos minutos después y Chris sube al coche del agente del FBI.

—¿Y bien? —pregunta Jardine.

—Ha salido a pedir de boca. Todo conforme al plan.

—¿Ryan tiene la droga?

—Él y Liam Murphy, sí —contesta Chris.

—¿Y Vecchio? ¿Se prestará a declarar?

—Frankie sabe que no tiene muchas alternativas. O testifica y entra en el programa de protección de testigos, o desaparece sin más. Puede endosarles la heroína a Liam Murphy, John Murphy, Danny Ryan y a toda su banda. Así que no habrá problema: irá derecho a uno de esos despachos suyos en Washington.

Chris se lo explicó a Frankie hace unas semanas, cuando se le ocurrió la idea de tenderles una trampa a los Murphy. Le contó que Peter se la tenía jurada desde lo de Sal y que iba a ordenar que lo mataran, pero que había una salida.

Acudir a los Murphy, engañarlos usando el señuelo de la heroína.

Y los muy lerdos cayeron de lleno en la trampa. Hasta Danny Ryan, el más listo de todos, picó el anzuelo.

Ahora los irlandeses están jodidos.

Porque, gracias a la información que le pasó Vecchio, Jardine consiguió órdenes judiciales para instalar micrófonos en el Glocca Morra y los tiene a todos grabados hablando del asunto de la heroína. Si a eso se suma que van a pillarlos con la droga encima, no tienen escapatoria.

Les caerán entre treinta años y cadena perpetua.

Se acabó la guerra.

—Y yo tengo inmunidad, ¿no? —pregunta Chris—. ¿En todo el país?

—Si no te cargas a nadie más… —responde Jardine.

—Entonces, nuestro acuerdo sigue en pie —dice Chris—. Quiero decir que no lo olvides.

—No lo olvides tú.

—Oye, que somos socios.

Los dos saben cómo funcionan las cosas.

Una mano ensucia a la otra.

•   •   •

AL DÍA SIGUIENTE reina una calma rara.

Como en una de esas películas viejas del Oeste, se dice Danny, cuando uno de los actores dice «Hay demasiado silencio» y un segundo después lo acribillan a flechazos.

En la calle se dice…, bueno, la verdad es que no se dice gran cosa, pero lo poco que se dice es que han atracado un camión de herramientas, nada más. Ni siquiera sus contactos en la policía de Providence y la policía del estado han mencionado la heroína.

Danny esperaba al menos algún redoble de tambor procedente de Federal Hill. A fin de cuentas, Peter no tenía seis millones de dólares para pagar la droga. Seguramente se la adelantaron y ahora debe un montón de pasta y no tiene forma de devolverla.

Por eso Danny pensaba que sus hombres andarían por las calles interrogando a todo el mundo y que los polis a su servicio estarían montando jaleo, pero de momento nada de nada.

Creía, de hecho, que la policía iba a presentarse en su casa, porque ha sido un atraco a un camión y se sabe que él ha participado otras veces en actividades de ese tipo, y además está en guerra con los Moretti.

Pero no viene nadie.

Eso da argumentos a Liam para defender que empiecen a vender la heroína cuanto antes.

—¿Por qué tenemos que esperar? Yo me encargo de distribuirla. Aquí, en Boston, en Nueva York, en Washington, hasta en Miami.

—Todavía no —dice Danny—. Vamos a esperar, a ver cómo van las cosas.

Si la ponen en circulación demasiado pronto, todo el mundo sabrá de dónde procede y quién dio el golpe.

—Te preocupas demasiado —le dice Liam.

—Sí, me preocupo, Liam.

—Es lo que haces siempre, Danny. Preocuparte. Porque eres un puto irlandés: siempre esperando la próxima derrota.

—¿Por qué tienes tanta prisa?

—Porque tenemos millones de dólares guardados en el sótano —contesta Liam— y, cuanto antes convirtamos la mercancía en dinero líquido, mejor.

Sí, piensa Danny, a Liam le gusta el dinero, de eso no hay duda. Pero no nos conviene que empiece a jactarse de estar forrado, que vaya y se compre un coche nuevo, relojes, joyas para Pam... O un casoplón en la playa, lo que sería muy propio de él. Cuando tiene dinero en el bolsillo, es aún peor que cuando va puesto de coca hasta las cejas. Le puede el ansia con las dos cosas.

La gente se daría cuenta y empezaría a hacer preguntas. Se preguntaría, por ejemplo, de dónde ha sacado Liam tanto dinero de repente. Y se daría cuenta de la coincidencia entre el atraco al camión y el hecho de que Liam se comporte de pronto como si le sobrase el dinero.

Sería un error.

Sobre todo, si quienes se hacen esas preguntas son los Moretti o los federales.

Danny se lo dice a Liam.

—¿Y qué más da que los Moretti nos relacionen con el atraco? —pregunta él—. ¿Qué van a hacer? ¿Matarnos? Eso ya lo intentan.

—Tratarán de recuperar la droga.

—Por eso hay que empezar a moverla cuanto antes. ¿No te quieres ir a California?

—¿Cómo que a California? —pregunta John.

Danny lanza una mirada a Liam: «¿Es que siempre tienes que ser tan bocazas?». Luego se vuelve hacia su suegro y dice:

—Quería decírtelo, pero no encontraba el momento. Pues sí, voy a usar ese dinero para que nos mudemos a la Costa Oeste. A San Diego, quizá.

—¿Terri lo sabe?

—Lo hemos hablado —contesta Danny—. Creo que el sol y el calor le sentarán bien.

—¿Y el negocio?

Danny empieza a enfadarse.

—¿Qué pasa con él?

—¿No crees que tienes responsabilidades aquí?

Danny mira otra vez a Liam: «Di algo».

—Papá —dice Liam—, llevas mucho tiempo hablando de retirarte. Danny quiere irse a California y yo he estado pensando en mudarme a Florida...

—Ah, conque sí, ¿eh? —La cara de John empieza a enrojecer.

—Sí, estoy harto de este sitio —dice su hijo.

—Yo no.

—Pues quizá deberías estarlo —contesta Liam—. Irte de aquí, comprarte una casa bonita en la playa y sentarte en el patio a jugar con tus nietos.

John señala a Danny.

—Va a llevarse a mi nieto a California.

—Pues vete con él —responde Liam.

Gracias, Liam, piensa Danny.

—Puedes pasar allí los inviernos —añade Liam—. O en Florida. O en los dos sitios. Como quieras. Tendrás dinero de sobra para ir donde se te antoje. A mamá le encantaría. No tener que preocuparse por resbalar con el hielo y romperse una cadera...

—¿Y los muelles? ¿Y los sindicatos?

—Que se los queden los Moretti.

—Acabamos de librar una guerra...

—¿Y para qué? —pregunta Liam—. ¿Por un negocio que está en las últimas? Aquí llegan cada día menos barcos. Todas las fábricas están en Carolina del Norte o en otros sitios. Aunque nos aferremos a eso, va a desaparecer.

—Tu hermano dio su vida por defender Dogtown.

—¡Dogtown no existe! —exclama Liam—. Dios mío, papá, mira a tu alrededor. ¿Ves familias irlandesas yendo a misa los domingos por la mañana? ¿*Céilís*? ¿Partidos de *hurling* en el parque? Todo eso es cosa del pasado. Se acabó. Y mi hermano está muerto.

John guarda un silencio hosco.

Liam se vuelve hacia Danny.

—Tú haz lo que quieras con tu parte. Yo voy a empezar a mover la mía de una puta vez.

—Es un error, Liam.

Bobby Bangs asoma la cabeza por la puerta.

—Danny...

—¿Qué coño quieres? —le espeta Liam—. ¿No ves que estamos reunidos?

—Cassie está al teléfono —dice Bobby—. Va a llevar a Terri al hospital. Dice que está muy mal, Danny.

TREINTA Y DOS

DANNY RECORRE EL LARGO CAMINO encharcado desde el fondo del aparcamiento del hospital, como todos los días desde hace tres semanas.

El aparcamiento parece estar siempre lleno, de día y de noche; siempre cuesta encontrar sitio.

Está cansado de cojones. Hace solo unas horas que se marchó de aquí para ir a ver a Ian y tratar de dormir un poco.

Ned lo llevó a casa y esperó en el coche.

Catherine estaba en el piso, en su papel de abuela cariñosa y entregada.

—¿Cómo está Terri?

—Mal —contestó Danny.

Entró a ver a Ian, que dormía plácidamente, y luego se fue a su habitación y se acostó. Dio vueltas en la cama, más que otra cosa, y cuando consiguió dormirse tuvo sueños turbulentos y extraños. Los médicos le han dicho que no pueden hacer nada más por ella, salvo intentar que esté cómoda. Y él les ha dado las gracias como se les dan siempre a los médicos, aunque te digan que tiran la toalla.

Ahora, sus botas se hunden en la nieve medio derretida. Ned avanza dócilmente detrás de él. Sucios montículos de nieve tiznados por el humo de los coches se alzan en los rincones del aparcamiento.

Se cruza con otras personas que vuelven a sus coches. Adivina por su expresión qué noticia han recibido. Algunos van sonriendo o incluso se ríen: puede que haya nacido un bebé, o que el resultado de los análisis haya sido benigno. Otros llevan la cara crispada por la preocupación o la pena, o por una resignación amarga, aliviada solo por la fe en la Virgen María o en algún santo patrón. Los aparcamientos de los hospitales son lugares inhóspitos: la gente se va al coche a llorar, a aporrear el volante o simplemente a sentarse en un silencio estupefacto.

Como hizo él cuando le dieron la noticia.

Una madre joven, con un hijo que aún no ha cumplido dos años.

La eterna pregunta del catecismo: ¿por qué nos hizo Dios? Nos hizo para que lo adorásemos y para hacernos partícipes del reino de los cielos. En resumidas cuentas, para morir. Vivimos para morir, de eso se trata y nada más. Recibir la extremaunción, recitar de corrido el acto de contrición, irse derechito al cielo a vivir a Su lado para toda la eternidad.

Cuando las monjas hablaban de la eternidad, solían referirse al infierno. Imagínense, vivir envueltos en fuego, abrasándose la piel por los siglos de los siglos. El fuego nunca se apaga y nunca deja de quemarte, y así para toda la eternidad. Acérquense una cerilla al dedo, niños, y verán lo que duele. Ahora, imagínense ese suplicio multiplicado por un millón y se harán una idea de cómo es el infierno. Nunca hablaban de disfrutar eternamente de la paz y la gloria del paraíso. Siempre era sobre el infierno.

Si Dios nos hizo para morir, estará contento con Dogtown estos últimos años. Cuarenta y ocho almas enviadas al cielo o al infierno desde que se declaró la «Guerra del Crimen de Nueva Inglaterra», como gustan de llamarla los periódicos. Un balance de víctimas capaz de hacer las delicias de Dios y de la prensa.

Y ahora Dios quiere también a Terri.

Al cruzar la puerta giratoria, Danny huele ese olor a hospital. Hace calor allí dentro, pero el aire estancado tiene un aroma dulzón. No hay vuelta de hoja: un hospital siempre huele a enfermedad y a muerte.

Las luces navideñas, el árbol artificial decorado con colores brillantes y regalos falsos casi parecen una burla.

Jimmy Mac está esperando en el vestíbulo.

—¿Has descansado algo?

—Un poco —contesta Danny—. Deberías irte a casa. Tengo aquí a Ned.

Sube a la habitación.

Cuando entra, Terri está inconsciente y eso está bien: no tiene dolor. Tendida boca arriba con la sábana hasta el cuello, su cara, antes tan bonita, está ahora enflaquecida y demacrada, con la piel gris. Danny acerca la silla de plástico a la cama y se sienta a su lado. No sabe por qué. Ella no nota que está ahí. Está sumida en un mundo de sueños; con suerte, en uno mejor que este. Tiene que serlo.

Y ahora la guerra se ha terminado y Terri se está muriendo.

No tiene sentido.

Claro que no. Pero nunca nada lo ha tenido.

CASSIE ESTÁ SENTADA tomándose una Coca-Cola light en la barra del Gloc.

El pub lleva un buen rato cerrado, pero no tenía dónde ir. Su padre y algunos otros hombres mayores están en la sala de atrás, contando embustes sobre su juventud, y Bobby Bangs no parece tener prisa por salir de detrás de la barra.

Cassie sabe que Bobby está un poco enamorado de ella, pero el suyo es un amor inofensivo.

Otra porquería de Coca-Cola light, piensa. Cuando lo que de verdad le apetece es un bourbon tibio que vaya derritiendo poco a poco los cubitos de hielo.

Sé sincera, se dice, lo que de verdad quieres es un chute de heroína.

Eso sí que da calor.

Como estar envuelta en la manta más cálida del mundo.

Alguien ha hecho intento de decorar el Gloc para Navidad: hay sartas de bombillas colgadas por las paredes y un árbol falso en un rincón, con un poco de espumillón que Bobby ha sacado del sótano.

Para intentar animar un poco el ambiente, se dice Cassie, aunque lo único que de verdad podría animar un bar irlandés sería que Inglaterra se hundiera en el mar.

El cumpleaños de nuestro Salvador, piensa.

¡Ah, y cómo nos gustan nuestros mártires! Hay fotos suyas en todas las paredes: James Connolly, Padraig Pearse y tantos otros… Si nadie los clavara a la cruz, encontrarían la manera de clavarse ellos mismos.

Y ahora Terri está «terminal». Es una inmensa putada, pero Cassie no puede evitar sentir que es el karma: se metieron en el chanchullo de la heroína y el universo les está pasando factura.

—¿Te va a traer muchas cosas Papá Noel? —pregunta Bobby.

Ella se encoge de hombros.

—He sido una niña buena.

De pronto, la puerta del pub revienta.

La madera se hace astillas, las bisagras se separan violentamente del marco.

Cassie se vuelve a mirar. Unos hombres con casco y chaleco antibalas están al otro lado, y llevan un ariete, por Dios. Piensa por un segundo que es una especie de sueño raro o una película de los Monty

Python, pero entonces entran más hombres con las armas en alto y les gritan que se echen al suelo.

Cassie se deja caer y se agarra a la base del taburete.

Oye gritar a un hombre:

—¡John Murphy! ¡FBI! ¡Salga con las manos en alto!

Es una escena tan tópica que se echa a reír.

—¿De qué coño te ríes tú? —le grita Jardine.

—De ti.

Jardine la agarra del pelo.

La obliga a levantarse.

—¡Eh! —Bobby Bangs hace amago de saltar la barra para defenderla, pero uno de los policías le golpea en el pecho con la porra, le echa sobre la barra de un tirón y le esposa.

—Ponle las esposas a esta también —ordena Jardine empujando a Cassie hacia otro policía—. Eres Cassandra Murphy, ¿no? ¿Dónde está tu padre?

—Que te den.

—Vaya boquita tienes.

El policía la esposa con los brazos a la espalda.

Entonces se abre la puerta de la sala de atrás y aparece John.

—¿Se puede saber qué pasa aquí? ¿Quiénes son ustedes? ¡Fuera de mi casa!

Se dirige hacia Jardine como si fuera a golpearlo.

—¡No, papá! —grita Cassie.

Bernie Hughes va detrás de él.

—John...

—FBI, señor Murphy. Agente especial Jardine. Está usted detenido.

—¿Por qué? ¿Por ser irlandés?

—Por conspiración para la distribución de estupefacientes —responde Jardine.

—Debería darte vergüenza. Irrumpir así en un negocio... ¿Cuánto te ha pagado Peter Moretti, pies planos de mierda?

—John —dice Bernie—, deja que los abogados se ocupen de esto.

—Dese la vuelta, por favor, señor Murphy —añade Jardine—. Ponga las manos a la espalda.

John obedece.

—Espero que Papá Noel se te cague en el calcetín.

—¿Su hijo Liam está aquí? —pregunta Jardine.

—¿Mi hijo el que vive, quiere decir? ¿Al que no mató su jefe? No, gracias a Dios.

Jardine señala con la barbilla hacia la sala de atrás y un grupo de agentes entra.

—¿Sabe dónde está?

—Conociendo a mi chico, se está tirando a tu mujer.

Jardine mira a Cassie.

—Tienes a quien parecerte.

—Jardine —dice John—. ¿Qué es, francés, ese apellido? ¿Seguro que no quieres rendirte tú a mí?

—No se reirá tanto cuando esté cumpliendo treinta años de condena, como mínimo.

—No voy a vivir ni diez años más —replica John—, así que jódete.

—Convendría que no dijeras nada más, John —dice Bernie.

—¿Es usted Bernard Hughes? —pregunta Jardine—. Contra usted no hay orden de detención. Todavía.

—Me voy derecho a hablar con los abogados —le asegura Bernie a John—. Esta noche, para la misa del gallo, estarás fuera. Agente Jardine, ¿por qué están esposadas estas otras dos personas? Seguramente no tiene orden de detención contra ellas.

—Por resistencia a la autoridad —replica Jardine—. Por obstrucción a un agente federal en el desempeño de sus funciones. Y a ver qué más se me ocurre...

—Esto es maltrato puro y duro —afirma Bernie—. Tenga la amabilidad de soltarlos.

Jardine hace una seña con la cabeza. Un policía le quita las esposas a Bobby y luego a Cassie. Ella sacude las manos; ya se le estaban entumeciendo las muñecas. Todo esto es por la heroína, piensa. Su mal presagio se ha cumplido. Como para confirmarlo, se oye un grito procedente de la sala de atrás:

—¡Bingo!

Un agente sale llevando dos paquetes de heroína.

—Hay diez más en el sótano.

Jardine sonríe a John.

—Parece que también vamos a cerrarle el bar.

Cassie ve cómo se llevan a su padre esposado. Lo sigue a la calle. Ya han llegado los camiones de la prensa, lo que significa que Jardine los ha avisado con antelación. Los agentes obligan a John a agachar la cabeza al meterlo en el asiento de atrás de un coche patrulla.

Está hecho un guiñapo, se dice Cassie.

Como un abrigo viejo dejado bajo la lluvia.

Le parte el corazón verlo así.

DANNY ESTÁ SENTADO en un sillón en la habitación de Terri. En algún momento de esa noche eterna se queda dormido y sueña con Pat.

—Sal de aquí, Danny —le dice su amigo—. Coge a tu familia y vete.

—Terri se está muriendo.

—Lo sé. Yo cuidaré de ella cuando llegue aquí, no te preocupes.

—Gracias, Pat.

Pero Pat no tiene pinta de poder cuidar de nadie. Tiene la mitad de la cara arrancada; la piel, negra y abrasada del humo del tubo de escape del coche de Sal. Parece cansado, exhausto, como si no durmieran en el cielo. Si es que es ahí donde está. Porque puede que esté en el infierno.

—Danny.

Se despierta sobresaltado. Jimmy Mac tiene la mano sobre su hombro.

—Tenemos que irnos. Nos han pillado.

Todavía está soñando.

—¿Cómo que nos han pillado? —pregunta—. ¿Quién? ¿Quién nos ha pillado?

—Los federales se han presentado en el Gloc.

Él sigue amodorrado.

—¡Despierta, Danny! Los federales están en Dogtown deteniendo a gente. No sé a cuántos han arrestado ya. Tienes que irte, Danny. Ahora mismo.

—No puedo dejar a Terri.

Jimmy mira a la enferma.

—No puedes hacer nada por ella.

—Puedo quedarme a su lado.

—Ni siquiera sabe quién eres.

—Pero yo sí sé quién es ella.

Jimmy lo agarra por los hombros.

—Danny, tienes un hijo. ¿Qué va a ser de Ian sin madre ni padre?

—No sabemos si van a detenerme a mí.

—Pero puede que sí —responde Jimmy—. Dios mío, Danny, podrían estar esperándote en el aparcamiento ahora mismo, esos hijos de puta.

Le cuenta lo que ha pasado. Hay federales por todas partes, con sus gorras de visera llenas de siglas —FBI, DEA—, además de agentes de la policía estatal. Se han llevado a John, y puede que también a Liam.

—¿Y Kevin y Sean? —pregunta Danny.

Jimmy no sabe nada de ellos.

—¿Y Ned?

—Está en el vestíbulo. No quiere irse.

Danny levanta el teléfono y se vuelve hacia la pared para que Terri no le oiga, y entonces se da cuenta de que de todos modos no le escucha. Por suerte, Bernie Hughes está en casa.

—¿Qué sabes?

—La cosa pinta mal —contesta Bernie—. He intentado hablar con nuestros contactos en la policía local. Inspectores, gente de la brigada de narcóticos, patrulleros... Nadie me atiende el teléfono. Y la policía del estado, lo mismo. Es una operación federal y nuestros contactos habituales se lavan las manos.

—Sal de ahí cagando leches, Bernie.

Porque Dogtown está a la intemperie, se dice Danny. Sin ninguna protección. Nuestros hombres están detenidos o se han dado a la fuga.

El momento perfecto para que los Moretti ataquen.

VAN A POR Liam.

Jardine se presenta en casa de los Murphy en Providence, pero Liam no está allí.

Emite una orden de busca y captura, manda a gente al aeropuerto, a las estaciones de tren y autobús.

Ni rastro de él.

Los Moretti también han desplegado sus fuerzas. Tienen a su gente en las calles, en las carreteras, en los bares, los hoteles, los moteles, interrogando a las putas, a los chulos y a los camellos, siempre con el mismo mensaje: si ves a Liam Murphy, más vale que nos avises, porque tarde o temprano vamos a dar con él y en este asunto te conviene estar de nuestro lado.

Avisan también a los policías que tienen en nómina: la Navidad está a la vuelta de la esquina y el que capture a Liam tendrá un bonito regalo bajo el árbol.

De Danny Ryan nadie se preocupa demasiado.

Saben perfectamente dónde está —en el hospital de Rhode Island, con su esposa moribunda— y pueden ir a por él cuando se les antoje.

—Espera a que fallezca su mujer —le dice Peter a Jardine—. Danny es un listillo, pero es buena gente.

Jardine acepta esperar.

No, es a Liam Murphy a quien buscan.

Y quien con más ahínco le busca es Paulie Moretti.

—A LA MIERDA con Liam Murphy —dice Peter—. Lo que quiero es saber dónde está mi heroína.

—Liam tiene la que no estaba en el bar —contesta Paulie—. Seguro. Si damos con él, daremos con la droga.

Peter mira a Chris, que se encoge de hombros.

—Tiene razón, pero míralo por el lado bueno. La guerra se ha terminado. Hemos ganado. Los irlandeses están acabados.

—Nosotros sí que estamos acabados si no recuperamos la mercancía —contesta Peter.

Seis millones de dólares en heroína que nos adelantó una gente que no va a mostrarse comprensiva cuando le digamos que primero nos la robaron y luego nos la requisó la policía, añade para sus adentros.

—¿Cuándo vas a aprender a confiar en mí? —dice Chris—. ¿No ha salido todo como yo decía hasta ahora? Recuperaremos la droga.

—Menos doce kilos —replica Peter.

—Eso es un minucia. Si cortamos bien el resto de la mercancía, sacaremos dinero de sobra para compensar esa pérdida, ya lo verás.

—Para eso primero tenemos que recuperarla.

—Hay que encontrar al cabrón de Liam —insiste Paulie.

Si damos con Liam, daremos con la droga, se dice.

Y con Pam.

DANNY VUELVE A llamar a Bernie.

El contable ha estado haciendo llamadas desde una cabaña en New Hampshire y ha hablado con los pocos contactos que les quedan y que están dispuestos a atenderle: un policía jubilado, un diputado del estado, un exalcalde. A través de ellos y de lo que se dice en la calle, ha empezado a reconstruir lo ocurrido. Es aún peor de lo que pensaban. Los federales tenían un informante dentro de la familia Moretti al que intentaban proteger. El informante —puede que sea Vecchio, o puede que sea otro— se encargó de tender la trampa a los Murphy utilizando la heroína como señuelo.

—La cosa es grave —dice Bernie—. Una recepcionista de la oficina federal dice que tenían vigilado el Glocca Morra. Nos pincharon los teléfonos con todas las de la ley, por orden judicial. Los tienen a John, a ti y a Liam hablando del atraco al camión y del cargamento de heroína. Por eso sabía Jardine que tenía que registrar el Gloc.

O sea, que los federales también tienen orden de detención contra mí, se dice Danny.

Puede que contra todos nosotros.

—¿Qué hay de Liam? —pregunta.

—Están intentando detenerlo, pero ha desaparecido del mapa.

—¿Y tú?

—Los federales fueron a mi casa —dice Bernie—, pero preferí que me interrogaran in absentia.

—¿Y Vecchio?

—De momento no tenemos noticias suyas.

—Entonces, es que el soplón es él.

—Eso parece, desde luego. Pero, Danny, tú tampoco estás imputado.

—¿Cómo es posible? Si me tienen grabado, y con el testimonio de
Vecchio...

—No lo sé —contesta Bernie—. Pero tienes que irte, Danny.

—No puedo. Sabes cómo está Terri, ¿no?

—Sí, y lo siento mucho.

—No puedo dejarla.

—Tienes que hacerlo, hijo —dice Bernie—. Si no van a por ti los
federales, irán los Murphy. No tienes ningún hombre en la calle, todo
el mundo sabe dónde estás, eres un blanco fácil.

—No voy a dejarla. No hasta que...

Deja la frase inacabada.

—MÁRCHATE —LE DICE Danny a Jimmy unos minutos después,
cuando le cuenta lo que ha averiguado—. Ni siquiera te pases por
casa. Ya llamarás a Angie cuando estés fuera del estado.

—No. Sin ti, no.

—Yo no puedo irme, Jimmy.

—Entonces, tendré que quedarme.

Baja a echar un vistazo y cuando vuelve le dice a Danny que hay
gente de Moretti en el aparcamiento y varios coches que parecen de
los federales.

—¿A qué están esperando?

—A que Terri se muera —contesta Danny.

Puede que sea la única cosa decente que ha hecho Peter Moretti
en toda su vida, piensa. En cuanto a Jardine, debería haberle hecho

caso. Debería haber aceptado su oferta, pero la rechacé. No como Frank Vecchio, que sí aceptó.

Terri sigue inconsciente, anegada en morfina.

Danny levanta la vista hacia la tele.

Y, efectivamente, allí está el agente Jardine, en las noticias de la noche, sonriente delante de una pila de paquetes de heroína, jactándose de que esos doce kilos son el mayor alijo incautado en la historia de Rhode Island, del durísimo golpe que le han asestado al narcotráfico de Nueva Inglaterra y de la detención de John Murphy y la imputación de varios «grandes narcotraficantes» más.

—No me cabe duda de que pronto podremos ponerlos a disposición judicial —asegura—. Pueden huir, pero no pueden esconderse.

Danny no sabe qué hacer.

Ojalá Pat estuviera aquí. Él sí lo sabría.

Pero no está, se dice.

Así que piensa.

Piensa como un jefe.

Vecchio era un soplón. Vino a ofrecerte la heroína porque necesitaba dinero para escapar de Chris Palumbo y los Moretti, así que…

No, no es eso, se dice.

Fue una trampa desde el principio. Vecchio nos engañó.

Y tú no te diste cuenta, pedazo de burro. Estabas tan preocupado por que nos tendieran una emboscada en el camión que no viste que el camión era la emboscada, que la droga era el arma. Los Moretti mandaron a Vecchio a que te engañara. Él era el cebo y tú te lo tragaste enterito. Como no podían ganar la guerra por sí solos, están dejando que la ganen los federales por ellos.

Y nosotros estamos bien jodidos.

Suena el teléfono de la habitación. Danny imagina que es Bernie quien llama, para darle más malas noticias, pero no.

—¿Danny? —pregunta su madre.

—¿Cómo es que tienes este número?

—Siento muchísimo lo de Terri —dice Madeleine—. Le tengo mucho cariño.

—¿Qué quieres?

—Quiero que salgas de ahí.

—¿Qué sabes tú de este asunto? —pregunta Danny.

—Digamos que te sigo desde lejos. A distancia, como tú querías. Me pediste que no me acercara a ti y hasta ahora he respetado tus deseos. Pero, Danny, ¿qué vas a hacer?

—No lo sé.

—No basta con no saberlo. Tienes una mujer y un hijo pequeño. No puedes permitirte el lujo de la indecisión. Tienes que marcharte. Si aún no te han imputado, lo harán muy pronto. O te matarán los Moretti.

—Terri se está muriendo.

—Razón de más para que te vayas. Tu hijo va a quedarse sin madre...

—¿Como me quedé yo?

Ella encaja el golpe y luego dice:

—Y si te quedas ahí paralizado y sigues portándote como un niño, Ian se va a quedar también sin padre, porque estarás muerto o en prisión. ¿Quieres a tu hijo, Danny?

—Claro que sí.

—Entonces, tienes que irte. Por su bien.

—No puedo dejar a Terri.

—Es lo que ella querría.

—¿Qué sabrás tú de lo que querría ella?

—Yo también soy madre —contesta Madeleine.

Danny cuelga.

Luego baja a la capilla.

•   •   •

JARDINE TIENE A Ron Laframboise atrapado por las pelotas.

No literalmente, aunque casi se diría que sí por cómo se retuerce y se menea Ronny mientras se devana los sesos intentando encontrar una salida.

Está sentado en el raído sofá de su piso, donde lo han pillado con dos gramos de coca y una pistola sin registrar, un plato combinado que puede costarle treinta años de cárcel sin la propina.

—Solo hay una salida, Ronny —le dice Jardine—. Quiero saber dónde tiene Liam el resto de la droga.

—No lo sé.

—Pero sabes dónde está él. Eres uno de sus guardaespaldas y, para protegerlo, tienes que saber dónde está. Así que, dime, ¿dónde puedo encontrarlo?

—¿En este preciso momento? —pregunta Ronny.

—Vale, veo que tienes ganas de juegos —contesta Jardine—. Yo también me sé unos cuantos. Mi favorito es uno titulado «Manda a este imbécil a la peor cárcel de máxima seguridad que se te ocurra y asegúrate de que lo pongan con los hispanos para que acabe como un colador».

Ronny sigue retorciéndose.

—Voy a preguntártelo de otra manera —dice Jardine—. Si Liam Murphy se enfrentara a la perspectiva de morir entre rejas y le ofrecieran la posibilidad de delatarte para no ir a prisión, ¿qué crees que haría?

Ronny sabe la respuesta.

Le cuenta a Jardine lo del piso franco en Lincoln.

PAM METE LA ropa atropelladamente en la bolsa de viaje.

Porque Liam no para de decirle que se dé prisa.

—Pueden llegar en cualquier momento.

—¿Quién?

—Los Moretti o los federales. Da igual. Por Dios, date prisa.

Está que se sube por las paredes desde que llamó Bernie para avi-
sarle de la redada en el Gloc. Está drogado, además, y cuando puso
la tele y vio que metían a su padre en un coche de la policía se puso
frenético.

Saca los tres paquetes de heroína de debajo de la cama y los mete
en su bolsa de viaje.

—Joder, menos mal que agarré estos para venderlos. Por lo menos
tenemos algo. El puto Danny Ryan… «Hay que esperar», decía el muy
gilipollas. Pues mira lo que ha pasado. Pero a Liam nadie le hace caso.

Agarra la bolsa de Pam y cierra la cremallera.

—Ya está bien. Vámonos.

—¿Adónde?

—¿Sabes qué, Pam? Creo que deberíamos sentarnos tú y yo a
charlar largo y tendido sobre el futuro. ¿Qué te parece si nos quedamos aquí a hablar de nuestros sentimientos hasta que echen la puerta
abajo?

—Dijiste que íbamos a ir a Boca —contesta ella—. A una casa
bonita, lejos de todo esto…

—¿A Boca, pedazo de imbécil? —replica Liam—. Los federales
me buscan por tráfico de drogas. Tenemos que irnos del país. A México, o a Venezuela quizá, o puede que todavía más lejos, no sé.

—Yo no voy. —Pam se sienta en la cama—. Ni a México ni a
ninguna parte. Si tú quieres irte, vete. Pero conmigo no cuentes. No
pienso vivir como una fugitiva.

—¿Crees que vas a irte de rositas? Estás metida en esto hasta ese
cuello tan estirado que tienes. Llevas dos años gastándote mi dinero.
¿Qué te crees, que los federales van a hacer la vista gorda contigo porque eres guapa? A las bolleras de la trena también se lo vas a parecer,
cariño.

—Liam, lo nuestro no va bien desde hace mucho tiempo —insiste ella.

Él tiene un aspecto patético. Asustado, sudoroso, con los ojos desorbitados por la cocaína.

—¿De qué estás hablando?

—Nos peleamos constantemente. Ya ni siquiera nos acostamos. Hace un montón de tiempo que no follamos. Creo que ya ni siquiera puedes.

Liam le cruza la cara.

Es una bofetada con la mano abierta, pero duele y le da un tirón en el cuello. Luego comienza a golpearla con los puños, con cuidado de no darle en la cara. Le vapulea las costillas, los muslos, las piernas.

—¿Crees que vas a dejarme, zorra? ¿Después de todo lo que he hecho por ti? Me jugué la vida por ti, maté por ti. Mi hermano murió por ti. No permitiré que te vayas nunca. Antes te mato. Voy a matarte ahora mismo, joder, y luego me pego un tiro en la cabeza. ¿Eso es lo que quieres?

—No. Por favor, Liam. Iré contigo —contesta aterrorizada.

—Dime que me quieres.

—Te quiero.

—Estás mintiendo.

—No. Te quiero, Liam. Con todo mi corazón.

Liam la suelta y se aparta.

—Sube al coche.

DANNY BAJA A la capilla, se arrodilla ante el altar y enciende una vela.

Se pone a rezar.

—Señor mío Jesucristo, Dios Padre, santa María y san Antonio, sé que no hablo con ustedes tanto como debería. Seguramente ni siquiera tendría que estar aquí, pero no sé qué más hacer.

»Por favor, acojan el alma de Terri cuando llegue y ténganla a salvo en el cielo. Es una buena persona, no ha tenido nada que ver con las cosas malas que he hecho. Es un testigo inocente, y nunca entenderé por qué tienen que llevársela a ella en vez de a mí, pero así es y ahora tengo un hijo del que ocuparme y un padre viejo y enfermo, y un montón de gente que también me necesita, y para cuidar de ellos voy a hacer algo terrible. Voy a cometer un pecado mortal. Si les digo la verdad, no los estoy pidiendo que me perdonen. Los estoy pidiendo ayuda para hacer lo que tengo que hacer.

Se santigua y se levanta.

CUANDO JARDINE LLEGA al piso franco de Lincoln, da la impresión de que Liam se ha marchado con prisas.

Hay ropa en el armario y comida en la mesa de la cocina. Joder, si hasta uno de los quemadores de la cocina está todavía caliente...

Se le ha escapado por los pelos.

LIAM VA HACIA el norte por la Interestatal 95. Pasa una hora sin dirigirle la palabra a Pam, hasta que están ya en Massachusetts. Entonces dice:

—¿Por qué me has obligado a hacerte daño?

Ella no contesta.

—Tenemos cuatrocientos cincuenta mil dólares en heroína —dice él—. Nos va a ir estupendamente. La venderé en Canadá. Conseguiremos documentación nueva y nos iremos a México en avión. Nos va a ir de puta madre.

Ella sigue sin decir nada.

—¿Qué pasa? ¿Estás enfadada? ¿Te has cabreado? Ya te he dicho que lo sentía.

—No, no lo has dicho.

—Pues lo siento.

—Qué bien.

Al llegar cerca de Lowell, Liam está cansado.

Para en un Motel 6 y aparca detrás del edificio, donde no se ve el coche desde la autovía.

Pam entra a pedir una habitación, da un nombre falso y paga en efectivo. Antes de volver al coche, se acerca al teléfono público del vestíbulo.

JARDINE CONTESTA AL teléfono.

Oye una voz de mujer:

—Motel 6, Lowell. Habitación ciento treinta y ocho.

La mujer cuelga.

Jardine sabe quién es.

Pamela Murphy.

Llama a Paulie Moretti y luego sale a toda prisa.

DANNY SE PREGUNTA si hace lo correcto al marcharse, al dejar a Terri al borde del abismo, para que muera sola, y echarse a la carretera para ir Dios sabe dónde.

Aun así, sabe que su madre tiene razón.

Hasta Dios le está diciendo que se largue.

Por Ian, claro, pero no solo por él. Ahora el jefe soy yo, tengo que cuidar de mi gente.

Tengo que llevármelos a todos de aquí.

Encontrar un lugar donde establecernos.

Se inclina, besa a Terri en la mejilla.

Le parece que ya se ha ido, que esta no es la mujer que él conocía, a la que amaba. Es extraño: siente el olor a vainilla de su piel a pesar de que no está ahí; nota el suave vello negro de su brazo, que solía acariciar con el dorso de la mano cuando estaban tumbados en la cama después de hacer el amor, a pesar de que ahora sus brazos están cubiertos de parches, agujas y tubos. La ve con toda claridad: no ahora, enferma, sino cuando era más joven. Siente el calor de su cuerpo en la cama, a su lado, la ve caminando por la playa. La oye respirar suavemente, como cuando dormía a pierna suelta, no con ese estertor mecánico que emite el respirador. Oye su voz —burlona, irónica, amorosa, dura y tierna—, aunque ahora está callada, ahogada bajo un mar de morfina, alejándose para siempre, a la deriva.

Terri ya no está y él no encuentra a la mujer a la que conocía.

No sabe si es real o si se lo imagina, pero juraría que ella abre los ojos un segundo y dice:

—Cuida de nuestro hijo.

—Lo haré.

—Prométemelo.

—Te lo prometo. Te lo juro.

Luego se incorpora.

Bueno, ¿qué tengo que hacer?, se pregunta.

Lo primero, salir de aquí, de esta trampa.

Pongamos que lo consigues. ¿Y luego qué?

Dinero. Va a hacernos falta un montón de dinero para huir y que no nos encuentren. Dinero para ti y para Ian, dinero para los demás.

Como el dinero que pueden proporcionarte diez kilos de heroína.

Tienes que salir de aquí e ir a buscar la droga.

—¿ADÓNDE VAS? —PREGUNTA Liam.

Está tendido en la cama, pero tiene la mano sobre el revólver.

—A darme una ducha —contesta Pam—. ¿Te parece bien?

—Deja la ropa aquí, en la cama.

—Liam…

—Haz lo que te digo.

Pam se desviste y entra en el cuarto de baño. Espera a que el agua salga caliente y luego se mete bajo el chorro. Le han salido hematomas morados y rojos; le duelen las costillas y no sabe si tendrá alguna fractura. Tiene una contractura, de la bofetada, y se gira para que el agua le dé en el cuello.

Luego se agacha deslizando la espalda por la pared de la ducha.

Se queda allí sentada y llora, llora sin parar.

No oye abrirse la puerta de la habitación del motel, pero oye una voz de hombre que dice:

—No lo hagas, Murphy. Suelta la pistola.

Pam no se levanta.

Oye gritar a Liam:

—¡Hija de la gran puta! ¡Zorra de mierda! ¡Me has matado, Pam! ¡Me has matado! ¡Yo te quería!

Luego, oye cerrarse la puerta.

DANNY SALE AL pasillo, donde Jimmy está esperando.

—Dile a Ned que se pase por mi casa a recoger a Ian —dice— y que luego vaya a casa de mi padre y espere allí. A Kevin y Sean, diles que vengan y que se queden por aquí cerca, pero que no entren. Que vigilen y que me esperen en la carretera.

—¿Y yo?

—Tú vas a ayudarme a salir de aquí.

Jimmy baja al vestíbulo. Danny encuentra la escalera que lleva a la azotea y sube. Mientras camina por el borde, ve todo Dogtown: el viejo barrio, el Gloc, las pistas de baloncesto, la casa donde se crio, la casa donde vive ahora.

O donde vivía, se dice.

Porque eso se ha terminado. Se acabó.

Dogtown ha muerto.

Mira los coches allá abajo, en el aparcamiento. Al menos uno de ellos es de gente de los Moretti, y otro, como mínimo, será de los federales. Dentro de un momento sabrá cuál. Oye entonces el motor y ve aparecer el Charger de Jimmy metiendo ruido.

Un coche arranca y va tras él.

Luego, otro.

Bien, piensa Danny. Si alguien puede despistarlos, es Jimmy Mac y, si él no puede... En fin, Jimmy es un buen soldado. Y sabe que cuidaré de Angie.

Se acerca al otro lado de la azotea y baja por la escalera de incendios.

Cinco minutos después está en la carretera, camino de Mashanuck y de la heroína.

Ahora solo tengo que llegar antes que Jardine, piensa.

JARDINE METE A Liam de un empujón en el asiento del copiloto y luego abre el maletero del BMW.

Hay una maleta dentro. Jardine la abre y ve tres paquetes de heroína. Cierra el maletero y se sienta al volante.

—Estás jodido.

—¿Por qué vamos en mi coche? —pregunta Liam.

—Este vehículo está confiscado y ahora es propiedad del Gobierno de Estados Unidos. Voy a usarlo para ponerte a disposición de las autoridades.

Liam calcula que esta es su única oportunidad.

—Te faltan diez kilos —dice a toda prisa—. El cargamento que robamos era de cuarenta. Quedan todavía diez. Puedo decirte dónde están. Y de paso entregarte a Danny Ryan. Él es quien manda ahora, este golpe lo dirigió él, es a él a quien buscas. Declararé contra Ryan y contra mi padre, pero quiero inmunidad. Inmunidad total para que no se me acuse de nada. Quiero entrar en el programa, tener una nueva vida.

—¿Qué hay de Pam Davies?

—Que le den. Ella ya ha hecho un trato, ¿no?

—Si te prometo que no pasarás ni un día en prisión —dice Jardine—, ¿me dirás dónde están los diez kilos?

—Puedo decirte dónde estaban. No sé si Danny los habrá cambiado de sitio.

—Muy bien. Si conseguimos la droga, trato hecho.

Liam le da la dirección. Jardine conduce un trecho más y luego se mete en un aparcamiento, detrás de una hilera de naves industriales.

—¿Qué haces? —pregunta Liam, asustado de pronto.

—Soy un hombre de palabra.

Jardine agarra el revólver de Liam y le pega un tiro en la cabeza. Luego le pone el arma en la mano.

Agarra los tres paquetes de heroína del maletero y se marcha.

Hay un coche esperándolo.

PAM ESTÁ TUMBADA en la cama, cubierta con la toalla, cuando se abre la puerta.

—Hola, zorra.

Paulie le apunta con la pistola.

DANNY VA CONDUCIENDO.

Ha hecho este trayecto miles de veces, pero esta vez es distinta. Esta vez, no habrá viaje de vuelta. Va a recoger la puta heroína —por favor, Dios mío, que siga ahí—, a su padre y a su hijo, y no volverá nunca.

Venderá la droga en Baltimore o Washington y luego virará a la derecha.

Seguirá adelante hasta que llegue al océano.

A California.

Usará el dinero para que toda su gente se esconda, esperará un par de años y luego empezará otra vez, con un negocio legal.

Sigue conduciendo.

Para en una gasolinera y llama por teléfono.

—¿Sabes algo más? —le pregunta a Bernie.

—Se han llevado a Liam.

—¿Quién?

—Ese federal, Jardine. Me ha llamado Pam llorando. Dice que Jardine se presentó en la habitación del motel donde estaban y se lo llevó. He llamado a nuestros abogados, pero los federales dicen que no lo encuentran en sus archivos, los muy embusteros.

Danny cuelga.

Se acabó, piensa.

Liam le dirá a Jardine dónde está escondida la heroína para intentar llegar a un acuerdo con la fiscalía. Seguramente Jardine ya estará allí con un montón de federales.

Pero tiene que arriesgarse, necesita saberlo con seguridad.

Sigue conduciendo hacia el sur, toma la carretera de la playa y entonces ve un par de faros que parpadean.

Jimmy Mac.

Para en la cuneta y sale.

—Liam está muerto —le dice Jimmy—. Acabo de oírlo en la radio. Lo han encontrado en su coche, en Lowell. Dicen que ha sido un suicidio.

—Eso es absurdo.

Danny le cuenta lo que acaba de decirle Bernie, que Liam estaba detenido.

Además, ¿Liam, suicidarse? Ni hablar.

Se quería demasiado a sí mismo; era, de hecho, la única persona a la que quería.

A Danny le da vueltas la cabeza intentando entender lo que ocurre. Jardine detiene a Liam ¿y Liam aparece muerto? ¿Qué es lo que le ha dicho Pam a Bernie? ¿Que Jardine se presentó en la habitación del motel donde estaban?

Eso tampoco tiene sentido.

Cuando los federales hacen una redada, vienen a montones, con las sirenas puestas y toda la parafernalia, para montar el espectáculo.

Nunca viene un solo agente.

Y sin embargo Jardine se ha presentado solo, se ha llevado a Liam y...

Lo ha matado.

Santo Dios.

Piensa, se dice Danny. Piensa como un jefe.

Usa la cabeza por una vez.

Creías que Moretti había organizado todo este asunto para quitarlos de en medio, pero Peter Moretti no puede permitirse perder seis millones de dólares, ni siquiera para ganar la puta guerra. Sería su fin. Perder esa cantidad de pasta supondría perder la guerra aunque la «ganara».

Así que ¿por qué...?

Piensa, se repite Danny. ¿Por qué se gastaría Peter un dinero que no puede permitirse perder?

Porque espera recuperarlo. Trae cuarenta kilos de heroína, te engatusa a ti para que los robes y luego manda a Vecchio a darles el soplo a los federales. De modo que la heroína acaba requisada y...

Madre de Dios.

¿Cuántos kilos ha dicho Jardine en la tele que habían confiscado? ¿Doce?

Tú le diste cinco a Vecchio y te quedaste diez. Liam se llevó veinticinco al Gloc, y luego agarró tres para venderlos. O sea, que había veintidós kilos en el Gloc cuando hicieron la redada. Veintidós, no doce como ha dicho Jardine en la rueda de prensa.

De modo que se ha quedado con diez.

Y seguramente también con los cinco de Vecchio.

Quince kilos de caballo, joder. Pongamos que se los reparte con Peter. Después de cortarlos y distribuirlos, los Moretti conseguirían recuperar la mitad de su inversión, más o menos.

No, piensa Danny.

Peter tampoco puede permitirse perder tres millones de dólares.

Sabe que hay diez kilos más por ahí. Jardine ha entregado doce a las autoridades. Si se quedan con veintiocho, les salen las cuentas. Hasta repartiendo con Jardine conseguirán un pequeño beneficio.

O sea, que Jardine y Moretti son socios.

Y uno de ellos o los dos van a venir a por los otros diez kilos.

EL VIEJO DUERME en su sillón, tapado con una manta roja vieja y astrosa. La televisión, encendida, proyecta un tenue resplandor sobre su cara.

Vic Scalese, uno de los hombres de Peter Moretti, mira a su socio, Dave Cousineau.

—El puto Marty Ryan. Míralo.

Cousineau se acerca y le pega a Marty una bofetada.

El viejo se despierta y lo mira parpadeando.

—¿Dónde está Danny? —pregunta Scalese—. ¿Dónde está tu hijo?

—Ya sé que es mi hijo.

—¿Dónde está? —vuelve a preguntar Scalese mientras enciende un cigarrillo.

—Y yo qué cojones sé —responde Marty—. ¿Por qué?

—Porque se ha quedado con diez kilos de heroína que son de mi jefe. Por eso.

—Pues ve a preguntárselo a Liam Murphy.

—Se lo preguntaríamos, si no fuera porque está muerto —responde Scalese—. Así que solo quedan Danny y tú, y Danny no está aquí. O sea, que dinos dónde está o dónde está la droga.

—Yo no sé nada de eso —contesta Marty mientras se pregunta dónde se ha metido Ned.

—Pues más te vale saber algo o tendremos que hacerte daño —le advierte Scalese.

Se quita el cigarrillo de la boca, se acerca y se lo hunde en la mejilla.

Marty dispara desde debajo de la manta.

La bala le da en el vientre a Scalese, que retrocede tambaleándose. El disparo prende fuego a la manta y Marty intenta apagarlo y al mismo tiempo apunta a Cousineau, pero la tela se enreda en el gatillo y no consigue disparar.

Así que «el puto Marty Ryan» se lanza hacia delante, al cuello de Cousineau. El otro, más grande y más joven, lo aparta sin esfuerzo de un manotazo y lo tira al suelo. Luego le apunta a la cara con la pistola.

—Por última vez, viejo cabrón, ¿dónde está la droga?

La cabeza de Cousineau estalla en una corola roja.

De pie en la puerta, Ned baja la pistola. Luego se acerca a la manta humeante y apaga a pisotones las últimas llamas. Se aproxima a Scalese, que está apoyado contra la pared, tirado en el suelo, lo agarra por la barbilla y la nuca y, torciéndole la cabeza, le parte el cuello.

Ayuda a Marty a levantarse.

—No te has dado mucha prisa —le reprocha Marty.

—Lo siento, señor Ryan.

En ese instante, el destello de unos faros cruza la ventana.

—¿DÓNDE ESTÁ IAN? —pregunta Danny.

—En el coche, dormido —responde Ned—. No quería despertarlo.

Danny reconoce los cadáveres: son dos hombres de Moretti.

O lo eran.

—Querían saber dónde estaba la droga —dice Marty.

—¿Qué?

—¿Es que estás sordo? Querían saber dónde estaba la droga, o dónde estabas tú.

Pero Peter Moretti ya sabe dónde está la droga, se dice Danny, porque Jardine se lo habrá dicho.

O no.

Dios santo, ¿Jardine también va a engañar a Peter? ¿Lo ha utilizado para que traiga cuarenta kilos de heroína, ha conseguido que se la dejara robar con la promesa de que iba a recuperarla y al final pretende quitársela?

Puede ser, se dice, pero eso no es todo.

Todavía falta una pieza.

Fue Vecchio quien acudió a ti por lo de la heroína, quien te hizo picar el anzuelo. Pero Frankie V es un hombre de Chris, ni siquiera se suena los mocos sin pedirle permiso a su jefe. Así que fue Chris quien montó todo esto y quien se alió con Jardine.

Es todo una maniobra de Chris Palumbo para derrocar a Peter y ocupar el trono.

Qué puto genio.

Los Monaguillos aparecen unos minutos después. Kevin echa un vistazo a los cadáveres y dice:

—Qué pasada.

—¿Quieres que saquemos la basura, jefe? —pregunta Sean.

—Sí.

—Luego volveremos a limpiar la casa —añade Sean.

—No se molesten —dice Danny—. Nos marchamos.

Lo miran todos esperando órdenes.

Porque ahora el jefe eres tú, se dice Danny. Se ha ido todo a la mierda, lo hemos perdido todo y a todos, y esperan que tú los salves.

Así que sálvalos.

TREINTA Y TRES

DANNY ESPERA SENTADO EN LA casa donde escondieron el alijo.

Fuera brillan de pronto unos faros. De más de un coche.

Los motores se paran.

Danny llama a Bernie Hughes.

—Pon el cronómetro en marcha.

Luego cuelga.

Se abre la puerta.

Es Chris.

Danny no se levanta de la silla, se limita a apuntarle al pecho con el arma y a indicarle que tome asiento.

Él se sienta, con una ancha sonrisa en la cara.

—Han ganado la guerra —dice Danny—. Voy a reunir a lo que queda de mi gente y a marcharme para siempre.

—Con la droga, no, no vas a marcharte —contesta Chris—. ¿Sigue aquí?

Danny señala el techo.

—Siempre me has caído bien —añade Palumbo—, así que no voy a ensañarme. Voy a dejar que te marches. Sin la droga, pero vivo.

Hace dos años, hace dos meses —qué coño, hace dos horas—, Danny habría aceptado su oferta.

Pero ese era otro Danny.

El de ahora tiene un padre a su cargo, un hijo que criar, personas de las que ocuparse. Y una promesa que le ha hecho a su esposa.

Así que dice:

—No.

—¿Crees que he venido solo? Tengo a cinco hombres fuera. Si aprietas el gatillo, estás muerto. Si sales sin que yo dé luz verde, estás muerto. Así que, vamos, comportémonos como adultos. Como hombres.

—Deja que te pregunte una cosa, Chris. ¿Quieres a tu mujer y a tus hijos? ¿A tu familia?

—¿A qué coño viene eso, Danny?

—A que ahora mismo Sean South está en una cabina telefónica cerca de la casa de tu hermano en Cranston. Kevin Coombs está en otra, enfrente de la casa de tu hijo en Federal Hill. Y Ned Egan está esperando junto a tu casa, donde están tu mujer y tu hija. Si no llamo a Bernie Hughes dentro de quince minutos y le digo que estoy a salvo empleando ciertas palabras que tú desconoces, Bernie los llamará, entrarán en las casas de tu familia y matarán a todo el que haya dentro. A los hombres, a las mujeres, a los niños, a los gatos y a los perros. Matarán hasta a los peces tropicales.

Chris se pone pálido, pero sigue sonriendo y dice:

—Tú no harías eso. A las familias no se las toca.

—¿Quieres apostarte sus vidas? —replica Danny.

—No, Danny Ryan no haría eso. Tú eres un buen tipo. Eres demasiado blando.

—Pero no seré yo quien lo haga. Kevin y Sean serían capaces de matar a su propia madre. Y Ned Egan... No se lo pensará dos veces.

Lo ve en sus ojos: Chris sabe que está diciendo la verdad. Pero, como no podía ser menos, prueba otra táctica.

—Tengo que ocuparme de ese federal, de Jardine. ¿Qué hago con él?

—Dejármelo a mí —contesta Danny—. Pero has dado un golpe contra Peter y has fallado. Yo que tú, huiría.

Ve que Palumbo se lo piensa, que se lo piensa de verdad. Que intenta deducir si es un farol de Danny o si de verdad puede tener a gente en las casas de sus familiares a tiempo para actuar.

Para darle un empujoncito, Danny dice:

—Conviene que te des prisa. Se acaba el tiempo. Y Chris... Si te veo a ti, si veo a alguno de tus hombres, mato a tu familia. A todos y cada uno de ellos. Por favor, no me pongas a prueba en esto.

Chris se levanta.

—Te encontraré, hijo de puta. Algún día daré contigo y la historia será otra.

Pero eso será otra vez, se dice Danny. Hoy, no.

Después de que se marche Palumbo, levanta el teléfono para llamar a Bernie.

—Diles que lo dejen.

—Gracias a Dios.

Danny cuelga y llama al busca de Jardine. Unos minutos después, el federal le devuelve la llamada.

—Reúnete conmigo —le dice Danny.

Le da el lugar y la hora.

Luego saca la heroína del techo y la mete en el coche.

•   •   •

MARTY VUELVE A estar en su sillón viendo la tele.

Ian duerme en el sofá con una manta chamuscada echada encima, agarrado a un perrito de peluche.

—Voy a hacerte la maleta —le dice Danny a su padre—. Nos vamos de aquí.

—Yo no voy a ninguna parte.

Danny suspira.

—Papá, es probable que también haya orden de detención contra ti. Y aunque no la haya, ¿crees que los Moretti van a dejar que sigas vivo?

—Quiero morirme.

—Joder, papá.

—Es la verdad —dice Marty con voz temblorosa—. Hace ya años que soy un viejo inútil. No le sirvo de nada a nadie. Ni a mí mismo. ¿Que Peter Moretti quiere matarme? Pues que me mate.

Sí, ya, piensa Danny. Por eso le pegaste un tiro a uno de los tipos que mandó.

—Papá, no tengo tiempo de discutir...

—¡Pues márchate! —le grita Marty—. ¿Quién te lo impide? No seré yo.

—Te matarán.

—Me da igual.

—¿Te importa tu nieto?

—¿Qué clase de pregunta es...?

—Ian necesita a la poca familia que le queda —dice Danny—. Te necesita, papá. Y yo también.

A Marty se le saltan las lágrimas. Le corren por las mejillas secas y resquebrajadizas como papel viejo.

—No te olvides de llevar mi otra camisa de franela.

Danny levanta a Ian del sofá y el niño se despierta. Tiene los ojos azules y el pelo negro de su madre, apelmazado en el lado de la cabeza que tenía apoyado en la almohada. Parece asustado y confundido.

—¿Dónde está mami? Quiero a mami.

—Mami está en el cielo. —Danny lo envuelve en la manta, lo lleva al coche de Jimmy y lo acomoda en el asiento de atrás—. Espera aquí —le dice Danny—. Vuelvo enseguida.

Se marcha para encontrarse con Jardine.

PARADO EN LA playa, delante de la casa de Pasco, contempla el océano.

El oleaje invernal, impelido por el viento, es feroz: las grandes olas estallan como bombas en la orilla. Hace un frío helador y aquel día de verano, cuando empezó todo, parece pertenecer a otra vida.

El cielo es ahora gris pizarra, el sol se prepara para aparecer en el horizonte.

Danny recuerda estar tendido en la arena cálida junto a Terri, viendo a la mujer salir del agua.

Sabedor de que traería problemas.

No la ve en el agua ahora. Es a Terri a quien ve y sabe de algún modo, como se intuyen entre sí los esposos, que ha cambiado este mundo por otro.

Sabe también que le ha hecho una promesa: edificar una vida para su hijo.

Una nueva vida.

Tiene ahora la certeza de que ha hecho lo correcto.

Ve a Jardine acercarse por la playa con las manos metidas en los bolsillos del plumas para protegerse del frío.

O puede que empuñe una pistola.

—¿Qué hacemos aquí? —pregunta Jardine.

—Chris Palumbo no va a traerte la droga.

El federal ni siquiera pestañea.

—¿Y eso por qué?

—Porque la tengo yo.

—¿Palumbo está vivo?

—Lo estaba la última vez que lo vi.

Jardine cambia de lealtades sin más, como quien cambia de marcha en un coche.

—Entonces, quizá tú y yo podamos llegar a un acuerdo.

—El acuerdo es el siguiente —contesta Danny—. Tú te quedas con el dinero que ya has conseguido. Yo me marcho. Y las imputaciones que tengan contra mí o mi gente, todas las pruebas que tengan, se pierden, se traspapelan. Eres un tío listo, seguro que sabes cómo hacerlo.

—O puedo detenerte y ya está.

—No. Si fueras a detenerme, no habrías venido solo. Porque sabes que puedo declarar contra ti y Palumbo. Puedo declarar cuánta heroína había en realidad en el Glocca Morra.

—Nadie te creerá.

—¿Quieres correr ese riesgo? —replica Danny.

Resulta que no, no quiere.

—¿Dónde está la droga?

—La he tirado al mar.

—¡¿Qué?!

—La he tirado al mar —repite Danny.

—¿Por qué cojones has hecho eso?

—Porque la habrías llevado y luego me habrías pegado un tiro. Ahora no tienes razón para hacerlo.

Ese es uno de los motivos, piensa Danny. La droga no les habría traído más que dolor y sufrimiento. Era desde el principio un pecado mortal. No debería haberla aceptado. Estaba maldita.

Pero la verdadera razón es que, si quieres edificar una vida nueva, una vida decente, no puedes asentarla sobre el pecado.

—¡Serás imbécil, cabrón! —dice Jardine—. ¡Puto burro irlandés! Voy a mandarte a la trena, voy a...

—Haz lo que tengas que hacer —contesta Danny—. Yo lo dejo.

Da media vuelta y se aleja playa abajo.

Es consciente de que en cualquier momento puede recibir un tiro por la espalda.

A la mierda, se dice.

Da dos pasos más y se vuelve. Efectivamente, Jardine ha sacado la pistola y le apunta.

La ola que rompe ahoga el ruido del disparo de Danny.

Arroja la pistola al mar y deja el cadáver de Jardine en la playa.

Te di una oportunidad, piensa.

Debiste dejarme marchar.

CIRCULA POR LA carretera de la playa.

Por última vez.

Ian se ha quedado dormido en el asiento de atrás. Tiene la frente perlada de sudor, el pelo negro humedecido por el calor de la calefacción. Una burbujita aparece en la comisura de su boca y luego estalla.

—No creía que fuera posible —dice Marty.

—¿El qué?

—Que seas tan tonto como pareces. Tengo solo un hijo y tira dos millones de pavos al estrecho de Block Island.

—Tú me criaste.

—La zorra de tu madre me dijo que eras mío —contesta Marty—. Siempre he tenido mis dudas.

—Dios te oiga.

—A ver, genio, ¿qué vas a hacer ahora para conseguir dinero?

—No lo sé.

No tiene ni puta idea.

Va huyendo: de la mafia, del Gobierno. No tiene dinero ni recursos ni contactos, ni una idea clara de adónde se dirige ni de qué encontrará allí cuando llegue, sea donde sea.

Pero se siente limpio por primera vez en mucho tiempo.

Marty se pone a cantar una vieja canción irlandesa que Danny ha escuchado mil veces en el Gloc.

Farewell to Prince's Landing stage,
River Mersey fare thee well,
I'm bound to California...*

Ha salido ya el sol y el cielo es de plata tirando a azul, uno de esos cielos invernales frescos y diáfanos.

It's not the leaving of Liverpool that grieves me,
But my darlin', when I think of thee...**

Danny Ryan recorre la carretera de la playa por última vez, el mar frío a la espalda, la cara vuelta hacia una costa más cálida.

---

* Adiós, muelle de Prince's Landing, / río Mersey, adiós, / voy rumbo a California... (N. de la T.)

** No es dejar Liverpool lo que me apena, / sino, amor mío, pensar en ti... (N. de la T.)

AGRADECIMIENTOS

En esta época de pandemia, sería un ingrato si no diera las gracias a los trabajadores sanitarios y el personal esencial que se han esforzado tan desinteresadamente y han sacrificado tantas cosas para que personas como yo puedan sentarse a escribir libros. No tengo palabras para expresar mi aprecio.

Y hablando de aprecio, tres hurras por Shane Salerno, mi agente, amigo y cómplice. Sin él, estos libros no serían posibles.

A los amigos de The Story Factory —Deborah Randall y Ryan Coleman—, mi más honda gratitud por todo lo que hacen.

A Liate Stehlik de William Morrow, mi humilde agradecimiento por todo su apoyo y confianza.

Gracias, cómo no, a Jennifer Brehl por su cuidadosa labor de edición, que ha mejorado inmensamente este libro.

Vaya también mi gratitud (y mis condolencias) a mi correctora, Laura Cherkas.

Gracias asimismo a Brian Murray, Chantal Restivo-Alessi, David Wolfson, Julianna Wojcik, Carolyn Bodkin, Jennifer Hart, Kaitlin

Harri, Danielle Bartlett, Frank Albanese, Christine Edwards, Andy LeCount, Nate Lanman, Andrea Molitor, Andrew DiCecco y Pam Barricklow.

Estoy también en deuda con los héroes y heroínas en la sombra del departamento de ventas, marketing y publicidad de HarperCollins/William Morrow.

A Richard Heller, abogado sin par, gracias de todo corazón.

Igualmente, a Matt Snyder y Joe Cohen de CCA, gracias por representarme con tanto acierto durante años.

A Steve Hamilton, por su apoyo y sus sabios consejos.

Por su apoyo e inspiración, gracias humildemente a Nils Lofgren, Jon Landau y Bruce Springsteen.

A todos los libreros y lectores: sin ustedes, no tendría este trabajo.

A los muchos amigos y establecimientos que me han ayudado más de lo que imaginan: David Nedwidek y Katy Allen, Pete y Linda Maslowski, Jim Basker y Angela Vallot, Teressa Palozzi, Drew Goodwin, Tony y Kathy Sousa, John y Theresa Culver, Scott Svoboda y Jan Enstrom, Jim y Melinda Fuller, Stephen y Cindy Gilliland, Ted Tarbet, Thom Walla, Mark Clodfelter, Roger Barbee, Bill y Ruth McEneaney, Andrew Walsh, Jeff y Rita Parker, Bruce Riordan, Jeff Weber, Don Young, Mark Rubinsky, Cameron Pierce Hughes, Mark Rubenstein, Jon Land, Rob Jones, David y Tammy Tanner, Ty y Dani Jones, Deron y Becky Bisset, Jesse McQuery, Flipper Eddie Crew, Drift Surf, Quecho, Java Madness, Jim's Dock, Colt's Burger Bar, Wynola Pizza, Tavern on Main, Cap'n Jack's, Charleston Rathskeller y Kingston Pizza.

A mi hijo, Thomas Winslow, por su apoyo constante.

Y a mi esposa, Jean, siempre, por su sufrido apoyo, eternamente paciente, siempre entusiasta. TQM.